JN065759

Contents

あなたの未来を許さない

上

I will not forgive your future

Syousa. 著
jimao イラスト

PB
PASH!ブックス
Shufu to Seikatsu sha

第一夜：01【御堂小夜子】

上

『今から五分後に、対戦開始なんだけどね』

その声で、小夜子(さよこ)は眠りから引き戻された。

うつ伏せの身体(からだ)を起こし、まず周囲を見回す。しかし常夜灯で薄く照らされた自室内に、人影は見当たらない。

次いで枕元のスマートフォンに手を伸ばし、ホーム画面を開く。眼鏡は枕元のケースに入れたままなので、少女は目を細めつつ液晶へぐっと顔を近付けていた。

「何よ……」

画面には「午前1時55分　10月26日　月曜日」との表示。真夜中だ。

彼女がベッドへ入ったのは二十三時頃だったので、まだ三時間も寝ていないことになる。

「最低」

息をつき、小夜子はもう一度周囲を見回す。

薄闇の視界に入るのは、宿題が置きっ放しの勉強机に、床へ積み重ねられた文庫や漫画本。棚に置かれた美少女フィギュアやロボットのプラモ、ぬいぐるみたちだ。高校の制服はセーラー服もスカートも、今日はきちんとハンガーにかかっている。

だがやはり人影は無い。勿論(もちろん)、あっても困るのだが。

「……こういうのを、寝ぼけるって言うのかしら」

起きた直後なのに中身を覚えていないような、夢の声に起こされたのだろうか。いやそもそもどんな夢であったかすら、記憶がない。

では心霊現象か何か……と彼女は背筋を一瞬冷たくしたものの、どうも幽霊が使う言葉にしては雰囲気がないという考えに至り、じきに落ち着きを取り戻す。

そうして再度見た携帯の表示は、午前一時五十六分。

「ああやだ……漫画の読み過ぎってこと？」

小夜子が読む漫画は、少女物よりも少年や青年漫画のほうが断然比率が高いのだ。自然、買い集めた単行本も戦闘物が多くなりがちのため……そのせいで、こんな寝ぼけ方をしたのかもしれない。

高校生にもなって、これではまるで小学生だ……と声には出さず、自嘲する。

（明日は学校があるんだから、ちゃんと寝ないと）

そう考え、彼女はぽすんと身体をベッドに倒した。

寝直すには、余計なことをしないのが一番である。瞼（まぶた）を閉じて暗闇が緩やかに意識までを塗り潰していく最中。

『今から能力がランダムに決まるから、まずはその名前をつけなきゃいけないんだ。そういうルールでね』

再び先程の声が、小夜子の頭の中に響いたのだ。

驚愕で布団をはねのけながら、少女は飛び起きる。

『あ、音量間違えちゃった？　大きすぎたかい？』

そして彼女は見つけたのだ、声の主を。

それはぼんやりと金色の光に包まれた、こぶし大の人であった。

いや……単なるヒトではない。蝶に似る半透明な羽根を持つ、少女の姿をした異形だ。

『あー、あー。大丈夫かな？』

細い手足の生えた身体は、ふんわりとしたワンピースに包まれている。愛嬌のある幼い顔と、そのショートヘアにつけた花の髪飾りが可愛らしい。リボンで結び、玩具として贈ったならば、小さい女の子が喜ぶこと間違いないだろう。

そんなモノが、小夜子の視界でふわりふわりと浮かんでいるのである。

『えーと、お初にお目にかかります。御堂小夜子さん。僕はキョウカ＝クリバヤシ。未来から来ました。よろしくね！』

空中に浮かんだそれは、ぺこりとお辞儀をして再び言葉を発した。

「妖精……？　お化け……？」

ベッドの上に尻もちをついたまま、壁際まで後退する小夜子。

『違う違う！　未来から来た人間だよ。君たちからすれば、未来人っていう奴かな？　あーなるほど、この見た目でそう思ったんだろ？　これはアバターだよアバター。妖精なんて実在する訳がないだろ、御伽噺じゃあないんだからさ』

　鼻で嗤（わら）いつつ、首を左右に振っている。

『僕は紛れもない人間で、実体はここにはない。あくまでアバターを投影して、君に話しかけているだけさ。細かいことは後で説明してもいいけれど、今はまあ、立体映像みたいなものだと思ってくれればいい』

　キョウカ……と名乗ったそれは、小夜子の反応など意に介さず一方的にまくし立てていく。

『とにかく時間が無いんだ。ああもう、あと三分も無いじゃないか！　とりあえず運営に、能力のランダムロールを開始してもらうからね、いいだろ？』

　一言一言に大げさな身振り手振りを加えつつ、落ち着きなく飛び回るキョウカ。動く度にキラキラと粒子のようなものが宙を舞い、消えていった。

（何よコレ……）

　現実味の欠如した、明らかな怪奇現象である。

　だがそうでありながらも小夜子は、

（……そう言えばネバーランドの住人に、こんな妖精がいたわね）

　などと、子供のころ読んだ絵本をのんびり思い出していた。

　彼女の理性は既に、これが夢との判断を下している。

『能力が決まったら、それに基づいた名前をつけるんだ。能力に関係しない名前は認められない決まりだから、短い時間でいかに洒落（しゃれ）た名前をつけるかが、君のセンスの見せ所だよ』

「あっそ」

適当な相槌を打ち、小夜子は壁にもたれかかる。

夢なら夢で仕方ない。ならばもうこの際目が覚めるまで付き合うしかないだろう、という考えであった。あまり興が乗る内容でないのは残念だが。

『オーケー！　じゃあ続行するね！』

「はいはい」

小夜子は大きく嘆息を漏らすと、くるくる飛び回るキョウカの姿をぼんやり眺めていた。

『えっ!?』

しかし短い声とともに、妖精はぴたりと急停止する。

そして空中に浮かんだまま……何かを堪えるかのように、わなわなと身を震わせ始めたではないか。

『ちょっ、何だよコレ!?　こんなのアリかよ！』

様子が一変した。

頭の中に響いてくる声は、明らかに狼狽したものだ。

『ダミット！　フ○ック！　フ○ック！　フ○ック！　どうしろっていうんだ！　始まる前から終わりじゃないか！　ハズレだ！　不公平だ！　おかしいよ！』

先程までの浮かれた調子は既に失せ、今度は頭を抱えて自らの境遇を呪っているらしい。

「えーと、妖精さん？」

そんな彼女へ、恐る恐る声をかける小夜子。

『妖精じゃないってば。キョウカ＝クリバヤシ。もう、どうでもいいんだけどさ』

「あ？　なんでよ」

いい加減腹立たしくなり、言葉が荒くなる。

夢とはいえ、この妖精モドキの物言いも態度も小夜子には不愉快に過ぎたのだろう。

『ロールの結果、君に与えられた特殊能力は【何も無し】だったんだ。ハズレもハズレ、大ハズレさ。初戦で君は死ぬよ、間違いなくね。僕の試験もこれでオシマイってコトさ。加点どころか、このままじゃ単位を落としかねない！　ああもう！　取り戻すために、一体いくつレポートを書かなきゃいけないのか……そう思うと、気が重いよ！』

まくし立て終えるとキョウカは首を横に振り、溜(た)め息(いき)をつく仕草を見せた。

『あぁ、あと一分もないな。まあ、とりあえず能力……は無いんだけど、能力名付けた方がいいよ。時間切れになると、その時点で君は参加資格を喪失して死んじゃう決まりなんだからね。僕の点数も、より一層寂しいものになる』

「何よそれ。ハズレなんでしょ。スカでいいわよ、スカで」

『【スカー】か。日本語訳だと【傷跡】になるのかな？　翻訳合ってる？　でもこんなので通るのかなぁ？　まあいいや、時間も無いし。登録申請してみるよ』

「いや、そんな駄洒落言ってないから」

『あ、通った』

「駄洒落でいいんだ……」

反射的に小夜子が呟(つぶや)いた瞬間、彼女の視界は暗転する。

「えっ……？」

『じゃあねサヨコ。なるべく楽に、死ねるといいんだけど』

哀れむようなキョウカの声を耳にしながら……小夜子の意識も、視界同様に闇へと沈んでいくのであった。

第一夜：０２【御堂小夜子】

どくん。

鼓動に似た音と共に、小夜子の意識が蘇（よみがえ）る。

回復した視界を見回すと、そこは居たはずの自室ではなかった。

屋外、しかも見覚えすらない場所だ。

「えっ、何よこれ」

もう一度、視線を走らせる小夜子。

街灯や照明の類は無いが、月が明るいおかげで周囲のものを見ることはできた。

ミキサー車にショベルカー、ダンプカー。小山に積まれた砂や砕石。飾り気のない二階建て程度の施設も、幾つか見受けられる。

そしてそれらの中でひときわ目立つのは、三十メートル近い高さの四角い建物であった。建造物の上のほうから斜めに地面へと伸びるのはベルトコンベアーか。月明かりの薄闇ではあるものの、壁面には【安全第一　寺喜（てらよし）生コン】と黒いペンキで大きく書かれているのが読み取れた。

どうもここは生コンクリートの工場らしい。それも敷地の広さを見るに、比較的大きめの。

「夢ながら、無茶苦茶だわ」

嘆く小夜子。

夢に整合性を求めても仕方がないことは分かっている。分かってはいるが、それにしても何でこんな場所が出てくるのか。

そもそも彼女はコンクリート工場に立ち入ったことすらない。街へ出る時に乗るバスの窓から、それらしき施設を見たことがある程度だ。

「最近の漫画で、こういうシーンとかあったかしら……？」

先程のあの漫画じみた夢は、自身の読書環境によると理解できる。

不愉快な妖精モドキも、子供の頃に読んだ絵本の記憶に由来するものなのだろう。しかしそこから突然のコンクリート工場とは。脈絡が無さ過ぎて、驚きよりも呆(あき)れが上回る。

「ああ、馬鹿みた……うわ寒っ」

ぴゅう、と不意に吹きつけた風に身体が震え、腕を組んで二の腕を擦(さす)る。

そしてこの時小夜子はようやく、自分がパジャマではなく高校の紺のセーラー服を着ている事に気付いたのだ。

就寝時に外したはずの眼鏡もかけている。ほどいていた髪も、普段の髪型……一本おさげの三つ編みになっていた。足も、普段のローファーと黒ソックスだ。

「結局夢なら、何でもありってことなのかしらね」

三つ編みを触りながら、そう小夜子が呟いた時である。

『空間複製完了。領域固定完了。対戦者の転送完了！』

突如彼女の頭の中へ流れ込む、男性の声。先程キョウカと名乗る妖精モドキが話しかけてきた時と同じく、直接頭の中に響いてくる声だ。

ただしキョウカは若い女……というよりは少女の声をしていたが、これはバラエティ番組のアナウンサーのような、どうにも大げさな男の声であった。

『Aサイド、能力名【グラスホッパー】！　監督者【クエンティン＝テイラー】！』

声と共に、小夜子の眼前に突如文字が浮かび上がる。

「え⁉」

びくり、と反射的に後ずさる小夜子。

視線よりやや低めの位置に現れたその文字列は、読み上げられたものと同じ内容だ。ご丁寧に、しっかり漢字とカタカナで綴られている。

『Bサイド、能力名【スカー】！　監督者【キョウカ＝クリバヤシ】！』

先の列より右にずれ、やはり空中に浮かび上がる文言。そこにはAサイドと同じく、読み上げられた内容が表示されている。

『領域はコンクリート工場の敷地内となります。対戦相手の死亡か、制限時間一時間の時間切れをもって終了。対戦中は、監督者の助言は得られません。それでは、対戦を開始します。対戦者の皆さんは、張り切って相手を倒して下さい！』

そして「ぽーん」という、間の抜けた音が鳴り響いた。

どうもこれが、開始音のつもりらしい。

「キョウカ＝クリなんとかって、さっきの妖精モドキのこと？　するとこれは、前の夢の続きなの？」

先程の声の主に問いかける小夜子。対象が見当たらないため空に向かって大声をあげている。

が、返事は無い。

「何よ、もう」

少し間をおいたところで、妖精モドキの『なるべく楽に、死ねるといいんだけど』という言葉が思い出された。夢の中とはいえ、あまり気分の良いフレーズとは言えないだろう。

十六年も生きているのだ。小夜子とて高所から転落する夢だの、海で溺れる夢だのを見たことはある。あの独特の落下感、息苦しさ、恐怖。

もちろん実際に死んだことも死に掛けた経験もないので、それこそ夢の記憶でしかないのだが……おそらく現実に味わうものとは違うと理解していても、好んで体験したい感覚では、決してない。

(夢だとしても、避けられるものは避けたいわ)

そう思いながら、周囲を見回していると。

どうっ。

右後方から届いた大きな音と振動、そして光で反射的に振り返る小夜子。

すると先程目についた【安全第一　寺喜生コン】と書かれた四角い背の高い建物を挟んだ反対側から上空に、何か影のようなものが飛び上がるのを見つけたのだ。

「一体何なのよ……？」

光源は月明かりだけであり、小夜子からは百メートル以上の距離がある。だからそれが何かまでは、なかなか分からない。

しかしその影はみるみるプラントの屋根を越え、垂直に上昇していくではないか。

（高っか……）

三十メートル近い建物のてっぺんどころかその倍、いや三倍の高度に「それ」は達した。そして昇るにつれ速度を落としていく影は最終的に一瞬停止し、今度は落下していく。

しかし上昇する時と違い、その下側には青く輝く炎のようなものが纏わり付いていたのだ。

小夜子が以前テレビの科学特集番組で見た、大気圏に突入する隕石の再現ＣＧ。色は異なれど……あれはその姿に、よく似ていた。

ごごおっ！

それは轟音を立てて落下し、再びプラントの陰に隠れて見えなくなる。

そして「何あれ」の「な」まで小夜子が口にした瞬間。建物の向こう側で、眩く青白い光を発したのだ。

どごん！

身体を揺さぶる衝撃音。直後に何かが壁にぶつかるような多数の衝突音が届く。続いての細かな破砕音は、ガラスが割れたものか。

（えっ、本当に隕石？）

先程上下運動が行われていた空中に、砂煙と共にアスファルトやコンクリート、そして何か分からない破片が多数浮かび、落ちていくのが見えた。それらが地面へ叩（たた）き付けられる音が少女の耳に届いたのも、すぐのことだ。

唖然（あぜん）として立ち尽くし、砂煙の立ち上る方角を眺める小夜子。

すると再び同じ場所から影がまた飛び上がり、青い炎の膜を纏いながら轟音と共に落下していくではないか。続いてやはり衝撃音、衝突音、破砕音。そして、立ち上る煙。

小夜子の視界の中でその影はさらにもう二度ばかり同じ行動を繰り返した後、垂直運動からやや落下地点をずらして、放物線を描く上下運動へと移行していった。

ここで初めて少女は、あの影が「跳躍」しているのだと気付く。

そしてそのまま彼女は影が幾度も跳ねるのを眺めていたが……五回目の跳躍からの落下時に、「それ」が何なのかをようやく確認できたのだ。

「人間だわ、あれ」

顔までは流石（さすが）に判（わか）らない。しかし風圧になびく長い髪とスカートの翻りが、落下時の青い炎に照らされて見えた。

六度目の跳躍時を狙い再観察したが、錯覚ではない。

「やっぱり人よ……」

……ずっと見続けているうちに、跳躍はとうとう九回目に達してしまう。

そしてここに来て小夜子は察したのである。あの人影は何かを確認しようとしているのだ、と。

同時に妖精モドキが話していた『能力のランダムロール』『なるべく楽に、死ねるといいんだけど』……加えてここに来てから男性の声が告げた、『対戦』『張り切って相手を倒して下さい』という言葉が断片的に脳内で再生される。

あれはいかにも漫画じみてゲーム的な、あまりにも現実感の無い、夢ならではの台詞だったのだが……。

「……もしこれが、さっきの妖精の夢の続きだとしたら」

あの人影は何らかの能力を与えられていて、その確認のため何度も何度も力の加減を試していたのではないか。少女には、そのように思えてきた。

誰だってそんな状況になったら、やはり最初は手に入れた力を試してみようと考えるはずだ。使ってみなければ、加減も何も分からないのだから。

当然小夜子とて、同じであっただろう。妖精モドキの話を真に受けていたならば……そして、『ハズレ』『何も無し』などと言われていなければ。今頃は掌に力を込めながら、ポーズでもきめていたかもしれない。

「そう言えば私が【スカー】で、向こうが【グラスホッパー】だっけ」

思い出し、呟く小夜子。

視界内ではあの影……【グラスホッパー】が十回目の跳躍を終え、何度目かの破片と煙を空中に巻き上げている。

上

「グラスホッパーって、確かバッタのことよね」

プラントの向こうから届く、閃光と衝撃音。

「ひょっとしてピョンピョン跳ねるからバッタなわけ？」

跳躍十一回目。轟音。

「……適当すぎない？」

閃光と衝撃音。

「でもバッタは跳ねるだけだけど」

十二回目。光、振動。そしてまた煙。

「あれに踏まれたら……」

踏み潰された甲虫、通学路で見た猫の轢死体、先週ネット掲示板でうっかりリンクを踏んでしまった、海外交通事故の凄惨な画像。そういったものが次々と少女の脳裏に浮かぶ。

「多分死ぬわね」の部分を、彼女は敢えて口に出さなかった。言えばそれがそのまま、この悪夢の筋書きに取り入れられそうな気がしたからだ。

腹が締め付けられるような痛みは恐怖。背中に穴を開けられ、中身を吸い出されるような錯覚は不安。

全身でその不愉快な感覚を受け止めながら、小夜子は自分が怯えているのだと理解した。

「何で夢でまで、こんな嫌な思いしなければいけないの」

忌々しげに呟き、せめて夢くらいあの子との甘い一時でも……と考えかけた時。

小夜子は、異変に気付いたのだ。
(十三回目の「練習」が、無い)
飽きたのか。そうかもしれない。
疲れたのか。ならばいい。
しかし普通に考えれば、「練習」を終えたとみなすのが自然だろう。
では、「練習」が終わった後はどうするのか。
……当然、「実践」である。

第一夜：03【御堂小夜子】

ごおおっ。どすん！

背後から襲いかかった衝撃で、前のめりに押し倒される小夜子。

反射で手をつき、顔を地面へ叩きつけられることだけは奇跡的に回避……だが小さな石が掌や手首、膝へと食い込み、その一部は肌を切り裂いて傷を作った。

「ううっ……？」

苦悶（くもん）の声を上げつつ立ち上がり、振り返る小夜子。

土煙の中……十メートル程離れたところの地面が、半径二メートル程度、半球の形にくぼんでいるではないか。そしてもうもうとしたその中央には、一人の少女が立っている。

どうやら小夜子の注意が散漫となった際に上空へと飛び上がっており、轟音と共にそこへ落ちてきたらしい。

彼女もここに人間がいるとは全く予測していなかったらしく、驚きに満ちた表情で小夜子を見つめていた。

羽織っているのは紺のPコート。中からブレザーの制服が覗（のぞ）いている。首のリボンはえんじ色で、ハイソックスは白。スカートは少し短め。背丈は小夜子よりも高く、百五十五センチ程度だろうか。

以上の情報と顔立ちと体つきからして、おそらく同年代の高校生なのだろう。

切れ長の目で唇は薄く、鼻はそんなに高くはないがまあ美人な方ではないか……と小夜子は思わず品定めしてしまう。また、黒いストレートの長髪が似合っていると感想も。

ただし「あの子ほどじゃないけどね」と、付け加えてだが。

「貴方(あなた)が【スカー】？」

そんな勝手な論評者に向け、ブレザー女子高生は話しかけてきた。

だがその顔には、警戒の色が露骨に浮かんでいる。

「え？　あ、あの、私、御堂小夜子って言います。こんばんは」

思わずお辞儀して挨拶する小夜子。

異常な夢の中とはいえ初対面の相手だ。現実の延長線で、自然と敬語を使ってしまう。

「本名じゃなくて能力の方。名前なんか知らない方がいいじゃない？　気分的に」

「はあ」

「私は【グラスホッパー】にしたの。貴方は【スカー】にしたんでしょ」

「それなら、ええと、そうかも知れません」

「そう」

そこまでやりとりをしたところで【グラスホッパー】はしゃがみこみ、「どうっ」という音だけを残し小夜子の視界から消えた。

見れば窪(くぼ)みの中央、彼女が立っていた場所はさらに底が深くなっている。

地面を踏み込んで跳ねた跡だ、と理解した瞬間……既に身体は駆け出していた。

小夜子当人も驚くほど、素早い判断と行動だ。おそらくは、先程の分析あってのものだろう。

そしてこの反射行動が、彼女の命を繋ぐことになる。

しばらくの間を置き、ごおうっと空気を裂いて小夜子の耳へ届く轟音。

(落ちてくる音だ！　踏まれる！)

数瞬の後。先程と同じく、閃光と衝撃が小夜子の背中を襲う。

これまた同様前のめりに突き飛ばされた彼女であったが、倒れるというよりは転がる形になり、今度は運良くずっと早めに立ち上がることができた。

「はっ」

振り返る小夜子。先程まで彼女がいた場所は地面が抉られ、周囲は押しのけられた土で盛り上がっている。そしてその中心にはやはり、【グラスホッパー】。

「……っ」

外したのが意外なのか、小夜子が躱したのが予想外なのか。ややきょとん、とした顔で目を丸くしていた。

(あ、本当はちょっと可愛い顔なのかも)

などとそれを見て、緊張感の無い事を考える小夜子。

だが【グラスホッパー】はすぐ険しい表情に戻り、舌打ちして相手を睨むと、再跳躍のためにしゃがみこむ。

「ちっ！」

「ひぃっ!?」

彼女が屈んだ時点で、小夜子はまた駆け出していた。

どうしたら良いかなど、全く分からない。だがじっとしていたら、踏み潰されることだけは確実だ。

とにかく走る、走る。走る。

「ひっひっ」と恐怖で声にならない息を吐きつつ走る。

【グラスホッパー】が落下する轟音が小夜子の精神を追い詰める。それでも走る。

背後で衝撃と閃光が炸裂するが、振り返らず走る。

跳躍のため地面を蹴る音が聞こえるが、構わず走る。

（あの人、私を殺すつもりなんだ！）

今度は左前方に衝撃と閃光。右へ向きを変え走る。そして再び、「どうっ」という衝撃音。

（先回りしようとしてる!?）

直感的に意図を察した小夜子は急停止し、踵を返して【グラスホッパー】が飛び上がった方向へ走り出す。

数秒して真後ろに着地の衝撃音。先程よりも、ずっと大きい。

「ひっ」

小さく悲鳴を発した小夜子が振り返ると、ちょうどコンクリートのたたき部分に降り立った

【グラスホッパー】と視線が交差した。

足元の硬い床面は、彼女を中心に砕けて割れている。土に着地した時より砂煙がもうもうと舞っているのは、コンクリート上に乾いた土砂が散らばっていたせいだろうか。

だが問題は、そこではない。その位置は、あのまま小夜子が走っていればコンクリートごと踏み砕かれていた場所なのだ。

つまり彼女は、小夜子の走る先を狙って跳躍し始めている。

そして着地距離の縮まりは、コントロールの向上を示していた。

(段々、慣れてきているんだわ)

自分は確実に追い詰められているのだ。そのことを、小夜子は認識せざるを得ない。

◆

それから四度、小夜子は【グラスホッパー】の攻撃を回避した。

辛うじて、を付け加えるべきであるが。

「はぁ！　はぁ！」

全力で走り続けたせいで、息が苦しい。脇腹が痛む。

元々小夜子は運動が得意ではない、むしろ苦手というべき人種だ。マラソン大会では最後から数えたほうが圧倒的に早く、運動会や体育祭という類にも良い記憶はまるで無い。

だがその鈍足でも走って方向転換を繰り返す間は、【グラスホッパー】も命中させにくいようだ。その事実が、辛うじてまだ彼女の足を動かしていた。

しかし無論、いつまでも走り続けられるわけではない。

小夜子は、限界が近付くのを感じていた。どこかに隠れなければ、じきに追いつかれてしまうであろうことも。

（走らなきゃ、走らなきゃ！）

気は焦り、鼓動は速まる。息は切れ、足は重い。

そんなふらつく小夜子の前方、十五メートルの場所に【グラスホッパー】が落下する。

どごん！

「うっ……！」

跳ね上げられた土砂を浴びつつ小夜子は左へ向きを変え、肺と脇腹の痛みに耐えながら駆け続ける。

だがそうやって逃げてきた彼女の前方を、横に広く阻むものがあった。

「骨材置き場」という表示板の取り付けられた、やや大きな施設だ。

施設といってもコンクリ壁で領域をいくつかに区切り、屋根を取り付けただけの単純な物。

そしてそのスペースごとに、砂や小石がうず高く積まれ小さな山のようになっている。

つまりはコンクリートを製造する際の材料を、種類ごとに分けて保管しておく場所であった。

砂の運搬にはショベルカーを使うので、このように開放的な構造で作られているのだ。

だが勿論小夜子はそんなことなど知らないし、目前に立ち塞がるそれはただの障害物でしかなかった。

(方向、変えなきゃ)

息を絞り出し針路を変えようとしたその瞬間、【グラスホッパー】が骨材置き場に「着弾」する。

ごっ!

土の地面を大きく抉り、コンクリートの床を砕く威力である。

青い炎の膜に包まれた【グラスホッパー】は骨材置き場の屋根を容易く貫き、下にある砂の小山へとそのまま突入したのだ。

……だがその身体は、この時点では砂にめり込まなかった。まるで彼女は見えないボールの中心にいるかの如く、砂は球状の空間を確保したまま掻き分けられていく。

そして砂山を大きく穿ったところで、青い炎の膜は消えてしまったのだ。ついでに彼女の周りの「見えないボール」も、同時に消えたらしい。

「わぷっ!?」

砂を押しのけていた不可視の防壁が無くなったためだろう。

【グラスホッパー】は掻き分けたばかりの砂を、全周からその身に被ることとなったのである。

第一夜：04【御堂小夜子】

完全に埋もれたわけではない。

だが【グラスホッパー】の腰から下は、砂に包まれ隠れてしまっていた。

そしておそらくは巻き上げられた砂埃(すなぼこり)が目に入ったのだろう。彼女は何事かを喚(わめ)きながら、しきりにコートの袖で顔をこすっている。

「……っ！」

息を飲む小夜子。

これは好機なのだ。勿論、逃げ出すための。

反撃するという思考に、小夜子は至らなかった。

そもそもどう反撃しろというのか。非力な彼女が殴り蹴ったとしても、一人の人間の動きを止めることなど、不可能である。

とにかく一秒でも早く、一歩でも遠くへ。

そして【グラスホッパー】の目が塞がっているうちに、姿を隠さなければ。

走り出した小夜子の思考は、その一点で占められていたのだ。

「何処(どこ)かに……何処かに……」

何か建物の中へ逃げこもうと駆け回るが……プラント脇の操作室や事務所らしき建物は、施錠されていて侵入することができなかった。

映画みたいにドアを蹴破る力は小夜子に無いし、そんなことをしたら形跡で、「ここに逃げ込みました」と書き記すようなものだ。

また、音がするという理由で、ガラスを破り侵入するのも避けた。

それに割ってみたところで、残ったガラス片を綺麗(きれい)に取り除いて入る時間など無い。強引に入り血でも付けば、良い目印にされることだろう。【グラスホッパー】の練習で飛散した破片で割れたとおぼしき窓もあったが、同様の理由で避けている。

冷静に考えたわけではない。こうすると見つかるという恐怖心と、痛みへの恐れに由来した消極的な選択だ。

結局小夜子が限られた時間で選び隠れた場所は、骨材置き場からは見えない場所に駐(と)められていたミキサー車だった。駄目で元々と運転席のドアの取手を引いたところ、開いたからである。

車両担当者がズボラだったのか、たまたまなのか。事務所や操作室は施錠されていたのに、その車はキーを抜かれただけでドアロックされていなかったのだ。不用心だが、実際にはよくある話でもある。何にせよ、小夜子には幸運だった。

急いで中に入り込み、ドアを閉め……その音が【グラスホッパー】に聞こえないことを祈りつつ、中から鍵をかける小夜子。

そして助手席のフットスペースに身体を潜りこませ、外から彼女の姿が見えないよう、隠れたのであった。

……間もなくして。

轟音が響き、閃光が走り、衝撃が車体越しに伝わってきた。飛来した土砂や石が窓ガラスを叩く。それが二度、三度。いや、まだまだ続いていく。

どうも砂から抜けだした【グラスホッパー】が標的を見失い、手当たり次第に跳躍と着地を繰り返しているらしい。苛立ちが、ミキサー車の中にいる小夜子にまで伝わってくるようだ。

平静を保てないのか、虱潰しにやる作戦なのか。

あるいは閃光を光源に、獲物を探しだそうとしているのか。

気にはなるものの、小夜子の位置からは窓越しに星空と月、そして例の三十メートル近い高さのプラント建屋と、そのすぐ脇に立つセメントサイロの上部しか見えない。

かといって車の窓から周囲を見回すのも危険極まりなく……結局彼女はただただじっと、息を潜め続けることしかできないのであった。

(静かにしなきゃ)

思っても抑えられない、自身の乱れた呼吸音と動悸が頭骨にまで響く。

流石に吐息や心音まで相手に聞こえるはずもないが、それでも小夜子は己の心臓を止めんとするかのように胸を強く押さえ、口を塞いでいた。

そうするうちに、相手はローラー作戦を諦めたらしい。

【グラスホッパー】が跳ね回る音は、いつの間にか止んでいる。

（隠れてから、何分たったのかしら）

腕時計は普段からつけていない。先程スカートのポケットを漁（あさ）ってみたが、中にはスマートフォンも何も入っていなかった。警察へ助けを求めることも、不可能だ。

（お巡りさん……？　夢の中で？）

はっ、と気付く小夜子。

そもそも自身も、これは夢と判断したのではないか。夢の中でどうやったら、警察官が来てくれるというのだ。

そこまでの思考に至ったことで、彼女の精神はようやく落ち着きを取り戻し始める。

（そう。夢なんだから、別に慌てる必要なんてないのよ）

徐々に落ち着いていく、呼吸と心音。

（何だか相手も静かにしているし……後は目が覚めるまで、じっとしていよう）

変わらず助手席の足元に横たわり身を隠したまま、ぼんやり窓を見上げる小夜子。

しかし次の瞬間、彼女は大きく目を見開くこととなる。

窓から見える視界。あの背の高い建物。そう……プラント屋根の天辺（てっぺん）に、人が立っているではないか。

動きから意図はすぐに分かった。【グラスホッパー】が標的を求めて、高所から周囲を見回しているのだ。

（まずい！）

まず、車の向きが悪い。月明かりもここまで差し込んでいる。あのプラントの高さから見れば、ミキサー車の助手席は丸見えだろう。

かといって動くのは、最悪の自殺行為だ。先程の追いかけっこをまた繰り返して逃げ延びる自信を、小夜子はまるで持っていなかった。

もう彼女には、息を潜め続ける選択肢しか残っていなかったのである。

どくん、どくんと、心臓の鼓動が揺さぶる視界の中。【グラスホッパー】はずっと、プラントの屋上から周囲を見回し続けていた。こちらを見ていたと思えば、反対側。かと思えば、左右をきょろきょろと。苛立つ様子が、遠目にも見て取れる。

落ち着いて観察することができないのか、それとも光量が足りず見つけられないだけなのか……どちらにせよまだ、小夜子は発見されずに済んでいた。

(お願い、見つけないで)

【グラスホッパー】が再度反対側を向く。今度はじっくりと見ている様子だ。ぐるりと見回すやり方から、一方向ずつじっくり観察する手法に切り替えたらしい。

その後しばらくして、彼女は左に向きを変える。今度はあちらを注視するのだろう。

観察精度を上げるため、そしてできるだけ視界を確保するためか。プラントの端へ向かい、歩き始める【グラスホッパー】。

……そして、彼女は転んだのだ。

見ていた小夜子が、思わず「あっ」と声を上げる。

足がもつれたのか、滑ったのか。あるいは屋根に、つまずくような突起でもあったのだろうか。だがミキサー車助手席の小夜子に、それを確認する術は無い。だから何が起こったのかは不明だが、とにかく【グラスホッパー】は屋根の端近くで転んだのだ。

そしてそのまま、彼女がプラント屋根より落ちていくのを小夜子は見てしまったのである。手をばたつかせながら、ブレザーの少女が頭から落下するのを。

運転席の窓から見える姿はすぐに消え、直後。

「ごつっ」

という音が小夜子の耳に届く。

初めて聞く音だ。

だがあれが何の音かは、多分、理解している。

第一夜：05【御堂小夜子】

恐る恐る身体を起こし運転席のドアを開け、ミキサー車から降りる小夜子。

今や聞こえるのは、自分が砂利を踏む音だけであり……あたりはしん、と静まり返っている。

「大丈夫……よね」

ゆっくりプラントの方向へ歩いていくと、探していた「モノ」はすぐに見つかった。

「……【グラスホッパー】」

コンクリートのたたきの上に、横たわる彼女。

暗い。明かりは月のみで、光量はまったく足りていない。だが闇に慣れた小夜子の目は、【グラスホッパー】の姿を十分に見て取ったのだ。

彼女は動かない。いや、動けないのがよく理解できた。

おそらく最初に、コンクリートへ衝突したのだろう。左腕は、関節が一つ増えたかのように変形している。何か白っぽいものが、腕から突き出しているのも見えた。

そして片手だけで、落下の衝撃を吸収しきれるはずもない。首も、普通ではありえない方向を向いているではないか。

頭部の状態に至っては、小夜子はもう直視することすらできなかった。

「へこんで、膨らんでる……うっ」

こみ上げる胃液に抗えず、崩れるように膝をつき、吐く。

そして涙目で嘔吐しながら、小夜子は再び【グラスホッパー】へ顔を向けた。

(見たくない)

と思いながらも、視線は再びブレザーの少女へ向く。

彼女の頭部を中心に広がりつつある、水たまりのような何か。先程も見た腕に、捲れ上がったスカートから覗く、下着と足。この状況と不釣り合いなその脚の白さについ、視線が吸い込まれる。

こんな惨状を目にしながら何を見ているのか、と猛烈に自己嫌悪しつつ……小夜子は再び、胃液を吐いた。

……ぱんぱかぱぱぱぱーん。

間の抜けたファンファーレが鳴り響く。

『Aサイド【グラスホッパー】、死亡! 勝者、Bサイド【スカー】! キョウカ=クリバヤシ監督者、おめでとうございます!』

対戦開始を告げたのと、同じ男の声であった。同時に小夜子の眼前へ浮かぶ、『勝者【スカー】』という文字。祝福のつもりなのか、キラキラと光る効果まで付いている。

「何がおめでたいのよ馬鹿! いいから早く、救急車呼んでよ!」

足を震わせながらも立ち上がり、空に向かって叫ぶ小夜子。

救急車が来ても、【グラスホッパー】はもう助からないであろう。だがそれでも、言わずにはいられない。

『二回戦は、明日の午前二時から開始となります。監督者の皆様も、対戦者の皆様も、それまでゆっくりとお休み下さい』

小夜子の訴えに対する返事は無い。男の声は、一方的に告げるだけである。

『それでは、お疲れ様でした！』

「ちょっと待ちなさいよッ！」

瞬間。小夜子の視界から奪われる、全ての光。

ふわり。

（これ、ここに来る時と同じ……？）

足元が消失するような感覚と共に、意識も闇の底へと沈んでいく。

抵抗することもできずに、そのまま小夜子は気を失った。

◆

どくん。

鼓動と共に視界が蘇る。

見慣れた壁、いつもの天井、宿題が置かれたままの勉強机、床に積み重ねられた本の山、派手な格好をした美少女フィギュアの置かれた棚。

「ん……」

存在を確認するかのように、己の身体をばたばたとまさぐる小夜子。

眼鏡はかけていない。服はパジャマだ。そして今横たわっているのは、自分のベッド。そう。つまりここは、彼女の部屋以外の何物でもないのだ。

そして周囲には誰の気配も感じられず、何の音も声もなかった。キョウカと名乗ったあの不愉快な羽虫も、見当たらない。

「そうだわ」

枕元のスマートフォンを急ぎ手に取る小夜子。眼鏡はかけていないため、ぐぐっと顔に液晶を寄せる。

画面には「午前2時　10月26日　月曜日」と、現在時刻が何事もなく映し出されていた。

「時間……経(た)ってない？」

やや自失しながら眺めていると、二時一分に表示が進む。

そのまま枕元へスマートフォンを放り投げる。

「……夢、なんだわ」

ぼんやりと天井を見上げ、小夜子は呟く。

目覚めてみると、馬鹿馬鹿しい限りだ。

「ああ嫌な夢だわ。実に、嫌な夢だったわ」

疲労感が酷(ひど)い。身体の疲れではなく、精神が摩耗した感覚というべきか。

明日は、いや今日は学校があるのに。

(まあいいわ)

起きる時間まではもう四時間少々ある。

(早いとこ、寝直しておこう)

掛け布団を手繰り寄せ、頭まですっぽりと潜り込む。

中で胎児のように身体を丸めつつ、小夜子はもう一度眠りにつくのであった。

第一夜：06【ライトブレイド】

ここは郊外型ショッピングモールの駐車場。駐められた車が、陽(ひ)の光を反射し輝いている。軽自動車、コンパクトカー、セダン、ミニバンと様々な車種。週末の買い物で賑(にぎ)わっているのだろうか。駐車エリアは、車で一杯になっていた。

だがそのどれもが動くことはない。ドアが開く車は、一台も無い。

本来いるべき運転手も同乗者も、ここには誰一人存在しないのだから。

……ぱんぱかぱぱぱぱぱーん。

『Bサイド【フレイムウィップ】死亡！　勝者はAサイド【ライトブレイド】！　ミリッツァ＝カラックス監督者、一勝目おめでとうございます！』

開始を告げたのと同じ声が、戦いの終わりを宣言する。

それを聞いて緊張の糸が切れたのだろう。【ライトブレイド】はアスファルトの路面に、がくんと膝をついた。

その左腕は激しく焼けただれ、肘から先はほぼ炭化している。どこまでが詰め襟学生服の袖で、どこからが焦げた肉なのか、区別すらつかない。

カラン、カランカラン……。

猛烈な痛みに耐えかねた少年が、右手に握っていた筒状の道具を投げ捨てる。

筒は乾いた音をたてて転がり、少し離れたところに横たわる柔らかい物体にぽすん、とぶつかって静止した。

それは、ブレザー姿の男子学生とおぼしきものの上半身。何故わざわざ「上半身」と形容するのかといえば、「下半身」はやや離れたところに転がっているからである。

ブレザー学生は腰の少し上あたりで両断され、既に生命活動を停止していた。惨状に対し血だまりがさほど広がっていないのは、その断面が高温で焼き塞がれていたためだろう。

……能力名【ライトブレイド】。プラズマを力場で包む光剣を生み出し、それをもって敵を焼き切る能力である。

名前は、テレビで観たSF映画に登場する武器に基づき少年が付けたもの。彼の監督者であるミリッツァは『時代の流行りを反映しているのは、視聴者に喜ばれるだろうね』と語っていたが、少年は別段そこまで考慮して名付けたわけではない。

「あ……が……」

震える右手で、炭と化した左腕を押さえようとする【ライトブレイド】。

指が触れた瞬間に左手首から先がぼろりと千切れ落ち、路面を黒く汚した。

「ひっ」

驚愕で目を剝く。苦痛と恐怖で涙が溢れだす。引き攣るような呼吸。

「あっあっあっ」

言葉にならない声を発しながら、アスファルト上をのたうち回る少年。振動で、さらに焦げた肉がぼろぼろと飛び散っていく。

その激痛の中で、身を捩りつつ【ライトブレイド】は大きく息を吸い込む。痛みを和らげるために、叫ぼうとしているのだろうか。

だが。

「あぶなかったああああああ！」

少年が発したのは、苦痛の叫びでは無かった。

「でもやれたぞおおおお、やれたんだあああああ！」

痛みが無いわけではない。鼻水や涎を盛大に垂れ流し、こぼれる涙や歪んだ顔も苦痛によるものであった。

しかし彼が上げたのは歓喜の声。間違いなき、勝利の雄叫びである。

悶えながら、ライトブレイドは喜びに包まれていたのだ。

「何てことだ！」

怖かった。あんなに怖い思いをしたのは初めてだ。

痛かった。いや、今も痛い。痛いどころじゃない！

想像していたよりもずっと、遙かに、比べ物にならないほど！

ああ、でも、でも！

こんなにも興奮と充実を味わったことなど、無かった。

そう、今まで一度も！　一度たりとも！

だがこれでもし相手が無抵抗だったならば、とても殺せなかっただろう。

こちらの意志を明確に伝えたおかげか、相手も「やる気」をすぐ出してくれたのも良かった。

延々一週間もかけて、歴史がどうとか、人権がどうとか、自称未来人からくどくどと下らない説明を受けていたが……それに耐えた甲斐はあった。話に乗って、正解だ！

（何にせよ、良かった。運が良かった）

心から噛み締める彼の脳裏に、ふとよぎる言葉。

『君は歴史的にも生物的にも、存在する価値が無い』

そうあの未来人、ミリッツァは語っていた。

思い出しつつ「ひゅっ、ひ、ひ」と絶え絶えの呼吸で【ライトブレイド】は嗤う。

（そんなことは、僕が一番知っているさ）

自分の人生に意味が無いであろうことなんか、分かっている。

言われる前から、そんなことは知っている。

ああそうさ。その通りさ。僕はきっと、そうなんだ。

（……だけど）

僕の「生」に意味が無いのなら。

ならばせめて。

僕の「死」には……意味をくれ。

◆

『二回戦は、明日の午前二時から開始となります。監督者の皆様も、対戦者の皆様も、それまでゆっくりとお休み下さい。それでは、お疲れ様でした！』

アナウンスが彼の頭の中に響いていたが、【ライトブレイド】はそれを聞いてはいなかった。

彼は笑顔のまま、既に意識を失っていたのである。

第二日：01【御堂小夜子】

　テレビでは、朝のニュース番組が流れている。

　アナウンサーが外交問題について読み上げる声を聞き流しつつ、もそもそと気怠げに咀嚼する。何度も繰り返されてきた、小夜子の朝食光景であった。

　献立は牛乳代わりに豆乳をかけたコーンフレーク、もしくは前日に買っておいた惣菜パンだ。理由は至極簡単で合理的。「片付けが楽」だからである。

　作業的にコーンフレークを食べ終えると、水でシリアルボウルとスプーンを洗う。それを水切りバットに入れた小夜子は、今度は身支度をしに洗面所へ向かった。

　御堂小夜子には、母親がいない。

　いや正確には何処かで生きているのだろうが……連絡はとれないし、とるつもりもない。何故なら血縁上のその母体は娘が小学二年になって間もないころ、男を作り出て行ってしまったからだ。

　あの日学校から帰ると家には誰もおらず、台所のテーブル上に母親の分が記入された離婚届が置かれていたのを少女は覚えている。

　今にして思えば、夫より娘が先に目にするであろう場所へそんな物を置いておく行為自体に理性の存在を疑うものの……まあ所詮そんなメンタリティの女だったのだろう、と小夜子は評価を下すことで終わらせている。

別段、感傷は無い。

何故なら当時から既に、彼女の精神の拠り所は母親でも父親でもなかったからだ。だからこの件に対する感想は、「やっぱり女ってクソね」という程度であった。

感性がおそらく一般からズレていることは、小夜子自身も自覚している。

一方母が出て行ってからの父は、劣等感を振り払うかの如く仕事に没頭した。そしてそれが功を奏したのか、若くして重要な役職を任されるまでに出世していく。かくして取引先との商談やら社内調整やらに追われる父は日本中を飛び回り、家にはほとんど帰れなくなったのだ。

しかし父親が家を空けるのは仕事のせいだけではなく、自分を避けているからだ……と小夜子が気付いたのは、小学校も高学年になってからであった。

最早彼は、逃げた妻に対する意地だけで娘を育てているのかもしれない。

自分を裏切った女の顔に年々似てくる少女を育てねばならない、という父親の苦痛を察すると、小夜子は時々申し訳ない気分になってくる。

いっそのこと愛人を作るなり、後妻でも貰って気持ちを切り替えてくれればいいのにと小夜子は思うのだが……そんな簡単に折り合いを付けられるものでもないらしい。そういった気配は、父からは全く感じられなかった。

◆

歯を磨いて、シャワーを浴びる。髪を乾かすのは面倒だが、昨夜は夢のせいで気持ちの悪い汗をかいたため、どうしても浴びておきたかったのだ。

ドライヤーでの乾燥を終え、制服に着替えて鏡の前で髪を編む小夜子。

鏡には、見慣れた顔をした眼鏡の少女が映っている。色も生気も薄い肌、低い鼻、血色の悪い唇、細長くつり上がった目の下にはご丁寧に慢性的なクマのおまけつき。「陰湿そうで病的な顔」というのが、小夜子の自己評価である。

「んっ」

編みながら途中、ふと手を捻(ひね)って小指側の側面を見た。

昨晩散々転んで付いたはずの傷は、何処にも無い。夢である良い証拠だろう。

「ホント、最低な夢だったな」

身支度を終わらせ、壁掛け時計へ視線を投げる。

液晶には大きなデジタルで、「07:40」との表示。

「そろそろ出ないと」

一人呟(つぶや)く小夜子。

だがその声は少なからず、弾んでいる。

◆

通学バッグを持ち玄関に向かい、靴を履く。ドアを開けて外に出て施錠、門へ向かう。家の前に出たところで足を止め、バッグを右肩にかけ直しながら少し待つ。

「ふんふん」

鼻歌交じりに待っていると……やがて左隣の家から「行ってらっしゃい」「行ってきます」という、親子の交わす声が彼女の耳にまで届いてきた。次いできぃ、と門扉を開け、そして閉める音。

すぐに小夜子の視界に、彼女と同じ制服を着た少女が現れる。

背はすらりと、小夜子より頭一つほど高い。加えて高校生とは思えぬ、均整のとれた体つき。優しげな目元に形の良い鼻、薄い唇。口元左下のホクロもアクセントになっている。身体の動きでふわりとなびくストレートの長い黒髪がなんとも映える、清楚な少女だ。

いや。「美少女」と形容すべき人物であった。

その彼女へ向けて、満面の笑みと共に小夜子が声を上げる。

「おはよう、えりちゃん!」

美少女が微笑みながら、挨拶を返す。

「お待たせ。おはよう、さっちゃん」

彼女は隣に住む、幼馴染みの長野恵梨香。

小夜子の女神である。

「行こうか、さっちゃん」

「うん！」

　さも当然という流れで、恵梨香の右腕に自らの左腕を絡める小夜子。

　そこからさらに身体を密着させつつ、深呼吸するフリをして大きく鼻から息を吸い込み、恵梨香が纏う空気を全力で鼻腔に送り込む。自身とは違うシャンプーの香りが、小夜子の心身を満足させた。

　幼馴染みのスキンシップにしてはいささか、いやそれ以上に過剰ではあるが、これがいつもの調子ということなのだろう。恵梨香は全く動じずに、微笑みを浮かべている。

「もう行かないと遅れるよ、さっちゃん」

「うんうん」

　そして二人は腕を組んだまま、学校へ向けて歩き出した。

　……小学校入学時から、二人は一緒に通学し続けている。

　恵梨香が体調を崩して休むことはあっても、彼女が登校する日に小夜子が休んだことは一度も無い。女神と二人きりでいられる至福の時間が減るからだ。

　どんなに体調が悪かろうとどれほど熱があったとしても、薬や強めのドリンク剤を飲んででも、恐るべき執念で小夜子は文字通り家から這い出てくる。そして、恵梨香と会う時には平気な顔をして共に登校するのだった。

　それほど、小夜子にとってこの時間は大切なものなのだ。

二人の家がある高台から高校までは、徒歩で約三十分程度かかる。

恵梨香がその高校を選んだのは、県内でも安定した進学校であることと「家から近いから」。

小夜子が同じ高校を選んだのは、「恵梨香が通うから」だ。

眼鏡の少女はその高校受験のために、一生分の学習意欲を使い果たしたと思っている。実際劣等生である彼女の学力では、かなり際どい受験であった。

それなりに苦労はしたが……共に合格したことを知った恵梨香の笑顔を思い出すと、小夜子はそれだけで一週間は飲まず食わずでいられそうなほど、胸の内が満たされる。

「天気予報、晴れだってね」

「良かったぁー」

取り留めのない会話を交わしながら、歩いて行く二人。

家は住宅地の外れかつ高校最寄りの駅から逆方向にあるため、通学時間の内十五分は他の生徒たちとまったく経路が重ならない。

人目を憚（はばか）ること無く、恵梨香の勉強の時間を潰すこともなく、堂々たる理由をもって女神を独占できる「至福の十五分」。

この時間だけが小夜子にとって灰色の一日の中で、光り輝く鮮やかな時間なのだ。彼女はこの時間のためだけに生きていると言っても、誇大ではあるが虚偽ではない。

「さっちゃんもシャワー浴びてきたの？　私もちょっと早めに起きて浴びたんだ」

ええそうね。おかげであなたの体臭が弱いのが残念だけど、髪についたシャンプーの香りも素敵よ。

「えりちゃんも？　私は何か変な夢見ちゃって、嫌な寝汗かいたから浴びてきたの」

とか。

「あ、しまった。図書室で借りた本、日曜日に読み終わったけど持ってくるの忘れちゃったな。あれ結構面白かったから、さっちゃんも読んでみるといいかも」

内容なんてどうでもいいから、私はあなたが本を読む姿をずっと眺めていたいわ。

「へー、どんなタイトルだっけ？　たしか、えりちゃんが読んでたのは歴史物の真面目なお話だったよね？　私は漫画やラノベばっかりだからなあ。難しいのは苦手かも」

とか。

概ね会話の裏側には、小夜子のどろりとした独白が付随していたが……それは恵梨香の知らぬところであり、そして、知られてはならぬことであった。

第二日：02【御堂小夜子】

　そうこうしているうちに時間は経ち、他の生徒らと通学路が重なるあたりまで二人は進んでいた。

　恵梨香の腕に絡めていた腕をほどき、密着させていた身体を離す小夜子。そして歩くペースを緩めて、恵梨香の後方へ位置を変えていく。

　それに対し恵梨香はいつも、「別にいいのに」という顔で首を傾げている。が、小夜子にとってはそうもいかないのだ。

　小夜子は十メートルほどの距離を確保し、たまたま方角が一緒という体を繕いつつ恵梨香と相対速度を合わせていた。

　そんな二人のところへ、しばらくすると女子生徒の集団が現れる。

「長野、おはよ」

「おはよう、恵梨香さん」

「エリチン、オッス」

　同学年の女子たちだ。恵梨香と同じクラスの生徒もいれば、違うクラスの者もいた。

　彼女らは、小夜子を一瞥もしない。

「おはよう」

微笑んで挨拶を返す恵梨香。

その姿は小夜子に、萎(しお)れた雑草の中で一輪咲く、穢(けが)れなき白百合(しらゆり)の花を連想させていた。

美しい。あなたはただ、本当に美しい。

他の有象無象とは違う。格が違う。別の生き物。

そしてその美しさは外側だけじゃない、内側も清く正しく優しく麗しいことも、自分はよく知っている。誰よりも知っている。

あなたは、今日も至高。

ねっとりと恵梨香を見つめそう考えつつ、彼女は一団から距離を置き歩いていく。

数分を経て、さらに女生徒が加わった。そのまた数分後には、集団は倍に膨れ上がっていく。群れの中央は勿論(もちろん)、あの女神だ。

恵梨香は人気がある。

一言で片付けてしまえばそれで終わりだが、とにかく人気があるのだ。

同学年からも、上級生からも、下級生からも。女子からも、男子からも、教師からも、だ。

成績は学年トップクラス。

貼りだされる順位表では、いつも五位以内に彼女の名前があった。「うまくできなかった」と話していた時ですら、彼女がテストで九十点以下を取ったところを小夜子は見たことがない。どの教科も「良くて」平均点の小夜子とは、大違いである。

運動もできる。

彼女自身は部活には所属していないが、中学の時などは部員不足のバレー部から助っ人を頼まれ、何度も試合に出ていた。小夜子も全て観に行った。本職の部員に劣らぬ恵梨香の働きを、眼鏡の少女は鮮明に覚えている。

中学三年のマラソン大会でも陸上部エースに次いで二位をとり、体育教師から「何で部活をしなかったんだ」と嘆かれていたほどだ。

ちなみに小夜子は、ビリから三番目である。

恵梨香は生徒会にも所属している。

二年生なので長はつかないが、書記として書記長や会計長、生徒会長らの手助けをしている……と聞く。生徒会内だけでなく一般生徒や教員からの評価も極めて高く、次期生徒会選挙に出れば会長として当選確実との下馬評だ。

一方小夜子はクジ引きで決まった、名ばかりの図書委員をやった事しかない。

さらに恵梨香は、モデルまでしたことがある。

母親の友達に強く頼まれて断りきれず、一時期ティーンズファッション誌の読者モデルをしていたのだ。恵梨香は小夜子以外にそのことを言わず、勿論小夜子も誰にも言わなかったが……その号が出るやいなやクラスで話題になり、すぐ他の学年にまで名前と顔が大きく知れ渡ってしまった。

恵梨香は恥ずかしがってやがて辞めてしまったものの、小夜子は彼女が載っている号を各六冊ずつ収集していた。実用と観賞用と保存用と保険用と秘蔵用と家宝用。表紙を飾った回は、丁寧に切り取り額縁へ入れてある。

いくつかの芸能事務所からスカウトもあったが、慎ましい恵梨香は全てを断っていた。内面も美しい。

小夜子は、恵梨香が誰かの悪口を言っているのを聞いたことがない。

電車では自然な所作で年寄りや妊婦に席を譲るし、迷子がいれば放っておけない性格だ。後輩からは頼られ、先輩からは可愛がられる。勿論同輩からも一目置かれる人物。

かつ物腰は柔らかく、穏やか。それでいて良くないことは良くないとはっきり言う強さも持ち合わせている。

清く、正しく、美しく。

それは彼女のために時代を先取りして生まれたフレーズ、というのが小夜子の持論だ。

将来に夢も持っている。

歴史研究の道に進んで、詳しく知らない人でも興味を持てるような本を書きたいのだという。

どの時代をテーマにしたいのかと、以前小夜子が尋ねたことがあるが、

「十九世紀から二十世紀初頭のヨーロッパをテーマにしたいけど、他の時代も面白いものはたくさんあるから迷っちゃう」

と、恵梨香は答えていた。

正直なところ小夜子にはあまりというかまるで分からないのだが……目を輝かせて夢を語る恵梨香の横顔がひたすらに美しかったのは、記憶に焼き付いている。

ただ本格的な歴史研究の道に進むためには、かなり有名な国公立大学や大学院に進む必要があるので、まずはその学校に入れるように勉強しなければ、とも語っていた。

それならばどんな大学に行きたいのか、と尋ねられて恵梨香が例を挙げたのは、超がつくような難関校。

だが彼女の頭と努力なら問題無いだろう、と小夜子は心配していない。

……そして、彼氏もいる。

生徒会の会計長で吹田（すいた）という先輩だ。この事実は小夜子をいつも暗澹（あんたん）とした気分にさせるが、「私の」恵梨香ほどの人物なら彼氏くらいいても当然だ……とも思っているので、その度、自分自身に言い聞かせている。

それに小夜子はどう足掻（あが）いても、恵梨香の彼氏にはなれないのだから。

恵梨香は小夜子にとって親友であり、姉妹であり、憧れであり、恋慕の対象であり、女神であった。彼女は様々な物を備えていて、それにふさわしい人格もあり、希望もある。まさに、未来のある人物だ。

一方で小夜子には何も無かった。少なくとも彼女は、自分には何も無いと考えている。

勉強も並以下。運動も苦手。努力もできない。やりたいことも無い。将来何か成せるとも、まるで思えない。

そして小夜子の手は、小夜子の想（おも）いは。

恵梨香へは絶対に届かない。届けてもいけない。絶対に。絶対に、だ。

彼女は小夜子を、拒絶したりはしないだろう。

しかし拒みはしないが、受け入れることもできない。

その事実は恵梨香を、あの優しい恵梨香を必ず悩ませるから。

彼女を、苦しめるから。

(本当は、私なんかが横にいていい子じゃない)

そう小夜子は思っている。思い込んでいる。が、離れられない。物心ついた時からの幼馴染みという立場を最大限に利用して、恵梨香の脇に留(とど)まっている。

しかしそれも、もう長くは続かないだろう。

小夜子の学業成績では、一緒の大学へ通うのは絶対に不可能だ。

ならば恵梨香の進学先近くで就職するか？　ツテも宛てもない遠方で？

それこそ、妄想以外の何物でもない。

ということは、一緒にいられる時間はあと一年半だけ。

それが小夜子に残された猶予時間、終末までの残り時間であった。

(その先のことなど、どうでもいい。考えたくもない)

どうせ自分は何者にもなれないし、何もできはしないだろう。

あの子とは違う。あの子は優しいから、今は自分と一緒にいてくれるだけなのだ。

それは温情であり厚意ではあるが、好意とは呼べない。

……小夜子はずっと、そう思い続けている。

第二日：03【御堂小夜子】

小夜子は、昼食は一人でとっている。彼女は二年一組、恵梨香は二年三組。学年は同じでも、クラスが違うからだ。

もっとも同じクラスだったとしても、小夜子は幼馴染みに配慮して一緒に食べるのは避けるだろうが。

スクールカースト最底辺の小夜子が、学年最上位に位置する恵梨香と一緒にいて周囲の顰蹙を買うのも問題だが……それよりも小夜子のために恵梨香が気を遣ったり、周囲に牽制させたりするのは避けたい、というのが一番の理由であった。

万が一にも、恵梨香の立場を悪くする危険など冒せない。

そんな理由に加え根暗で内気な性格のせいで友人もいないため、小夜子は昼休みをいつも一人だけで過ごしていた。

もそもそとパンを口に入れ、流しこむようにパックジュースをストローで吸い込む。味気ない上に単調で不味い食事だが、弁当を作るのは面倒だし、そもそも作る技術がない。

とはいえ学校にスーパーやコンビニの弁当を持参するのは流石に躊躇していた。なので妥協点として毎日これで済ませているのだ。

「ミドブ」

そんな昼食を八割方終わらせた頃。ショートボブの髪をした、やや目つきのきつい少女が小夜子の席へ近づいてきた。

大分類すれば美人のカテゴリーに収まるであろう彼女は、同じクラスの生徒で中田姫子という。小夜子や恵梨香と同じ小中学校に通った人物だ。

その後ろに立つのは佐藤と本田。これは高校に入ってからのクラスメイトだが、姫子と合わせこの三人でよくつるんでいるのが見受けられた。有り体に言えば、取り巻きである。

姫子は軽く小夜子の机の脚を蹴り飛ばすと、

「相変わらずショボい食事してるわね。何それ。『あさがおマート』で買ってきたやつなの？お弁当くらい、親に作ってもらいなさいよ」

にやにやと頬を歪めながら言い放つ。

ミドブ、というのは小夜子の姓の御堂にドブを引っ掛けた「あだ名」である。命名者は小学生の時の姫子なのだが……小夜子自身には特別ドブに関するエピソードは無いので、眼鏡の少女はその名をいつも不思議に思っていた。

具合が悪いのを我慢して登校し、学校で吐いたことは二度ほどあるので「ゲロ」ならまだ分かるのだが。単に、語感だけでつけたのだろうか。

何にせよ彼女らが小夜子に対し碌な感情を抱いていないことは、その物言いと態度から明白であった。

先程机の脚を「軽く」蹴ったのは、強く揺らして食事が撒き散らされでもしたら痕跡が残り

問題になるため、という判断に違いない。その辺の狡猾(こうかつ)さや性根の醜悪さも、小夜子にとっては不愉快以外の何物でもなかった。

勿論表面には出さない。そんな度胸も無いし、なにより問題になって恵梨香を心配させたくはないからだ。

「あ……う、うん。中田さん。ウチは母親いないから」

「ああ、男作って逃げたんだっけ？　ごめんごめん」

心を抉(えぐ)る一撃を入れてやった、というしたり顔で姫子はふんぞり返る。

俯(うつむ)き加減の小夜子は相手の足元を黙って眺めていた。

……小学校高学年くらいからだろうか。

姫子が事あるごとに小夜子を罵り、威圧するようになったのは。

(大昔はえりちゃんと一緒に、私とも遊んでたのにな)

中学ではさらに露骨に嫌がらせをしてくるようになり、一度はクラスの女子全員に根回しして小夜子を学級ぐるみでいじめようとしたことすらあったのだ。

もっともこれは恵梨香に感付かれ、彼女が小夜子の援護に入ったことで逆に姫子が窮地へ立たされかけたのだけれども。

そのことで用心するようになったのかは分からないが……恵梨香の知覚する範囲でだけは不遜な姫子も小夜子へ手出しをしてはこない。だが今は不幸にも、別々のクラスである。

「ごめんねミドブ、思い出したくないこと思い出させちゃって」

高校入学以降は目立つ仕掛けをしてはこないものの、姫子の小夜子に対する敵意は年を追うごとに増しているようにすら思えた。

威圧と嫌みはほぼ毎日だ。今回の行動も、彼女の中で蓄えられた悪意の発露なのだろう。だが立場と気の弱い少女に過ぎない小夜子は、姫子から向けられる敵意に対し、ただ萎縮するしかない。

頭の中では色々と考えられても、現実に反映できるかどうかは全くの別問題なのだから。

「う……」

言い返す術もなく、眼鏡の少女がただ小さく呻く。姫子はそれを見て、気分良さげに取り巻きたちと去って行った。それを横目で見ながら、解放された安堵で小さく溜め息をつく小夜子。

悪意を振りまくことに熱心な人間というのは、実際いるものだ。

◆

午後の授業も終えて、帰り支度を始める小夜子。

朝と違い、帰りは恵梨香と待ち合わせをしない。

恵梨香は生徒会の仕事で遅れる時もあるし、そのまま塾に行く日もある。それに他の生徒たちが誰かしら一緒にいるため、小夜子がそこへ割り込む余地は無いのだ。

帰りのタイミングを恵梨香に合わせ、家の近くの「十五分ゾーン」で一緒になるよう後をつけていくことも可能だが……いざやってみると、これはなかなか難しかった。

かといって放課後の学校で恵梨香を待つ居場所は、小夜子には無い。図書室で待つのもいいが、それだと恵梨香の下校時間が分からない。SNSやメールでタイミングを教えてもらうというのも、結局気を遣わせることになる。

かつ今日の恵梨香は生徒会の集まりがある様子なので、小夜子はそのまま大人しく帰宅することにしたのであった。

「あさがおマート」に寄り道して夕食の弁当とレトルト食品、翌日の昼食用のパンを買う。ルーティンワークに近い、いつもの行動。

身体には良くないし面白みも無いが、手間が掛からないということで目を瞑っておく。そもそも健康に気を遣うといっても、小夜子は自身に未来があるとは思っていないのだから。

昨晩の夢のような理不尽な死に方は御免被るものの、残り時間は一年半だけなのだ。恵梨香と一緒にいられる一年半。それだけを生きていられればいい。

小夜子は、そう考えている。

◆

小夜子は「ただいま」とは言わない。ただドアを開けて、家に入るだけ。小学生の頃から、何度も繰り返された光景だ。

靴を脱いで揃(そろ)えもせず上がり、廊下を通って台所へ。スーパーのレジ袋をテーブルの上に置き、弁当を取り出して冷蔵庫へ入れる。パンはテーブルの上に放り出し、レトルト食品はレジ袋に入れたまま放置した。文句を言うであろう父は、出張でしばらく帰ってこない。

留守電をチェック。録音無し。これもいつも通り。

それからトイレを済ませて二階の自室へと向かう。階段の五段目と八段目が妙に軋(きし)む音をたてるが、毎度のことだ。

二階の自室前、ドアを開けて入る。勉強机の脇へ通学バッグを置く。

そして制服を脱ぐ前に壁のフックにかけてあるハンガーを手に取り、ベッドの上に放り投げる……いや、放り投げようとした。

「えっ」

寸前で小夜子の動きは、ぴたりと止まってしまう。ベッドの上にいつの間にか座り込んでいたあるモノに、気付いたためだ。

それはぼんやりとした光に包まれた、羽根の生えたこぶし程の人であった。

『やあ、お帰りサヨコ！』

見覚えのある姿が聞き覚えのある声を上げ、ひらひらと右掌(てのひら)を振っているではないか。

昨晩の夢に登場した、キョウカと名乗る妖精モドキだ。

第二日：04【御堂小夜子】

『ありがとうねサヨコ！　おかげで加点して貰えたよ！　いやぁ、まさか生き延びるだけじゃなく、相手の自滅とはいえ、勝ち点を貰えるなんて思いもしなかった！』

耳からではなく、頭に直接入ってくる声。大げさな身振り手振りを交えながら、まくし立てる姿。何から何まで、昨晩の夢と同じだ。

『もうこれで僕の試験はオシマイだと思って、あの後すぐ接続を切って不貞寝しちゃったんだけどさ！　あ、でもちゃんと後で対戦記録は見ておいたよ！　どうやら【グラスホッパー】は高く跳躍する力と、そして力場を発生させて落下の衝撃から本人を守りつつ周囲を破壊する能力だったみたいだね。彼女はそれを「相手を踏み潰す」という攻撃に利用しようとしていて、その運用は概ね正しかったのだけど、どうも能力発動には跳躍の上で落下という過程が必要だったらしくて、それで足を滑らせて転落したあの時には、力場の保護が働かなかったみたいなんだ！　まあ、これは僕の分析なんだけどさ』

興奮した様子で一方的に喋り続けるキョウカ。小夜子はそれに対し何も答えない。ただ蒼白な顔で、額を鷲摑みにしながら床へ座り込んでいる。

「どうしよう、こんなモノが見えるなんて。ついに私、どこかおかしくなったんだわ。そりゃあ前から自分がまともだなんて思ってなかったけど、こういう形でおかしくなるなんて、予想もしてなかったわよ。クソ」

『サヨコは相手の自滅を誘っての行動だったのかな？　「策士」ってやつ？　ハハ、それはないかー。対戦記録を見ても、そんな感じじゃなかったよね！』

「どこか病院に？　いや、でもお父さんが帰ってきてからじゃないと……お願いしてどこかのメンタルクリニックに通わせてもらうとか……ああでも、そんなの嫌だわ」

『この調子であと何回戦か、逃げ延びてくれると嬉しいな！　そうすれば僕の成績にも、さらに加点されるし。最終的に生き残る順位が高いほど、好成績高評価なんだ』

「それにえりちゃんにそんなのバレたら、何て思われるかしら。嫌。そんなの嫌」

『テレビ局からの賞金が増えるのも正直ありがたいね。でもまあ優勝しなければ大し……』

「黙れ羽虫！」

振りかぶってハンガーを投げつける小夜子。

だがハンガーはキョウカの身体をすり抜け、ベッド脇の壁に命中。小さな傷を作って跳ね返ると、音を立てて床の上へ落ちた。

『ヒューーッ！』

そうしてここにきて小夜子の様子にようやく気がついたのだろうか。キョウカは「にこり」とわざとらしい笑顔を見せてから、首をゆっくり横に振る。

『大丈夫だよサヨコ。君はおかしくなんかなっていない。僕が保証する』

あやすように語りかける妖精モドキに対し、小夜子は「黙れ」と頭を抱えつつ拒絶する。

『いいかい、落ち着いて。これは現実のことさ。夢でも何でもないし、君のバイタルもメンタルも正常だ。観測数値にも出ている。まあ……ちょっと興奮状態にはあるけどどね』

「うるさい」

『だから落ち着いて欲しいな。そうやって喚いても僕は消えないし、話を聞いておかないと君は死んじゃうんだよ？』

「……うるさい」

『確かにこの時代の君らの発展途上な科学技術では、理解できない事態かもしれない。だけどちゃんと理由もあるんだ。聞いてみても、損はないんじゃないかな』

「……るさい」

俯いたままの小夜子。声がか細い。

その様子を見たキョウカは『やれやれ』と肩をすくめ、語りかけるのを止めていた。

……そのまま数分間を経て、ゆっくりと顔を上げる小夜子。

顔を伏せ幻覚が消えるのを待っていた彼女だが……その期待を裏切るように、眼鏡越しの瞳には忌まわしい羽虫の姿が未だ映っている。諦めたような、溜め息。

『落ち着いた？』

小夜子は天井を見上げ、三回の深呼吸の後で視線をベッドへと戻す。そして妖精へ顔を向け直し、答えたのであった。

「落ち着いたわ」

◆

台所の冷蔵庫から持ってきた五百ミリリットル入りペットボトルの炭酸ジュースを四分の一ほど一気に飲み、フローリングの床へどん、と置く。

「で、未来から来たって？」

あぐらをかいた膝に肘をのせ、頬杖をつきながら尋ねる小夜子。

『そうだよ』

「いつの未来から来たわけ？　二十二世紀？」

小夜子はまだ、これが自身の狂気が創りだした妄想という線を捨てきっていない。相手に対する態度は、ぞんざいだ。

『へえ、ヘルムートの奴が「この時代の日本人に未来から来た話をしてみな、高確率で二十二世紀って言うだろうぜ」って話していたけど、まさか本当にそう言われるなんてね！　ハハハ！』

何がそんなにおかしいのか、腹を抱えのけぞって笑うキョウカ。

傍から見れば妖精がはしゃぐ愛らしい姿に見えなくもない。が、その声も笑いかたも、今の小夜子には全てが不愉快であった。

「なんでコイツこんなに偉そうなのよ……」

『……で、なんで二十二世紀なの？』

「さあね。未来デパートにでも聞いてくればいいんじゃない」

『デパートメント？　ふーむ？　また後で調べてみるか。ちなみに僕たちが来たのは二十七世紀。君の予想よりも、大分後だね』

六百年程先の未来から来たのだと言う。

(六百年……こっちで六百年前なら鎌倉？　いやあれは一一八五年開始？　だからえーと　戦国？　やっぱまだ鎌倉？　いや室町かな。……まあ、そのあたりに私が行くようなものか)

室町時代の人間に飛行機や自動車、インターネットやスマートフォンの話をしても、脳内に描いてもらうことすら困難であろう。

せいぜい魑魅魍魎(ちみもうりょう)や天狗(てんぐ)の所業と解されるのがオチだと思えば、遙(はる)か未来から来たと称するキョウカがどうやってこの状況を実現しているのか……ということに現在の知識で理解を試みるのは徒労ではないか。小夜子は、そう思えてきた。

(こいつらの時代からすると、私たちは未開の野蛮人扱いなのかもしれない)

少ないやり取りだけをとっても対等に見ているとは思えないし、そしておそらく現実、対等の立場ではないのだろう。

「で、その未来人様が何の用事なの」

『これはね、学校の試験。授業の一環なんだ』

「あんた学生なの？」

『大学生だよ。まぁ飛び級しているから、君と大して年齢は変わらないさ』

キョウカは、肩をすぼめてウインクしてみせる。

その仕草に苛立ちつつも、小夜子は、

(六百年先でも大学とか、普通にあるんだな)

などとぼんやり考えていた。

『僕はファイスト州立大学で、教育運用学を学んでいるんだ』

「州？　アメリカ人なの？」

州による連邦制国家は世界中に沢山あるが、小夜子の知識ではアメリカ合衆国くらいしか分からない。

『うん？　そうなるのかな？　ああ、うん、そうだね。僕の時代だとユナイテッド・ステイツ・オブ・ノーザンっていうけどね』

「国名、変わるんだ」

『第四次、五次世界大戦で核兵器が使用されて、世界的に環境がかなり荒廃してね、北アメリカ大陸全土と西ヨーロッパ、あとアジアの一部が人類社会再建のために合流したのが、そのきっかけだそうだよ。もっとも僕が生まれる、ずっとずうっとずーっと前の話。歴史の教科書の世界さ』

さらりととんでもない未来図を語る。が、冷戦も軍拡競争も知らない世代の小夜子は核戦争に対し特に思うところはない。これに関しては、大して興味を示さなかった。

だがアメリカ人、大学生、授業、飛び級……これらは彼女の理解の範疇にある単語だ。時代や環境は大きく異なるかもしれないが、相手も同じ人間であるという再認識は、少女の精神を落ち着かせるのに大きく影響した。

「未来のアメリカ人大学生が、わざわざテストをやりに二十一世紀の日本へ来たの？」

小夜子の問いかけに対し、キョウカは勢いよく頷いて答える。

『うん！　それと、テレビ局の番組撮影のためさ！』

ＳＦじみた世界から急激に下世話な話へ転落したことに、少女は軽い目眩を覚えていた。

第二日：05【御堂小夜子】

「……テレビの番組？」

『うん。ほら、大学が民間企業と協力して研究、開発、商品化を行うというのは君らの時代でもあるだろう？』

小夜子もそういう話には聞き覚えがある。食品だの化粧品だの医薬品だのに、大学で研究した素材を企業が商品化した、というニュースは今までにも何度か目にしていた。

だが【教育運用学】……そんなものは聞いたこともないが……おそらく人間を使って何かをする学問なのだろう。そんなものが果たしてテレビ局にとって連携する意味があるのか。小夜子には、想像がつかない。

率直にそのことをキョウカに伝えると、

『エンターテインメント！　そしてヒューマンドラマだよ！　何の変哲もない少年少女たちが突如放り込まれる極限的状況！　それを僕ら監督者が時には優しく、時には厳しく接し、勝利へと導いていく！』

天井間近をくるくると飛びながら答えてきた。

「安っぽい、やらせのドキュメンタリーみたいね。テレビ番組でそういうのよくあるじゃない？　……ああ、テレビ番組か」

苦々しげに感想を述べ、ペットボトルに口をつける。

『んー、僕もそう思うよ？　そしてそれは視聴者の皆も思うことさ。ただ、これは大学の授業と連携しているからね。脚本があるわけじゃないし、君たちが勝ち抜くことで授業成績に加点されるから、僕ら監督者側も大真面目で取り組む。やらせじゃない、本気の競争、本気のドラマが観られるのさ』

「あのさ」

唇から離したペットボトルを床に置いて、キャップを閉めながら小夜子が言葉を挟む。

「さっきから大学とか授業とか試験とか言ってるけどさ。それと私が何の関係があるの？　何で私が、アンタの成績に影響するの？」

『そりゃあ至って簡単、シンプルな理由だよ』

ふわり、と小夜子の前に降りるキョウカ。

『対戦者の君が死ぬと、今回の僕の試験はそこでオシマイだからね』

死ぬ。

そのフレーズを聞いて表情を強張らせた小夜子に向け、キョウカが語り続けていく。

『サヨコ、君は昨夜の【グラスホッパー】との対戦が、夢だと思っているのかい？　夢だとして、今話しているこの僕と繫がりがないとか、まだ考えちゃうのかい？』

脳裏に蘇る、昨夜の悪夢。

対戦？　あれは戦いなどと呼べるものではない。理不尽に襲われて、一方的に追い立てられて、そして相手は勝手に足を滑らせて、死んだのだ。

そう、死んだのである。

折れた腕から突き出た骨、曲がった首。頭蓋骨が砕けて膨らんだ頭部。どれも、小夜子が見てしまったものだ。

その光景が夢扱いから現実の記憶へと変化した瞬間、少女の口から胃液と炭酸飲料が混じったものが「ぴゅ」と飛び出した。

彼女は咄嗟に口を押さえて全てが漏れ出るのを防ぐと、部屋の角まで這いずってからゴミ箱に顔を埋める。

「おげぇぇぇ」

『汚いなぁ』

小夜子が胃の中身をゴミ箱へ吐き出し続けるのを眺めつつ……キョウカは腰に手を当てて溜め息をつき、やれやれといった体で首を横に振った。動きにあわせて、細かな光の粒子がショートヘアからキラキラと散らばり、消えていく。

『まだまだこれは続くんだよ？　そんなことで、この先どうするのさ』

◆

『落ち着いた？』

「……落ち着いたわ」

『何か、さっきも同じようなやりとりしたよね』

「アンタと話していると、また吐きそうだわ」

ゴミ箱から顔を離し、キョウカの前まで再び這いずって戻る小夜子。

本来ならすぐにゴミ箱の始末をつけたいところだが、そんな気力も湧かなかったし、「また吐きそう」というのは嫌みだけの意味ではない。部屋が胃液臭くなるのは、この際我慢である。

「説明、続けなさいよ。後でひっぱたいてやるから」

『それは無理だけどね。まあ【教育運用学】ってのは、人を如何(いか)に教育し人材として活用していくか、という学問なのさ。もっと端的に言えば庶民を上手(うま)く誘導したり、労働者をいかに従わせるかを学ぶ、そんな勉強だと思ってくれていい』

「えっらそーに」

ティッシュで口周りを拭いながら、忌々しげに小夜子が呟く。

『偉いのさ。実際これを学んでいるのは富裕層、上流階級の子弟がほとんどでね。一般庶民じゃ余程優秀な遺伝子を持つか、政府や企業から推薦を受けるなり強力なコネでもないと、この手の学部を受験することすらできない』

「クソね」

『もう僕らの時代になると法律も金融も経営も軍事も、必要なロジックや知識は全て機械がサポートしてくれるんだ。人間が何年もかけて知識を詰め込んだり、一生懸命に条文の勉強をしなくても、機械がその辺を全て補ってくれる』

「いかにもな未来ね」

『そうかい？　だが人間の扱いは、そうはいかない。心理的なものや情動的なものが絡むと、人工知能ではどうしても最適解を出すことができない。「できなかった」んだ』

腕を組み、一人頷きながら妖精は話し続ける。

『一通り人工知能が発達した社会を経て人類が導き出した答えは、所詮、機械が生み出す言葉は統計と確率論に過ぎない、ということだったのさ』

難しいものだ、と言わんばかりに肩をすくめるキョウカ。

『だから僕たちの時代で人の上に立つ階級の子弟は、人間のマネジメントについて学ぶのが常なんだ。【教育運用学】の学部は、人の動かし方について学んだり、実践したりするための、指導者育成コースの一つなんだよ』

自慢気に上半身をのけぞらせながら、妖精姿の大学生は語る。

そんな増長した羽虫を疎ましげに睨みつけながら、小夜子の脳内では一つの仮説が組み上げられていた。

右手を挙げてキョウカの発言を制しつつ、口を開く。

「ひょっとして、いやひょっとしなくてもさ」

あまりにも下衆で、とても醜悪で。しかし人類の歴史上で、間を置いて形を変えて、何度も類似のショーが行われてきたことは、小夜子でも知っている。

「アンタたちは学校授業の一環で私たちを戦わせて、その成績が試験結果として反映される。で、テレビ局はその戦いを刺激的なドキュメンタリー番組にして放送する、っていう馬鹿なことをしてるわけ？【グラスホッパー】みたいな能力を持った者同士の殺し合いで、お茶の間を賑(にぎ)わせるつもりなの？」

オゥ、と言いながら両手を挙げて、感嘆の意を表すキョウカ。

『察しがいいね！　君みたいなナードガールに、そんな洞察力があるとは思わなかったよ。んー、むしろナードだからこその想像力なのかな？　いや失礼。馬鹿にしているわけじゃあないんだ。ちょっと驚いただけさ』

望んでいなかった肯定を受け、小夜子の背筋を冷気が伝う。

この自称未来人は、自分たちを玩具(おもちゃ)にするつもりなのだ。そして昨夜のように戦わせて、殺し合わせて……。

(殺し合わせて？)

少女は再び込み上げてくる胃液を、喉元で無理やり押し返す。

「ちょっと待って。アンタたちが未来人だとしてもさ、未来の人間が過去に干渉するのはまずいんじゃないの？　私、漫画でそういうの、読んだことあるわ。過去の人物を殺したりすることで未来が変わってしまうお話。だからタイムマシンのある未来では、歴史を変えないようにタイムパトロールとかがそういうのを見張ってるんだって」

『タイムパトロールルぅー？　んー？　ああ、勿論時間犯罪を扱う類の機関は今でもあるよ。過去の改変なんかできちゃったら、現代社会に影響が出かねないからね』

「じゃあ私たちを殺し合わせるなんて、問題になるんじゃないの⁉　アンタたち犯罪者よ⁉」

『いやそれはない。これは犯罪には当たらない。むしろ僕らの行動は、君たちに救いの手を差し伸べに来た慈善活動と言ってもいい』

「なんでよ⁉」

声を荒げる小夜子の顔を見つめながら、キョウカは待ってましたとばかりに答える。

『君たちは、未来に繋がっていないからさ』

第二日：06【御堂小夜子】

「未来に繋がっていない？　それってどういうこと？」

『言葉通りさ』

「私が子供を作らないとかそういう意味？　そりゃ私は、結婚も何もする気はないけど」

一瞬恵梨香の顔が脳裏をよぎるが、小夜子は頭を振ってそのイメージを掻き消す。

『考え方が原始的で単純だね。歴史っていうのは、血の繋がりだけじゃない。それだけじゃあ、ないんだよ』

上手く話を誘導できたとばかりに浮ついているのが、キョウカのアバターからは見て取れた。本体もその通りの表情をしているならば、やはり大した映像科学技術なのだろう。

『君が言う通り歴史の結果から見て、御堂小夜子、君は生涯独身で子供を残さずに死ぬ。御堂の遺伝子は君で途絶えるわけだね。残念！　お気の毒様！』

「ああ、そう」

残念でも何でもない。

それはずっと小夜子自身が予測し、納得し続けてきた未来だ。

『だがそれだけでは、「未来に繋がっていない」とまではならない。言っただろう？　歴史は血脈だけじゃあない、と』

妖精がチッチッチと口ずさみながら、指を左右に振る。

『君が死ぬまでの間、君が成すことで他者の人生に影響を与える可能性は、何も無い。君が話すことでも、君が書いたものでも、君が作ったものでも、だ。それが誰かの参考になることも、誰かの助けになることも、誰かのインスピレーションになることも、全く無い』

そう、と呟きながら小夜子は無表情に話を聞く。キョウカは、したり顔で続けていた。

『つまり君は、歴史上において何の存在意味も無い、良くも悪くも「脇役」ですらない存在なんだ。君は何者にもなれなかったし、何にも繋がらなかった。人生自体に何の価値もなかったのさ。まさに「いてもいなくても変わらない」存在！　これが、未来の僕らが精査した結論なんだよ』

◆

未来から来たとか。

第五次まで世界大戦があったとか。

アメリカの国名が変わったとか。

ＳＦみたいな階級社会になっているだとか。

未来の大学がどうだとか。

テレビ番組がどう、とか。

そんなことより。

そんなことよりも遥かに。

『君は何者にもなれなかったし、何にも繋がらなかった』

この一言が。

少女が自分の心を縛り続けていた鎖に証明書を付ける、この言葉が。

何よりも、どんな説得よりも。

小夜子に、キョウカの話を信じさせる力を帯びていたのだ。

◆

『……話、聴いてる？』

というキョウカの声で、ハッとする小夜子。

「ちょっとぼうっとしてた」

合点が行き過ぎて、軽く茫然自失していたようだ。

本やテレビで見かける「人生を変えた一言」というフレーズを、少女は今までずっと馬鹿にしてきた。だがあるいはそれは、このように心……いやもっと精神の根深い箇所を揺さぶるような、こんな一言を指していたのかもしれない。

小夜子は、そう思った。

『ひどいな、人が一生懸命説明してるのに』

「ゴメン」

キョウカは、発した言葉が小夜子に与えた衝撃が、自らの意図せざるものであったことに気付いていない様子であった。

いや気付いたとしても、何が彼女の心を掴んだかについては理解できないだろう。それは小夜子だけが理解できる、暗く湿った哲学なのだから。

『で、ここまで説明したところで理解して欲しいんだけど』

「何について？」

『僕らは君に救いの手を差し伸べに来た存在、という事実さ』

「は!?」

反射的に荒くなる声。

勝手に押しかけて理不尽に殺し合わせておきながら、一体どこをどう考えればそんな認識ができるというのか。

睨み付ける小夜子に鼻白むキョウカだったが、『おほん』と咳払いして話を再開する。

『今回の僕たちの試験に参加してもらう君ら対戦者は全員、先程言ったように未来に繋がらない、いてもいなくても今後の歴史には何も影響のない人間だ。存在自体、いや、生きている意味すら無い、と言っていい』

いやその理屈はおかしい、と否定しようとする小夜子であったが……彼女自身が自分の存在に全く価値を見出(みいだ)していないのである。その認識がキョウカの言葉に説得力をもたせてしまい、少女は自縛により口をつぐんだ。

(少なくとも、私に関してはその通りだ)

小夜子の自己否定は、そのままキョウカの理屈への肯定に繋がってしまっている。

『だから僕たちは、試験のトップに協力した対戦者には、未来と生きる価値の可能性を与えることにした。これは大変な慈善活動だよ?』

小学生男子が「すごいだろ!」と自慢する顔。

小夜子はキョウカの表情を見て、それを連想した。

「……それってアンタたち的に、過去の改竄(かいざん)になるんじゃないの?」

『君らは今後、僕たちの現代……「現代」だとややこしいから二十七世紀と呼んでおこうか……そこに至るまでの時間で、生物としての血脈は勿論、関与した事柄が何も繋がっていないことが、歴史上の事実として明らかになっている。これは学校の大型量子コンピュータで手間をかけて検証し計算したものだから、間違いない。今更君たちを、歴史上意味があった存在に仕立てあげる、なんてのは歴史の改竄だ。それは時間犯罪だし、そもそも僕ら程度の力では、歴史の復元力を上回る関与は敵(かな)わないだろう』

歴史の復元力、という耳慣れない言葉に対して首を傾げる小夜子。キョウカは少女の疑問に気付いていないのか無視しているのか、そのまま話を続けていく。

キョウカの常識と小夜子の常識は一致しない。だからどこで疑問を抱かれるか、ということにも気付きにくいのだろう。

『だが君らが二十七世紀「以降」の未来に繋がるかどうかは、僕たちの時代では何も確定していない。当然だね。僕ら二十七世紀人自身にも、それは何も分からない未来なんだから』

「タイムマシン持ってるくせに、未来のことは分からないっていうの？」

『色々事情や制限があるんだよ、そういうのは』

未来人でも自身の未来は知り得ない、ということなのか。

『君たちは二十一世紀から二十七世紀までの歴史上、何も存在価値は無い。それは確実だ。歴史の復元力もあるから、そこから救ってあげることもできない。可哀想（かわいそう）だけどね。だが二十七世紀以降、僕らの未来においては、君たちにも生きる意味と価値が発生するかもしれないんだ！ これはどういう意味か分かるかい？ サヨコ』

続けざまにまくし立てられて、少々理解が追いつかない小夜子であったが……少し頭の中で整理して考えた後、躊躇（ためら）いながら口を開く。

「……二十七世紀に私たちが行けばいい……ということ？」

『ゴメイトゥ！ その通り！ だから君たちの中で生き残った一人を、一人だけを、僕らの二十七世紀まで連れて行ってあげる！ 勝者はそこから改めて、確定していない未来へと踏み出す権利が与えられるんだよ、僕らと同じようにね！ 君らにとってもこれは悪い取引じゃない。いやむしろ差し伸べられた救いの手以外、何物でもないはずだ』

えへん、と胸を張るキョウカ。

「何よそれ……未来に行きたくない、と言ったらこの時代に残れるの？」

『それはノーだよサヨコ。勝者を一名、二十七世紀に連れて行くことは各方面にも申請済みだ。終生高レベル生活保障の用意だってあるし、今更変更は利かない。それに言い方は悪いが、口封じも兼ねている。まぁもっとも、未来人がやってきた！　なんて話なんか、二十一世紀初頭の人間は誰も信じないだろうがね』

「勝ち残った人を二十七世紀に連れて行ったとして、そこから先の未来に影響するかもしれないんじゃないの」

『ひょっとしたらそうかもしれないね。連れて行った子が僕らの時代では大化けして政治家や企業家、あるいは二十一世紀の頑健な肉体を活かして、スポーツ選手にでもなれるかもしれない。少なくともメディアは放っておかないだろうね。その繋がりから芸能人や俳優にだってなるかもしれないよ』

　小夜子はそんなことに何の興味も無い。無いが、あるいは芸能人やメディアとかいう言葉に惹かれる対戦者もいるのだろうか、と気にはなった。

「じゃあなおさら過去の人間を二十七世紀へ連れて行くのは、『二十七世紀より未来』にとってもあまりよろしくないいんじゃない？　もし連れて行った二十一世紀人が歴史的な大人物にでもなったら、困るでしょ？」

『何も問題は無いよ。なればいいいんじゃない？　要件を満たして連れて行った時点で既に、その二十一世紀人は僕らと同じ二十七世紀の人間だ。二十七世紀人が二十七世紀の時間軸で何をしようと、それはあくまで僕らが切り拓(ひら)く正当な「現在」に過ぎない。つまり僕らの未来からすれば、守るべき正当な「過去」だろうね』

「ぐ……」

二十七世紀人がさも当然と語る理屈にそれ以上うまく言い返せず、唸(うな)るように黙る二十一世紀少女。

『時間を移動する術を手に入れるまで、人類は未来に対し責任を負ってきたそうだがね。けどタイムマシンができて以降の人類は、過去に対して責任を持つようになったんだよ。だから僕らの時代では、歴史要件を変えさえしなければ何をやってもいいんだ。まあ君たちの時代では、理解し難い常識だとは思うけど。未来人は、過去にのみ責任を負うのさ』

小夜子の目の前にいる妖精の姿をした未来人は、したり顔でそう語った。

きっと何処かにいる本人も、同じような表情をしているに違いない。

第二日：07【御堂小夜子】

（頭が痛い。吐き気がする）

長々とキョウカの理屈を聞かされた小夜子であったが……彼女の心身は今、頭を押さえつけ揺すられるような嫌悪感に襲われていた。

（だめだ。本当に、だめだ）

文化が違うとか、価値観が違うという話ではない。

これは圧倒的強者と弱者、支配者と従属者。研究者と実験動物。その関係からくる選別と、ささやかな報酬に過ぎないのだ。

要は実験用マウスのうち、成績のいい一匹だけを気まぐれに指さし、

「他は全部処分するがお前は殺さないでおいてやる。ありがたく思え」

そう告げる。

それだけのこと。それだけのことを、同じ人間に対してやるというのだ。

そしてそれだけのことをやってのける、圧倒的な力と立場の差があるという証拠でもあった。

強烈な恐怖と不快感のあまり、全身を掻きむしりたい欲求にかられる小夜子。

『……まあただ、君は能力がよりにもよって大外れだったからなぁ』

少女の戦慄も知らず、キョウカが首を掻きながらぼやく。

『流石に勝ち抜くのは、無理だよね……』

嘆息。

「人の死刑宣告を、その程度で片付けないで欲しいんだけど」

『でも【グラスホッパー】みたいな能力を持った連中と毎晩戦うんだぞ？　君はどうやって勝つつもりなのさ。あんなラッキーパンチは二度も起きないよ。優秀な僕も、流石にアドバイスのしようがなくて困ってるんだ』

「別に戦う必要なんか、ないし」

小夜子の言葉に対し、首を傾げるキョウカ。漫画なら頭上に「？マーク」が浮かびそうな仕草である。いや実際、キョウカの頭上には「？マーク」が浮かんでいた。

（この姿はアバターだとか言ってたものね……）

妖精の姿が何らかの未来技術で投影された映像に過ぎないのだから、ハンガーを投げつけても身体を素通りしたのも道理である。

（部屋の何処かに、映す機械を隠しているのかしら？　それとも知らないうちに私の脳に細工でもしたのかしら……って、脳に細工？）

想像した途端に頭の芯が痛む錯覚が小夜子を襲うが、そんな彼女の苦痛など知らないキョウカは『オゥ』と感嘆の声を上げ、指を鳴らしていた。

『そうかなるほど！　君はできるだけ隠れたり逃げたりして引き分けに持ち込んで、生き延びる日数を稼ぐのか！　生存日数が長くなるだけでも、僕の成績に加点されるものね！　考えたね、偉いよサヨコ！　ありがとう！』

何故無条件に、小夜子がキョウカの成績のため尽くすという前提で話を進めているのか。理解に苦しむものの、その辺はとりあえず無視しておくことにした。いちいち言い返していては、それこそ話が進まない。

息をついてから、小夜子は会話を再開させる。

「そうじゃないわ。私はこれから対戦する相手全員と話をして、引き分けで終わらせるように協力していくの。誰だって好き好んで人殺しなんかするわけないじゃない。しかもアンタたちの都合で、無理やり戦わされるわけだし。相手がどんな人かは分からないけど、落ち着いて話せば絶対に分かってくれると思うの。全員で八百長すれば、誰も死なないで済むんだから」

『んー、無理なんじゃないかなあ』

小夜子の作戦を聞いたキョウカの反応は、冷ややかなものだった。

「まさか引き分けは、両方共死ぬってわけ⁉」

『いやいや。時間切れの引き分けは、特にペナルティは無い。昨晩の対戦結果表を見たら、思っていたよりかなりの割合で引き分けに終わっている対戦があったしね。まあ初陣で萎縮していた子も多いだろうし、君の言うように双方話し合って無気力対戦に持ち込んだケースもあったかもしれない』

「やっぱりそうでしょ！　普通はそうなのよ。アンタらとしては目論見(もくろみ)が外れるでしょうけどね！」

希望が感じられてきたのか、小夜子の声に力が入り始める。

『まあそれはそれとして構わないんだ。テレビ局は元々、そういうのをドラマ性として求めているんだからね。そして僕ら大学側にとって、そもそもこれは試験でもあり実験なんだ。そういった君たちの反応や対応は、実際に人間を指導、誘導する際の事例として教材に使えるわけだからね』

腕を組み、うんうんと一人頷くキョウカ。

「そ、そうなの？　……で、結局私らがみんな話し合いで八百長しちゃったらさ。『そうそう人殺しなんかさせられないんだ』って理解して、未来に帰ることになるんじゃない？」

『そうはならない』

「何でよ」

『君は昨晩、【グラスホッパー】に殺されかけたのを覚えていないのかい？』

「あれはその……話し合いが足りなかったのよ！　いきなりだったし⁉　説得しようにもあんたが何も説明しなかったから、私は何も分からなかったの！　む、向こうだってきっと混乱していたのよ！」

思い返してみれば【グラスホッパー】も、平静ではなかったように感じられた。

『開始直前に与えられた、たったの五分間で、ただの女子高生だった【グラスホッパー】をその気にさせたテイラー……うん、そう。監督者の名前だよ。僕と同じ授業を受けているメンバーだ……彼の説得術は大したものだな。試験が終わったら、話を聞いてみたいものだ』

「とにかく昨晩はいきなり過ぎたの！　ちゃんと話せば何とかなるわ！」

語気を強める小夜子。

だがその顔へ向けキョウカは、すっ、と両手を突き出す。

左手は指を全部広げた平手。右手は親指だけを畳んだ平手だ。

『九人』

「えっ？」

『全被験体五十人中、昨日、対戦相手に【勝った】奴は九人いる。君を含めてだけどね。これがどういうことか分かるかい、サヨコ』

「それは……」

『やる気になって相手を倒した奴が、八人はいるってことさ』

「う……」

『説得するのはいいさ。八百長に持ち込むのもアリだろう。そりゃあ、全員が無気力対戦をするようであれば、君も死なずに済むかもしれない。対戦ではね』

だが、と一言置き。キョウカは先程突き出した手の指を見ながら、さらに続けていく。

『八人はもう話に乗っているんだ。これを説得するのは、かなり困難だと思うよ』

「そ、それでも馬鹿みたいな殺し合いを続けるより、マシだと思うかもしれないじゃない？　だって、戦えば自分が死ぬ可能性だってあるんでしょ!?」

『んー、初めの晩に皆がその考えに至って説得していたら、できたかもね。でもそんなことは不可能だったし、そしてもう、これからも不可能だ。特にサヨコ、君にはもう無理だね』

「何でよ」

『分からないのかい？　何故かって、そりゃあ』

キョウカがそこまで口にしたところで、
ぴぴぴぴぴ！

と鳴り響く電子音。

一瞬スマートフォンでも鳴ったのかと思った小夜子だが……すぐに、自身の設定した着信音ではないことに気付く。

『ああもう！　時間になっちゃったじゃないか！　一日一時間しか面談時間は無いのに！　君がロクでもない質問ばかりするからだぞ！　このお馬鹿！』

妖精姿で地団駄を踏んでいる。

どうやら、キョウカが何かしらのタイマーを設定していたようだ。

『いいかい、時間が無いから手短に言うよ。今夜午前二時から第二回戦が行われる。君はとにかく逃げるか隠れるかして、制限時間終了まで凌（しの）ぐんだ！　運が良かったらまた』

正確には『ま』のあたりでキョウカの姿は光の粒子を撒き散らし、消えた。

同時に「ぴぴぴ」という電子音も途切れ、部屋の中は静寂に包まれる。

「え……？」

部屋の中を動くものは、何も無い。

先程まであの羽虫が地団駄を踏んでいた床を小夜子が見つめるが、やはり何も無い。静かだ。

ブロロロロ……。

エンジンの音が聞こえて、遠ざかる。

近くの道路を路線バスが通ったのだろう。

そしてすぐ、また静かになった。

数十秒ほど呆気にとられていた小夜子であったが……やがてゆっくり立ち上がり、先程嘔吐したゴミ箱までのそのそと近付いて持ち抱え、そして一階へと向かう。

「……片付けなきゃ」

ふらふらと辿り着いたトイレで、臭気に顔をしかめながら嘔吐物を捨てる。

洗面所でゴミ箱に水を入れてすすぎ、またトイレへ廃棄。これを二回ほど繰り返し、概ね綺麗にしてから部屋へと戻す。

「結局、何なのかしら」

一人になった途端、先程までのことは自身の妄想なり精神的な問題なりが引き起こした幻覚ではないか、という当初の不安が蘇ってくる。

やがて現実的な感覚に引き戻された小夜子の認識内でそれは確信となり……やはり父親が出張から帰ってきたら、何処かのメンタルクリニックに通院させてもらうよう相談すべきなのか、という問題が思考の大半を占めるようになった。

その後はそのままぼんやりと、スマートフォンを手に時間を潰す。

ネットを巡回しても興味も刺激されず頭にも入ってこないが、とにかく指と目を動かして気分を紛らわせたかったのだ。

いつも楽しみに機会を窺っていた、ＳＮＳでの恵梨香とのやり取りもまるでする気が起きなかった。

その後夕飯には「あさがおマート」で買った弁当を食べ、風呂に入り、早めに就寝することに。

時計は二十一時過ぎ。やや早いが、構わず寝てしまう事にする。

起きるのは朝六時三十分。アラームはセットした。

（目が覚めたら、えりちゃんと学校だわ）

学校から帰ったら、明日も早めに寝よう。

父が出張から帰るのは、三日後だか四日後だっただろうか？

それまでに相談するべきかどうかを決めねば。

まぁひょっとしたら、明日からはこんな幻覚はもう出てこないかもしれない。

（うん、きっとそう）

だからとにかく、早く休んで心身を落ち着けよう。

（そう、だから……）

と、考えながら。

小夜子は沈み込むように、眠りへ飲み込まれていった。

第二夜：01【御堂小夜子】

どくん。

鼓動に似た音と共に、小夜子は目覚めた。

自室のベッドではない。そもそも横になってすらいない。

「……ここは」

周囲を見回すと、どうやら大型のスーパーマーケットらしき建物の中にいるようだ。

広々とした店内は照明で明るく、売り場には食料品が整然と並べられている。

『みんなで楽しくお買い物～！　安くて新鮮！　カサイマート～！』

店内に流れる軽快なBGM。だが客も店員の姿も全く見られず、普段見知っているスーパーマーケットとの違和感に、小夜子は恐怖すら覚えた。

今立っているのは生鮮食料品売り場のようだ。野菜の鮮度を保つための冷気が、ショーケースから溢れて彼女の肌をくすぐっている。

「嘘でしょ、またなの……!?」

自分の身体を見る。衣服もパジャマではなく、学校指定の紺のセーラー服。

これは続きなのだ、と小夜子は瞬時に理解した。

昨晩と同じ。あの悪夢と同じ。そして悪夢だが、夢ではない。

拳を握りしめ、歯を食いしばって吐き捨てるように呟く。

「……本当、クソね」

◆

『空間複製完了。領域固定完了。対戦者の転送完了』

男の声が、小夜子の頭の中に流れ込む。

『Aサイドォォ、能力名【スカー】！　監督者【キョウカ＝クリバヤシ】ッ！』

昨晩と同じ男の声だ。あの時も芝居がかった口調であったが、今回はさらに調子に乗っているようにすら感じられた。

そして読み上げた文言が、これも昨晩同様に眼前へ形となって浮かび上がる。ただ違うのは、その下に「一勝〇敗〇分」という今までの戦績も表示されるようになっていたことか。

『Bサイドッ！　能力名【ホォォォムランバッターァッ】！　監督者【アルフレッド＝マーキュリー】！』

正しい能力名は【ホームランバッター】で、読み上げている男が妙な抑揚をつけているのであろう。Aサイドに続き浮かび上がった文字列には、やはりそう記されていた。その下に表示される戦績は、「〇勝〇敗一分」。

『領域は店内となります。領域に上下の制限はありませんが、駐車場など、外の敷地は含まれません。対戦相手の死亡か、制限時間一時間の時間切れで対戦は終了します。時間中は監督者の助言は得られません。それでは対戦開始！　対戦者の皆さんは、張り切って相手を倒して下さい！　ご健闘をお祈りしております！』

そしてぽーん、と開始音が鳴り響く。

だが間の抜けたその音は、今の小夜子にとって処刑の鐘に等しいものであった。

◆

咄嗟に、野菜が積まれた台の陰にしゃがみ込む小夜子。背中が台へ当たった衝撃で、山積みされた人参が数本、ぼとりと床へ落ちる。

幸い大した音はしなかったものの……床に落ちる瞬間を目撃した小夜子の動揺は、心臓が止まるかと錯覚するほどのものであった。

（大丈夫、大丈夫よね？）

台の陰から恐る恐る周囲を見回し、耳をすます。

動きはない。聞こえるのは店内ＢＧＭだけだ。相手もこちらの動きを探るために、様子見をしているのかもしれない。

窓の外へ視線を向ける。キョウカの言葉が確かであれば、対戦開始は深夜二時のはずだ。

だが外は明るく陽が差しており、この場が昼間であることを小夜子に教えていた。

（現実とは、時間が一致していないのかしら）

今度は建物の出入り口側へ顔を向ける。

自動ドアが動けば、容易に外へ脱出できそうだが……。

（アナウンスでは、領域は店内だけって言ってたっけ）

と思い出した小夜子は、その方向で考えるのを放棄した。

わざわざそう告げるということは、外に出られるようにしてあるとは思えない。出られないだけならまだしも、出たら負ける……死ぬ仕組みになっている可能性すらある。

少女は思い出す。今まで遊んできたゲームでも、領域を離脱するとゲームオーバーになるシステムのゲームは数多い。

二十七世紀のゲームでもそうなのかは分からないが……小夜子たちでも理解しやすいよう、今の時代に倣ってその手のシステムをとっている可能性は十分にあるだろう。

「あの羽虫が説明不足過ぎるのよ、ほんとクソだわ」

碌（ろく）に説明もせず面談時間切れを起こしてしまったキョウカに対し、一人毒づく小夜子。

（もし生き残ったら、次はもう少し考えて色々聞き出さないといけない）

勿論（もちろん）生き残れたらの話だが、と独白へ付け足しそうになり、小夜子は首を横に振った。

（必ず生き残るのよ）

あと一年半、高校を卒業するまでは。恵梨香（えりか）と離れるまでは。

あの毎日の十五分がある間は。あの温（ぬく）もりと柔らかさに甘えることができる間は。

「絶対に、死んでやるものか」

◆

そうして五分は過ぎただろうか。十分か。緊張と恐怖もあり、小夜子には時間が摑(つか)めない。

あれから【ホームランバッター】は動いていない様子だ。いや、ないように思えるだけか。

(しかし【ホームランバッター】かぁ。もう少し、漫画みたいに洒落(しゃれ)た能力名にはできなかったのかなあ)

ふと思う小夜子だが、すぐに「ないわね」というように頭を振った。

いきなり現れた得体のしれぬ相手から非現実的な話を勝手に進められた上で、使ったこともない特殊な力に対し即答に近い命名を求められるのだ。気の利いたネーミングを即興でつけられるような人物など、そうそうおるまい。

だからおそらくほとんどの者が、安直な名前に決めてしまっているのではなかろうか。キョウカも昨夜は、やはり能力に由来する命名を求めていた。

……ということは能力名からある程度、内容予測が立てられるということでもある。

(きっと相手の能力を推測するというのも、対戦のポイントなんだわ)

敢(あ)えてそういう風に仕組んで、娯楽性を増しているのだろう。勿論当事者側ではなく、観客側、視聴者側に対しての。

そう考えると能力名が偶然駄洒落で通ってしまった小夜子は、むしろ偽装の点においてアドバンテージを得ているのかもしれない。テレパシー使いでもなければ、経緯など分かるはずもないのだから。

もっとも能力自体が【スカ】だから【スカー】なわけで、その点を恵まれているというのもどうか、という話だが。

（相手の【ホームランバッター】という名前が能力そのままなら、きっと棒か何かで殴ったりするような能力なんだと思うけど）

それならば【グラスホッパー】のように、一気に距離を詰められることはないはず……と推察する小夜子。

（なら、試すなら今の内……？　それで相手の反応がなかったら、移動して別の場所に隠れてやり過ごそう）

そうして十数秒ほど逡巡した後。意を決し、大声を上げたのである。

「ホ、【ホームランバッター】さん！　こ、こんなこと止めません!?　私たちがその、戦う？必要なんて無いと思うんですよ！　えーと、このまま時間切れで引き分けにし、しませんか!?」

舌も唇も、震えて上手く動かない。だがそれでも、これだけは何とか伝えなければならない。キョウカに話していた通り、小夜子は相手を説得するつもりなのだから。

殺されたくはないし、殺したくもない。それは相手だって同じはず。普通なら。普通の人間であるならば。

とはいえこれは賭けだ。しかも小夜子の一方的な思い込みのみを根拠とする、無謀な賭けである。

(でも、これに賭けなきゃ生き残れない!)

小夜子は唾を飲み込み、相手の反応をじっと待った。

……返事は無い。

駄目かと諦めかける小夜子。しかし頭を振って気力を取り戻し、もう一声を振り絞るように上げる。

「えーと、わ、私はM県Y市A高校の二年生、御堂(みどう)小夜子って言います! あの、お願いです! 話を聞いて下さい!」

返事はやはり無い。

二度も大声を上げてしまった小夜子の位置は、相手に大体察知されてしまっただろう。つまり相手の位置は分からないまま、一方的に不利な状況へ陥っただけだ。

(隠れる場所を変えなきゃ。他の売り場、何処(どこ)かへ)

震える手足を懸命に動かし、ナメクジのように床の上を這(は)う。できるだけ姿は隠しておきたいし、音も立てたくないという意図もあるものの……それ以上に、緊張で身体が思うように動かない。

しかし小夜子が、人参の台からオレンジの台まで移動したその時であった。幾つかショーケースを挟んだ向こう側と思われる方向から、大きな声が届いたのだ。

「分かった！　そっちが手を出してこないなら、俺も攻撃しない！」

【ホームランバッター】の声だろう。低い、男子の声である。

「俺は田崎修司（たざきしゅうじ）！　G県T市のA高校！　そっちと同じ、二年生だ！」

第二夜：０２【御堂小夜子】

（返事が来た！）

闇の中に光が差した思いである。再び息を吸い込み、声の方向へ叫ぶ小夜子。

「わ、私も攻撃しません！　少し、少しだけ！　話をさせて下さい！」

「ああ、分かった！」

今度の返答は早い。

「で、では聞いて下さい！」

小夜子はすぐ本題に入る。緊張をほぐす器用なコミュニケーション能力を彼女は持ち合わせていなかったし、何より時間をかけることで相手の気が変わるのを恐れたのだ。

「その、この対戦には引き分けによるペナルティは無いんですよ！　このまま制限時間いっぱいまで何もしなければ、どちらも死ぬ必要はないんです！　私はこれから対戦する皆さんに協力してもらって、みんなでずっと引き分け試合を続けてもらうようにしたいと考えています！

そうすれば多分、未来の連中だって試験を中止して帰ると思うんです！」

一気にまくし立て、最後に「あの……どう思います？」と付け加えた。

少しの沈黙。そして先程と同じ方向からの、声。

「……いいんじゃないか!?」

(同意してくれた!?)

「俺だって、殺し合いなんて嫌だ！　昨日の夜なんか電撃ビリビリみたいな奴に追いかけられて、死ぬかと思ったんだよ！　だから！」

……だから？

言葉の先を待ち、唾を飲み込む小夜子。

「俺もその話、乗るよ！」

◆

恐る恐る立ち上がり、生鮮食料品売り場からレジの方向へと、ゆっくり歩き出す小夜子。

「情報交換をしよう」と持ちかけてきたのは、【ホームランバッター】こと田崎修司からであった。

その際に顔合わせを求められ、小夜子は少し躊躇ったが……ここで相手を信用できないようであれば、今後対戦を組まれる相手全員を説得するなど、到底おぼつかない。何より彼女が不信感を見せることで相手から警戒され、今回の提案自体を蹴られてしまっては元も子もない。

(そもそも戦ったら、勝ち目なんかゼロなんだから)

そう考えて、少女は相手の良心に賭けたのだ。

……この店舗はよくある大型スーパーの例に漏れず、店内の窓ガラス側に並んだレジ群、サービスカウンター及び「お買い得品コーナー」台といったカウンター群に対し各売り場が縦に並んだ構図になっている。

カウンター群のすぐ前は各売り場との通路スペースが店内のほぼ端から端まで伸び、そしてその売り場の中央を分断するように中央通路が横切っている。売り場の列を店の奥側と手前側、という手合いで分けていた。

もう少し詳しく説明すると、店の奥側に十列、手前側に十列、背の高い陳列棚を備えた各売り場が並んでいることとなる。カウンター群は手前側のさらに前だ。

レジ側以外の外周は冷蔵ショーケースが配置され、野菜や肉、惣菜（そうざい）などを陳列していた。

小夜子はそんな店内の陳列棚沿いに歩き、そろりそろりと通路まで出る。そして恐る恐る顔を覗（のぞ）かせて、周囲を見回したのだ。

（いた！）

生鮮食料品から数列先の菓子売り場前に、男は立っていた。

詰め襟学生服の、背の高い男子。広い肩幅に、制服の上からでも分かる筋肉質な身体。髪は坊主頭に近いくらい、短く刈りこんである。そしてその右手には、金属バット。

ああ本当にホームランバッターそのままなのだな、と小夜子は納得と共に頭を上下させていた。

「よう」

「こ、こんにちは」

相手の姿を確認した時点で、双方がぎこちなく動きを止める。

小夜子は武器を携えた体格の良い相手に気後れしたものの、一方で【ホームランバッター】は小柄な少女の姿に脅威を感じなかったのだろう。警戒をやや解いた様子である。

やがて【ホームランバッター】は自分が握る金属バットが相手を威圧しているのだと気付き、足元にそれをゆっくりと置くと、横へ軽く蹴飛ばした。

バットが何かに当たって「がらん」と音を立てたところで、小夜子も彼の意図を理解する。攻撃しないという意思表示の、強調だろう。

少女自身は徒手空拳のため両手をゆっくり上げ、無理矢理に笑顔を作りそれに応じた。

「さっきも名乗ったが、俺は田崎修司。高二だ」

先に口を開いたのは、【ホームランバッター】である。

「わ、私は御堂小夜子」

緊張で唇が言葉をうまく紡ぎ出さないが、小夜子も懸命に返す。

「こ、高校二年生です、よろしく、お願いします」

少しの沈黙。次に言葉を発したのは、彼のほうだった。

「タメだな、俺たち」

◆

「ほらよ」

と田崎修司が投げて寄越してきたのは、パックのオレンジジュースだった。彼自身はスポーツドリンクのペットボトルを左手に持っている。どちらも、飲料売り場より持ち出してきた物らしい。

摑み損ねたパックを床から拾い上げながら、「ありがとう」と返す小夜子。

続いて厚意に応えジュースを飲もうとするが、パックについているストローを押し出そうとしたところで手が止まった。店の商品を勝手に飲んでいいものか、躊躇したのだ。

そんな小夜子の様子に、何を案じているのか田崎も理解したのだろう。

「アルフレッド……、ああ、俺の監督者とかいう未来人が言うには、ここはこの対戦のためだけに空間をコピーして作ったらしいんだ。だから多分、それを飲んでも万引きにはならない、と思う」

ところどころ詰まりながらだが、説明してくれる田崎。

無骨な外見と違い彼の察しが意外と良いことに少し驚きつつ、小夜子は頷いてストローを取り出し、パックへ突き刺して口をつけた。

「あの、すいません」

ジュースを半分ほど飲んだところで、小夜子がおずおずと手を挙げる。

「何だい？」

田崎はレジカウンターに腰掛けて、二本目のスポーツドリンクを飲んでいた。

「私のほうの未来人、その、なんていうかちょっと性格的に問題があるみたいで、ルールとかそういうことは全然教えてくれなかったんです」

「例えば？」

「その、例えば今日なんか、『領域は店内』とか始めに言われましたけど、あれってもし店の外に逃げ出したらどうなるんです？　やっぱり即座にゲームオーバーですか？」

「はぁ？」

小夜子の質問内容に驚いたような表情を見せたものの、親切にもすぐ教え始める田崎。

「……店の外に出なかったのは正解だな。場外エリアへの離脱は負け扱いになるんだよ。出た途端、即座に死ぬ仕組みになっているらしい。分解？　されるとかアルフレッドの奴が言ってたけど、よく分かんねえ。つーか、そういう大事な話は初日に説明してくれなかったのか？」

そう言われて、昨日のキョウカを思い返す小夜子。脳裏に蘇(よみがえ)るのは、口汚く罵りながら当たり散らす未来妖精の姿だけである。

「アルフレッドは『初日でも一時間しか持ち時間が無いから要点だけ話しておく、信じる信じないは後で考えればいい、まずは初日を何とかして生き延びろ』っつって、その辺の説明はしてくれたんだよ。ただ二十七世紀から来た……っていう話を聞かされたのは、今日になってからだけどな」

「え？　一時間？　こ、こっちの未来人は『五分』って言ってましたけど。じ、実際五分しか時間がなかったし……」

「ん？　そうなのか？　ひょっとしたら、人によって持ち時間が違うのかね？」

少年は、首を傾げていた。

「わ、分からない、です。ただ今日は、初日と違って一時間くらいは話す時間がありました」

「それは俺も同じだな。基本的に監督者と俺らが面談できる時間は一日あたり一時間に制限されている、ってアルフレッドから聞いてるし。でもさぁ、なら今日のその一時間でそういったルールくらい説明してくれても良さそうなのになぁ。なんだか、あんたのトコの未来人はやる気ないみたいだな？」

苦笑いする田崎。

「ああ、それは……」

言いかけた小夜子だったが、そこで口籠もった。

「私の能力が『何も無し』だったので、あの未来人はヤケを起こしたんだと思うんですよ、あははははは」

などと話していいものだろうか、と思いとどまったのだ。

能力が無いと分かった時点で、確実な一勝、一日の生存をとるために、そして最終的に生き残るために……小夜子を倒す方向へ、田崎が考えを変える可能性があるのではないか？

急にその点に気付き恐ろしくなったことで、慌てて言い換える。

「アイツ、その、性格悪いんで、わ、私、言い合いになっちゃって。昨日も、今日も。それで、ヘソ曲げたんだと思います」

嘘はついていない。概ね本当のことだ。だが咄嗟に言い換えたため、歯切れが悪い。不自然さを取り繕うように作り笑いを浮かべながら、小夜子は田崎をちらりと見た。

「……そっか」

短い沈黙の後に田崎はそう答え、スポーツドリンクの残りを飲み干していく。

その数秒の間に彼が何を考えたのか。あるいは何も思わなかったのか。

小夜子には、分からない。

第二夜：０３【御堂小夜子】

「……あの。た、田崎さんは、未来人に私たちが戦わされている理由については、聞かされましたか？」

「ああ、大学の授業だっていうんだろ？　ふざけた話だ」

そのあたりも、説明を受けているらしい。この件に関する認識も小夜子と同じようだ。もっとも、あの理由を聞かされてそう思わない当事者はいないだろうが。

「そ、その、私たちが選ばれた理由も？」

「俺らはくだらない人生を送って、ろくでもない死に方をするだけ。早死の役立たず。いてもいなくても変わらない存在だ、だから実験材料にする、って話だろ」

早死ということは聞いていないが、大体内容は合っている。頷く小夜子。

「俺は二十代でクスリ覚えて三十代で内臓壊して死ぬ、とか言われたぞ。あんたはどうだって言われた？」

苦々しげに語った後、田崎は問う。

「うへ。そんな、私、自分の未来の話までは聞かされてないです」

小夜子は自分の無価値さを説かれただけで納得した。だが田崎はそれに加え、自身の未来が悲惨なものであるという予言までされたらしい。

普通の人間であれば、たとえ自らの人生が無価値で終わると知ったとしても、それを理由に無関係な他人を殺める、という踏ん切りはつかないだろう。

そこで田崎の監督者は、やがて訪れる苦痛と破滅の回避という、分かりやすく切実な餌をぶら下げたのかもしれない。ただ目の前の田崎が、それを受け入れているようには見えなかった。

「まあ多分、聞かされて愉快なモンじゃないだろうとは思うけどよ。でもさ、そもそも連中がそう言っているだけで、本当なのかどうか。俺たちを戦わせるために、わざとそんな理由をでっち上げたんじゃないか？」

未来人が行った歴史的存在価値についての説明に対し、この少年は懐疑的な様子である。

「そ、そうですね。私もそう思います」

嘘をついた。

小夜子自身は自分が無価値だと思っている。いや、信じている。

だからこそ、彼女が未来に何も繋がらない人間であり、歴史に影響しない実験体として選ばれたのだ……というキョウカの話にも、天啓を受けたかの如く納得したのだ。

それに……少し話しただけ。しかもアバター越しの会話ではあるものの、キョウカは嘘をついていないと小夜子は感じていた。

確たる証拠があるわけではない。

ないがキョウカはそもそも、小夜子に対し小細工をする必要も無いのだ。そんな手の込んだ話を作り上げてやる気を起こさせても、能力【無し】の普通の人間が、漫画みたいな異能力対決を勝ち抜けるはずがないのだから。

だが、そんな認識を他の【対戦者】が持つのは困る。未来人の言葉を信じられては困る。自身の未来は悲惨なもので確定していると思われては、未来人がぶら下げた『未来へのご招待による、人生の救済』という褒美に飛びつく輩が出てきかねない。

……いや。キョウカの話では、既に出ているのか。

つまりこれから先は、そんな者たちの説得もせねばならない。そうと思うと、小夜子は胃が締め付けられるような感覚に襲われたのであった。

しかし何にせよ、未来人の思惑に乗る人間を目の前で増やすわけにはいかない。

(言葉には、気をつけないと)

そう思いながら小夜子は、口に溜まった唾を静かに飲み込んだ。

◆

その後小夜子は、田崎から対戦ルールについて教わっていた。勿論、彼が知る範囲で。

要約すると、
・対戦は、現実世界を複製した空間で行われる。
・対戦者は毎晩午前二時に、現実世界から複製空間に転送される。
・能力は対戦用に用意された複製空間でのみ使用可能である。

・対戦中に死亡した対戦者はそのまま複製空間に放置され、死体は現実世界へは戻らない。
・対戦終了時に生き残っていた対戦者は現実世界へ転送される。肉体的な負傷や疲労は全て修復される。
・場外エリアへの離脱は即座に死亡。

といった内容であった。

わざとルール解説を運営側が行わず、限られた時間で監督者が対戦者とコミュニケーションを取り、説明して納得させる……という方式も、未来人の【教育運用学】とかいうお勉強の観点からなのだろう。

その点において田崎の監督者は、及第点を超えていたようだ。

一方で小夜子から田崎に提供できた情報は、未来で世界大戦や核戦争があったとか、キョウカたちが住んでいるのはアメリカを中心に統合された国だとかそういう話ばかりで、生き延びるのに必要な情報とはとても言い難いものである。そのことに、彼女は若干の申し訳なささすら感じていた。

しかし田崎にとっては新鮮な情報だったらしく、彼女がたどたどしく未来人の歴史や背景を話す度に、興味深げに相槌（あいづち）を打っていた。

「……そういえばさ、御堂さんは能力ってどんなのが当たったの？」

情報交換も終わり一時的に会話が途切れたあたりで、ぼそりと切り出す田崎。

「えっ、の、能力ですか」

あるいは少年からすれば、単純に会話を続けようと口にしただけなのかもしれない。

だが今の少女にとっては、最も尋ねられたくない事柄であった。

「あ、あの私は、そのっ」

狼狽（ろうばい）する小夜子。田崎はその様子に気付かぬのか、無視しているのか。そのまま喋（しゃべ）り続けていく。

「御堂さんは【スカー】だっけ？　俺は【ホームランバッター】って名前にしちゃったんだけどさ。まあちょっと見ててよ」

少年は座っていたレジカウンターから降りて、小夜子とは逆の方向へ歩き出す。そしてぶぉんと羽虫が飛ぶような音を響かせて、右手を赤く輝かせたのだ。

やがて光は筋となり彼の手元から伸び、まるで縄で編み上げるかのように棒状の姿を形成していく。

（うわ、能力系バトル漫画の武器召喚みたいで格好いい）

などと一瞬目を煌（きら）めかせた小夜子だが……光が消えた後、田崎の手に握られていたのは、普通の金属バットであった。いささか落胆。

「俺の【ホームランバッター】は、こんな風にバットを作り出して」

そう言いながら田崎は、近くの「お買い得品コーナー」台から特価シールのついた焼き鳥の缶詰を一つ取り出す。それから軽く上に放り投げ、バットをフルスイングした。

グラウンドで野球部が行う守備練習。バッターは、自らトスしたボールを打つ。そんな光景は小夜子も教室の窓から幾度か見たことがあるが、これはまさにそれと同じだった。ノックそのものである。

　だが田崎がバットを缶詰に命中させた瞬間。

　缶詰は青い炎のような膜に包まれ、ごおん！　という空気を切り裂くような音をたてつつ、ものすごい勢いで陳列棚を貫通、なぎ倒しつつ店の奥へと飛んで行く。

　口を開け目を剝く小夜子に対し、「ふぅ」と一呼吸置いて振り返り、言葉を続ける田崎。

「打った物がスゲー感じで飛んで行く能力なんだわ」

　缶詰が飛んで行った方向には、大きな穴。そしてその周囲では様々なものが引き裂かれ、倒れ、散らばっており、まるでニュース映像で見た外国の戦争現場を彷彿とさせる有様であった。ホームランどころではない。砲弾が飛んで行くようなものだ。

「す、すごい……！」

「ただ俺、野球部じゃなくて柔道部なんだよね。ちょっとでも野球やってたなら、飛ばす方向を打ち分けできたかもしれないけど、そんな器用な真似、とても無理でさ」

　手に握ったバットを見つめながら、眉を顰める田崎。

「おかげで昨晩は電撃使いから一方的に追いかけられてばっかりでよ。話しかけても返事もして来ないし……まったく、あの時は殺されるかと思ったぜ」

　数秒の沈黙の後「マジで殺されかけたんだよ」と彼が低く呟いたのを、小夜子は聞きとった。だがそこからすぐに田崎は笑顔を作り直し、会話を復旧させる。

「御堂さんの相手は昨日、どんな能力の奴だった？　話は聞いてくれたかい？　それとも」

それとも。

それとも？

その先を田崎は続けなかった。

忘れ物でも思い出したかのような、何かに気付いたような、そんなハッとした表情を一瞬見せた後、口をつぐんでしまったからだ。

（私、何かまずいこと言ったかしら⁉）

何が田崎にそんな表情をさせたのだろうか。小夜子には分からない。

ただ彼の様子が、あの一瞬を境に変わったのだけは明らかだった。

少女を見る目つきが、先程までとは別物になっている。

田崎は息を吸い込んでしばらく溜めた後にゆっくり吐き出し、再度尋ねてきた。

「で、【スカー】はどんな能力なんだい？」

やはり田崎は、小夜子の能力を知りたがっているのだ。

（いけない！　田崎さんにばかり話をさせて、なのに私が自分の能力を説明しないから、不信感を抱かせたんだわ！）

協力しようというのだ。お互いに手の内を明かしておくのは、別段おかしい流れではない。

小夜子とて説得には相手の信頼を得なければならないのだから、これは互いに必要な譲歩といえよう。問題は無い。無いはずであった。

「私の【スカー】は……【スカー】は……」

そう。小夜子に特殊能力が割り当てられていれば、相手の信頼を得るために躊躇なく話していただろう。だが彼女には、何も無いのだ。相手を攻撃する力も、自らを守る力も何も無い、としか語れない。

もし話したら？

確実に勝利が得られる相手を前に、田崎はこう思わないだろうか。

できるかどうか分からない全員の説得より、目の前の確実な一勝を、と。

不確定な可能性よりも、少しでも生存率を上げておく方がいいのではないか、と。

考えたくはないが、無防備な相手を一方的に蹂躙(じゅうりん)する欲求に駆られるかもしれない。

ならば、能力が無いことは隠しておくべきだろうか？

（いや、駄目だ）

拳を握りしめる小夜子。汗ばみ、ねっとりとした感触がある。

（ここで彼を信用できなければ、彼一人の信頼を得ることすらできなければ、これから先全員の説得なんてとても無理よ）

田崎の顔を見る。その顔に笑みは無かった。

返答を躊躇う小夜子の様子を、訝(いぶか)しがる表情だ。

（これは賭け。今回だけじゃなく、これからずっと賭け続けなければならない、博打(ばくち)なんだわ。その一回目で足踏みしては、生き残れない）

覚悟を決めて口を開く。緊張で舌が上手く回らない。しかしそれでも。

「わ、私の能力は何も割り当てられなかったんです。だからハズレで、スカで。そ、その、駄洒落で【スカー】になったんです」

少女は正直に話した。自分は無能力である。無防備である、と。

(変に小細工したって、ボロが出るだけよ!)

自らの口下手とコミュニケーション能力の低さを、小夜子は嫌というほど自覚している。だから正直に話す。後は相手の人間性に賭けるしかない。

小夜子は目を瞑(つぶ)り、田崎の顔から視線をそらす。豹変(ひょうへん)した彼がすぐにでも襲い掛かってくるのではないか、あの能力を使って「打球」を打ち込んでくるのではないか、と怯(おび)えたからだ。

……しかし、彼は襲って来なかった。

数秒おいて、視線を田崎の顔へ戻す小夜子。

少年の顔には、笑みが浮かんでいる。

襲って来ない。

微笑(ほほえ)んでいる。

その二点の事実から、賭けに勝ったと安堵(あんど)の溜め息をつく小夜子。

だが。

「嘘つくなよ」

目を見開いてもう一度、田崎の顔を見つめる。

「嘘を、つくなよ」

そう。小夜子は勘違いしていたのだ。

最初から田崎は、微笑んでいたのではない。

「嘘言ってんじゃねえよ！」

震える声で、少年が怒鳴った。

（ああ、違うんだ、これは……）

ここで小夜子は、ようやく理解したのである。

田崎のこれは笑みではない。少年は、顔を引きつらせていただけなのだ。

小夜子はずっと、自分が攻撃されることに怯えていた。勿論、自身が無能力なのを知っているからである。だからそのため相手が自分を恐れる、などという考えには及ばなかったのも仕方あるまい。

だが今はっきりと、少女は理解したのだった。

……田崎修司は、御堂小夜子に怯えているのだ。

第二夜：０４【御堂小夜子】

確かに最初は警戒されていた。それは分かる。

だが八百長計画には理解を示してくれたし、田崎本人も争いを望んでいるようには、小夜子は思えなかった。

そもそも彼がその気なら、彼女が交渉を持ちかけた時点で【ホームランバッター】の能力を使えば倒すことができたはずなのだ。情報交換や会話の間でも、その機会は幾らでもあっただろう。

会話の内容にしても、小夜子は注意して言葉を選んでいたつもりである。思い切って「能力が無い」という弱点を告白までしたのに。

（なのに、どうして？）

何故田崎の態度が一変したのか、小夜子には理解できなかった。

そう混乱し、硬直しかけている彼女へ向け、田崎は声を荒らげて問いかける。

「能力も無しなのに、アンタはどうやって昨晩相手を殺したんだ!?」

「えっ？」

「うっかりして、さっきのさっきまで忘れていたよ。アンタ、もう一勝してるんだものな！」

「はあ!?」

疑問符をつけてはいたが、同時に脳内で小夜子は答えを見出していた。

思い出される、数十分前の光景。

『Bサイドッ！　能力名【ホォォォムランバッターァッ】！　監督者【アルフレッド＝マーキュリー】！』

芝居がかった読み上げの際、対戦開始の紹介時に浮かび上がった双方の能力名。

能力名【ホームランバッター】の下には「〇勝〇敗一分」と書かれていた。そして同じく浮かび上がった【スカー】には、「一勝〇敗〇分」。

（あれだ！）

昨晩の対戦で【グラスホッパー】は死んだ。

小夜子からすれば一方的に追い掛け回されていたところ、隠れていたら相手が勝手に自滅しただけの話である。手を下したわけではない。殺意を抱いて襲って来た相手が、事故死しただけだ。

だから無残な屍を晒した【グラスホッパー】に同情はあるものの……自分が彼女を倒したという実感は無いし、良心の呵責も感じていなかった。それ故に、他の相手から「人殺し」だと言われるなど考えもつかなかったのである。

その結果、表示された対戦成績についての考慮や、それに関して交渉相手にどう取り繕うべきかという対策を欠く結果に繋がったのだ。

「俺はこんな能力があっても、昨晩のビリビリ野郎からは身を守るのが精一杯だった。何も武器が無いのに、あんな凄い力のある連中を殺せるはずがないだろ!?」

田崎はバットを小夜子へ向けながらしゃがみ、足元に転がっていたフルーツの缶詰を空いている手で拾い上げた。彼の能力を考慮すれば、銃に弾を装填し撃鉄を起こすに等しい行為である。

「言えよ、お前の能力が何かって！　どうやって昨日、人を殺したのかってさ！」

「私、殺してません！」

「嘘つくんじゃねぇよ！　相手を殺さなきゃ、勝ち星なんかつかないだろうが！」

「あ、相手が足を滑らせて、勝手に転落死したんですよ！」

一瞬きょとん、とする田崎。

だがすぐ険しい顔に戻り、怒鳴り声を上げた。

「馬鹿かお前！　嘘つくなら、もっとマシな嘘つけよ！」

「ほ、本当ですって！」

実際小夜子が説明した通りであり、事実は他の何事でもない。だが口にしてみると、なんとも急場の言い訳臭い物言いだ。これでは田崎が信じないのも無理はないだろう、と彼女自身が納得するくらいに。

「危なかったぜ、罠に嵌まるところだった。考えてみればおかしいよな。もう既に一人殺してる奴が、今更全員で八百長して生き残ろうなんて持ちかけてくるのがさ！　俺も、注意が足りなかったよ」

「だから違うんですって！」

「うるせえ！　情報交換だとか八百長だとか適当な話を持ち出して、ずっと俺を殺す隙を狙ってたんだろ？　もう騙されねえぞ！」

「話を聞いて！」

何とか田崎を宥めるために、両手を上げ歩み寄ろうとする小夜子。

だがその足は「来るな！」という田崎の怒声で止められた。

「そ、そうやって近付こうとするってことは、お前の、の、能力は距離が近くないと使えないんだな？　昨日のビリビリ野郎もそうだった。そうはさせねえ。やらせねーぞ、このチビが！」

喚き散らしながら、缶詰を胸の高さまで持ち上げる少年。

そして彼は大きく息を吸い込み、

「やっぱり、殺られる前に殺るしかねーんじゃねえか！」

と震える声で叫ぶのであった。

(駄目だ、もう話を聞いてもらえない！)

田崎が缶詰を上にトスした瞬間、小夜子は計画が完全に崩壊したことを理解した。

即座に思考と行動は、回避と逃走に全てが振り分けられる。田崎のバットが弧を描いて缶詰に衝突するまでの間に、セーラー服の少女は自分の右手側に並ぶ調味料売り場の列へと、身を飛び込ませていた。

ごうんっ！

彼女が幸運だったのは二つ。

昨晩の【グラスホッパー】戦で追われた時の恐怖がまだ心身にこびり付いており、思考が追いつく前に反射的に身体が動いていたこと。もう一つは、田崎がバットで「打球」を打ち分けるのに慣れていなかったことである。

そのため少年の打った缶詰は彼から見て右手のレジへ飛んでいき、左側の陳列棚群へと転がり込んだ小夜子は、砲撃を免れる形となった。

どごごんっ。

轟音と衝撃。背後でレジカウンターと袋詰めの台が、砕かれ薙ぎ倒される。振動で近くの陳列棚から、調味料がぼとぼとと落ちていく。

様々な商品がたてる色々な音を聞きながら、床に伏せていた小夜子はゆっくりと顔を上げた。ひどく疲労したその顔には、絶望の表情が浮かんでいる。

（……完全に失敗だ）

交渉は決裂した。これは同時に、小夜子の計画も全て崩れたことを意味する。

全員に八百長の協力を取り付けねばならないのに……これからは、既に「やる気」になっている相手までをも説き伏せねばならないのに。目論見は一歩目でつまずき、倒れたのだ。

彼女の頭の中に、『特にサヨコ、君にはもう無理だね』というキョウカの言葉が再生された。

あの時は、口下手で引っ込み思案で所謂コミュ障の小夜子では相手を説き伏せることなどできない、という意味だとなんとなく思っていたのだが。

（違う、そうじゃないんだ）

小夜子には、初戦で一つ勝ち点がついている。

殺してなどいない。いないが、他者から見れば勝ち点は勝ち点だ。

（もうその時点で、相手からは信用されないんだ。人殺しとしか思われないんだ）

だから小夜子には、もう無理なのだ。そういう意味でキョウカは告げたのだろう。

そのことにようやく気付いた小夜子は、悔しさと腹立たしさで拳を握りしめていた。

もう駄目だ。

考えが甘すぎた。

きっと、このままここで死ぬんだ。

田崎からすれば、小夜子は保身で他者を殺めた殺人者であり、その人殺しから身を守り、そして打ち倒すことは正当防衛以外の何物でもない。そう考えるであろう。いや、考えたがっているのだろう。

その認識は、田崎が一線を踏み越える後押しをするに違いない。最早（もはや）、田崎……いや【ホームランバッター】は、【スカー】を殺すことを躊躇わないはずだ。

そしてそれに立ち向かえる力は、小夜子に無い。

（やっぱり、私では無理なんだ）

運動でも、勉強でも。交友でも、恋愛でも。当然、生命の駆け引きでも。自分は、何をやっても駄目なのだ。

知っている、そんなことは分かっている。自分は、あの幼馴染(おさななじ)みとは違うのだから。あの子とは、まるで違う生き物なのだから。

そう考えて彼女が全てを諦めようとしたその時だ。脳裏に見慣れた光景が蘇ったのは。自分に手を差し伸べる、背の高い少女。長く美しい黒髪、整った顔立ち、優しげな目元。笑顔はきらきらと輝いている。

他の誰でもない。小夜子の女神だ。

(そうだ)

目を剝き、手に力を込める。

(私は明日も、あの子に会うんだ)

上半身を更に起こし、片膝をつく。

(いや、明日も明後日(あさって)も！)

歯を食いしばって小夜子は立ち上がり、誰に言うでもなく呟いた。

「だから、今日はまだ死んでやれないわ」

第二夜：05【御堂小夜子】

（えりちゃんに会うためなら。あのヘボ打者から逃げまわるくらい、一晩中でもやってやるわ！）

立ち上がった小夜子はまず、周囲を見回した。

両脇には陳列棚がずらりと並び、レジ側通路から店の中央通路まで伸びている。中央通路を越えればまた別の売り場になり、やはり陳列棚が今度は店の奥側通路まで続いていた。奥側の通路越しには、惣菜売り場の表示が見えている。

一方背後、先程まで小夜子がいたレジ手前通路の向こう。カウンター群は半数近くが【ホームランバッター】の「打球」で破壊されており、残骸や破片が散乱している。

あの威力だ。直撃を受けずとも、かすっただけで負傷は免れまい。いや怪我どころか、下手をすれば動けなくなる可能性も高い。

打球を打ち分けることができない、と【ホームランバッター】は語っていた。今となっては真偽を確かめる術もないが、実際小夜子はその不慣れに助けられた形になったのだ。

（だから多分、アイツが狙いをつけられないのは本当）

もし先程小夜子を追って売り場側にきっちり打ち込まれていたならば、その時点で勝敗は決していただろう。

(でも、どうして続けて打ってこないのだろう?)

缶詰でも箱詰めでも、打つ物はその辺にいくらでも転がっている。流石にバットで打てないようなペラペラした物まで使えるかは分からないが、彼が次の「球」を探すのに、この店内で困りはしないはずだ。

(もしかしたら連続しては、打てないのかもしれない)

大砲でも撃つかのような彼の能力であれば、端から店内を掃射してやるのが一番安全で確実だろう。彼の精神が恐慌状態であるなら、尚更だ。それを行わないあたりから、小夜子は【ホームランバッター】の弱点推察を試みていく。

破壊力と貫通力はある。いや、それどころか即死級の攻撃力だ。だが連続しては攻撃できず、照準も正確にはつけられない。

ましてやここは大型スーパーを複製した空間だ。背の高い陳列棚がずらりと並ぶ売り場は、身長百四十二センチの小夜子が立っても、他から見えることはない。相手からの視線を遮るには、絶好の環境であった。

(……上手く隠れて逃げ続ければ、時間切れを狙える)

短時間の間に、小夜子は考えをまとめていた。

普段の内向的な性格、【ホームランバッター】と初めて話した時のような、おどおどした様子からは考えられぬ落ち着いた思考だ。

昨晩【グラスホッパー】に追い掛け回された時とも違う。まるで別人のような冷静さと分析、そして決断力。

夢ではなく、現実に死が差し迫る認識のせいだろうか。

いや違う。

小夜子が愛し崇拝してやまぬ女神。彼女と明日一緒に登校するためだ。

あの「至福の十五分」を、もう一日でも守りたいという思い。

それが少女の精神を、土壇場で奮い立たせていたのである。

ぐおん！

轟音とともに青い炎に包まれた何かが、小夜子の五メートルほど先、陳列棚の左側を猛スピードで貫通し、引き裂き、さらにやや奥側、中央通路すぐ手前の右側陳列棚へと突っ込み、砕きつつ飛び去っていく。

彼女から見れば左前方から右側さらに前方へと斜めに貫通していった形だ。線を結んで伸ばせば、飛ばした場所はおそらく【ホームランバッター】が先程いたレジカウンター群の端のあたり。飛来した物は、考えるまでもなく彼の「打球」であろう。

衝撃と風圧で転びそうになるのを、咄嗟に踏ん張って堪(こら)える小夜子。

「……くっ！」

【ホームランバッター】が打ち分けに失敗したのか、それとも位置を予測して打ったのかは分からない。だがとにかく今回も、攻撃は外れてくれたのである。

（まだ私の正確な場所は見られていないはず！　当てずっぽうで打っているんだわ）

とはいえ【ホームランバッター】が最後に小夜子を見た位置から推測し攻撃しているなら、次は第一打と今回の第二打の中間点に打ち込んでくる可能性が高い。つまりそれは、小夜子のいる位置である。

（ここに隠れ続けるのは、危険だ！）

小夜子はすぐに移動を始めた。

移動先は第二打が陳列棚に開けた穴の先、さらに先。売り場を奥と手前に二分する中央通路を越えて、店の奥側の売り場を目指す。

もし【ホームランバッター】が場所を移動していなければ、陳列棚に開いた破壊孔から一瞬小夜子が横切る姿が見えてしまうが……これはもう、仕方がない。だが「バットで打つ」という相手の能力発動条件を考慮すれば、即応は困難だ。狙われる危険性は低いだろう。

小夜子が潜んでいると【ホームランバッター】が想定するこの列に留(とど)まり続けるよりは、店奥側半分の売り場へ移動したほうが位置の特定を困難にできるだろう。そしてタイムアップまでの時間を、より稼ぎやすくなると小夜子は考えた。いや、「決めつけた」。

たとえ間違った推察でも、そうと決めてかからねば動くことはできない。十分な検証をしている余裕など無い。とにかく今は素早く考え、決断し、動くことが重要……とこれもまた少女は「決めつける」ことにした。

（走れっ！）

駆け出し、陳列棚の破壊された部分を横切る。

一瞬破壊孔の向こう側へ視線をやると、やはりそこには【ホームランバッター】の姿。目が合ったような気もしたが、表情までは分からなかった。

小夜子はそのまま中央通路を越えて奥側の売り場へ駆け込み、彼からの視線を完全に遮る。

そしてさらにその奥の惣菜売り場まで辿（たど）り着くと、右に方向転換して二列進んでから、列の端に設けられたカップ麺の新商品特設コーナーの陰へ身を隠す。

「はあっはあっ」

これで【ホームランバッター】からは、「店の奥側へ向かった」こと以外は分からない。

彼の位置からの視界では、小夜子の向かった先が奥の右側なのか左側なのかすらも特定は困難だ。

（いける。この調子で時間を稼ぎ続ければ、いける！）

上に積まれたカップ麺を崩さぬよう、ゆっくりと売り場端の特設台に身を寄せる小夜子。

乱れる鼓動を抑えこむように、少女は胸に強く掌（てのひら）を押し当てるのであった。

第二夜：06【ホームランバッター】

（畜生、畜生、畜生ッ！）

【ホームランバッター】……田崎修司の精神は、恐慌状態にあった。

やはりあの女【スカー】は、自分を騙し討ちにするつもりだったのだ。

それを、ギリギリで見破った。

危なかった。もう少し遅れていたなら、何をされたか分からない。

小柄で貧相な体格。地味なおさげ髪に洒落っ気のない眼鏡。気の弱そうな仕草に、よく詰まる喋りかた。そういった見た目に油断して、肝心なことを見落としていた。

（信じようと思ったのに！　昨日のあの電撃野郎とは違って、まともな奴だと思ったのに！　騙しやがって！　騙しやがって！）

話に乗せられ、迂闊（うかつ）にも能力内容をべらべら喋ってしまったことを悔やむ田崎。

勿論小夜子にそんな意図は無いのだが、彼女の心理など彼が知る由もない。

（畜生、どうしたらいいんだ）

一回目の攻撃は打ち分けできず、反対方向へ飛ばしてしまった。

反省から狙いやすくするために軽くバットに当てて飛ばそうとしたが、これは発動条件を満たさず、普通にペットボトルを弾（はじ）いただけに終わってしまう。

やり直した二回目の攻撃は概ね狙った場所へ飛ばせたものの、相手に命中せず。開けた穴から直後、【スカー】が店の奥側へ走り去るのが見えたが、何もできない。もうこれで、彼女の位置は田崎から全く分からなくなってしまった。

今夜の「戦場」は、背の高い陳列棚が並ぶ大型スーパー。売り場の間に走る通路以外は、まるで視線が通らない。視界は狭く、死角が多過ぎる。あまりにも自分に不利過ぎる戦場だと田崎は嘆き、そして怯えた。

それに加え【ホームランバッター】は発動条件のせいで、連射が利かない。

（制限が無けりゃ、その辺の物を片っ端から打って燻し出してやるのに！）

制限。発動条件……何て面倒なんだ！　と田崎は忌々しげに唇を噛む。

唇が痛みに耐えきれなくなる前に顎の力を抜き、彼は小さく「【能力内容確認】」と呟いた。すぐ、左手脇に箇条書きで能力の説明が宙空へ浮かぶ。

箇条書きの文字列へ視線を走らせていく田崎。そこには能力名【ホームランバッター】という見出しに続き、白い文字でこう記されていた。

・金属バットを創り出せる。

・そのバットで打った物を力場で包みこみ、加速させて射出することができる。

ここまでは初日に提示された物と同じ。能力の主な内容だ。これを受けて【ホームランバッター】と能力名をつけたのだから。

箇条書きはまだ続いており、先程の白い文章の下に、黄色の文字で書き連ねられている。

・新しいバットを創り出すと、前のバットは消える。
・力場を使って射出するためにはチャージ時間が必要とされる。チャージ完了はバットからの振動で通知される。
・力場を使って射出するためには、一定速度以上で打撃する必要がある。
　これは能力の制限や条件といった、補足的なもの。

　自身のものについては対戦者本人が確認次第追記されていく仕組みになっている、と田崎は監督者であるアルフレッドから教えられていた。

『対戦者自身が手探りで能力を把握し順応していくのも、番組を盛り上げる要素の一つだからな。それだけではなく、制限や条件が加わることでランダムに割り当てられた能力のゲームバランスをAＩがとっているのさ。多種多様な能力が候補として用意されてはいるが、我々の試験としてもエンターテインメント番組としても、強い能力を取ったらそれで勝利確定、というのは問題があるだろう？　だから制限や条件でバランスをとるんだ。逆もまた然り。絶対に不利な能力というのは、割り当てられないようになっている。だからどんな相手でも、油断しないほうがいい』

　アルフレッドは、そう語っていた。

　手乗りサイズのカバの姿で、偉そうに……。

　何にせよこの制限のせいで、発動にはほぼフルスイングを要求されるのだ。力と体力には自信があるものの、野球経験の無い田崎にとってこれは中々厳しい条件である。

加えて打つのは、球形のボールではなく雑多な物品。打ちさえすれば能力の作用で勢い良く飛んで行くとはいえ、素人が狙った方向にきっちり飛ばせというのが無茶な話だった。

心臓の鼓動が速まるのを感じながら、視線を右手側に移す田崎。そこには、相手側の情報が表示されている。

アルフレッドの説明では、確認するか推察を的中させた敵能力の条件が表示されるシステムになっているのだという。

『こういう情報を元にした読み合いや探り合いも、重要なエンターテインメント要素らしいからな』

というのがアルフレッドの談だ。

右手脇の文字列を、視線でなぞる田崎。

能力名【スカー】

・不明

(思った通り不明のままだ。あの人殺しの嘘つきめ!)

しかし当然と言えば当然の表示ではある。【スカー】はまだ、何も能力を発動させていない。能力が無いと証明してもいない。そして何より少年が、少女の告白を微塵(みじん)も信じていないのだから。

……つまりこれは、田崎にとって全く対策を立てる材料が無いということ。

相手の攻撃方法も分からないし、射程距離も分からない。

騙し討ちを狙っていたようだが、近接攻撃しかないのだろうか？　それとも隙を突くことが重要な能力なのだろうか？

(何も、何一つ分からない！)

名前も「傷」を意味することは分かるが、それだけでは漠然とし過ぎていて、能力の種類を絞り込むことすら困難であった。

騙されたことに対する憤り。戦場との相性の悪さと能力制限の不利による焦り。加えて【スカー】がいつ死角から飛び出して襲ってくるか分からない恐怖。さらには、彼女の能力が何なのかも分からない。

なんという劣勢！　なんという不利！

これらの材料が、田崎の精神を急速に追い詰めつつあったのだ。

◆

ぶるん、とバットが震える。

能力のチャージが終わった通知だ。ランダムではあるが、概ね数十秒から一分程度でそれが完了することを、田崎は昨晩と今夜の戦いで把握していた。

唯一の攻撃手段が一分おき！

しかもコントロールが困難！

何という使い勝手の悪さか！

（不公平過ぎるぞ！）

田崎は心の中で毒づきながら、左手に持っていたフルーツの缶詰を上へとトス。

すぐにバットを両手で握り直し、全力の打撃を入れる。

バットに触れた瞬間、缶詰は力場で包まれた青い砲弾と化し、「ごおん！」と轟音をたてて売り場へ飛んで行く。

左手側を狙ったはずだが、田崎の精神状態を反映したかのように「打球」は狙いを逸れ、一回目の攻撃が引き裂いた破壊孔のすぐ脇へと突き刺さった。結果として、一打目が開けた穴を拡張しただけの形になる。

（当たってない……）

焦りで雑に打った上、予測場所への狙いも外しているのだ。余程の幸運が重ならねば、当たるはずもなかろう。だがそれでも、打たずにはいられない。

「畜生、畜生、畜生！」

自分の置かれた状況を呪いながら、焦り続ける田崎。

しかしその後も、【スカー】に動きは見られなかった。

「どうする……どう仕掛けてくるんだ、【スカー】」

周囲を見回す。彼女の姿は変わらず見えない。

背中に寒い物を感じ、「まさか」と慌てて振り返る。いない。

すぐに視線を売り場へ戻すと、左手奥で、何か影のような物が動いた気がした。

注視する、が、誰もいない。

正面右手側、拡張された破壊孔の方向から何かの音。

慌てて顔を向けるも、壊れた棚から商品が落ちたのか、それとも【スカー】がたてた物音なのかも判別できなかった。

……バットが振動する。

(う、打たないと)

焦りとともに近くの台から菓子パンを摑んでトスし、フルスイングする。

今度の狙いは真横にある売り場の陳列棚だ。「打球」は概ね狙い通りに飛び、陳列棚は真横からの貫通砲撃で、ほぼ一列まるごとが破壊された。

「打球」は店の奥を破壊し、バックヤードまで飛び込んでいく。おそらくそのまま貫通し続けて場外へと出てしまい、バリアで分解されるのだろう。

(とにかく、とにかく打ち続けないと!)

恐慌状態にある田崎には、最早自分の行動に合理性や計算を当てはめることはできていなかった。

バットが振動する度に周囲の物を【ホームランバッター】の能力で打つ。

棚を貫通し、引き裂き、倒す。

手応えも気配も摑めぬことに、焦りを募らせる。

そして血眼になって周囲を見回し、ひたすらに怯え続けたのだ。

◆

そんなことを幾度も繰り返したが……未だに【スカー】を倒すどころか、姿さえ見つけられない。

(まさか、時間切れを狙っているのか？)

ふとその可能性に考えが及んだ田崎であった。が、すぐにそれを捨てる。

(騙し討ちまでして俺を殺しに来る奴が、時間切れなんて狙うはずがあるかよ)

相手が不利だから守勢に回っている、という思考には至らない。

自分が追い詰められているという前提でしか、既に彼は考えられなくなっていたのだ。

「……時間切れ？」

周囲への警戒は続けながら、小さく呟く。

「【残り時間確認】」

すると能力確認時と同様に、彼の左手脇に文字が浮かび上がった。【スカー】には伝え忘れた対戦時間の確認方法である。だが今となっては、あの会話の記憶自体が疎ましい。

算用数字で表示された残り時間は、5分20秒。つまりあともう少しの間、【スカー】の攻撃を受けなければ田崎は生き延びられるのだ。

（今夜も、これで助かるのか）

安堵の息が漏れる。

田崎からすれば、本来はそれで良い。

良いはずであった。

（でも……今回は良くても、もしまた後で【スカー】と戦うことになったらどうなる？）

恐怖に蝕まれた思考は、整合性も合理性も捨てて、そこからさらに別の憶測を生み出す。

（あいつは散々俺の【ホームランバッター】を見たんだ。能力内容だけじゃなく、きっと弱点も見破っているに違いない。そして次に対戦が組まれる時には、【スカー】はもっと自分の能力を使いこなしているはずだ！　そんなことになったら、間違いなく俺は殺される！）

次に対戦が組まれるまで、【スカー】が生き延びているかどうかなど分からない。いや普通に考えれば、同一の対戦カードが巡ってくる前にどちらかが斃れている可能性のほうが、ずっと高いだろう。

だが恐慌状態の精神はその考えを導き出さない。代わりに出したのは、極限の結論だ。

（今ここで【スカー】を殺しておかないと、俺は絶対、次で殺される！）

殺さなければ、殺される。

これは今の田崎にとって正当防衛であり、生きるために不可避の選択であった。

（だが、どうやったらいいんだ!?）

これまでの「打球」は全て、【スカー】を外している。敵が隠れる陳列棚もかなり破壊したが、それでもまだ大部分が残っているため、相手の居場所は摑めない。かといって、残り全ての棚を砕いていく時間も無い。

（ここからではあいつの居場所も分からない。そもそも分かっても距離があったら【ホームランバッター】の狙いがつけられる自信も無い。距離を詰めて狙いやすくするとしても、打撃準備中に大きく避けられたらどうしようもない。こんな不便な能力で、どうやって【スカー】を倒したらいいんだよ……！）

ぶるん、とバットが能力のチャージ完了を告げた。途方にくれながら、握った右手を見る田崎。しかしその時彼は、ふと閃（ひらめ）いたのだ。

これで相手を殴ったら？ と。

右を向くと、そこには腰の高さほどの台がいくつも並んでいる。その上には和菓子や箱詰めの甘味類。先程「打球」にした菓子パンも、この陳列台からとったものだ。

【スカー】を直接【ホームランバッター】の能力で「打球」にしてやれば、一撃で場外へ押し出せるのではないか？ と。

試しに田崎は、【ホームランバッター】の能力で陳列台を直接打撃する。

バットが陳列台を小さく動かした直後、台はまるごと青い力場の膜に包まれ、轟音とともに大きな「打球」と化した。

「打球」はすぐ近くの窓ガラスと窓枠、周辺の壁を大きく砕いて店外へと飛び出すと、即座に「じゅわっ」という音を立てて消滅する。場外負けのシステムにより、領域から物が飛び出すことは許されない。

半ば呆(ほう)けたように開けた穴を見ていた田崎であったが……この実験の成功で、彼は閃きを実行へ移すことを決意した。

【ホームランバッター】の能力で「打球」として飛ばせるのが、どの程度の大きさまでかは分からない。だが少なくとも陳列台よりは彼女、【スカー】の方が小さいだろう。いや、間違いなく小さい。

そう。ここに来て彼は、自分に与えられた能力の強力さに気が付いたのだ。

第二夜：07【御堂小夜子】

度重なる【ホームランバッター】の砲撃から、小夜子は隠れ続けていた。

相手の視線を切るということは、つまり彼女としても相手が見えず、「打球」が何処に飛んで来るかは全く分からない、だから少しでも被弾率を下げるため、ずっと床に身を伏せている。

小夜子の目論見通り、【ホームランバッター】の攻撃は外れ続けていた。

いくら高い貫通力と破壊力を持つとはいえ、彼の能力は連射ができないらしい。隠れ場の多いこの戦場で、当てずっぽうの射撃が少女を捉える可能性は相当低いはずだ。

（冷静に対処すれば大丈夫だわ。このままなら、時間切れまで持ちこたえられる）

腕時計もスマートフォンも持っていないため、彼女に正確な時間は分からない。こんな危機的状況では、体感時間など当てにもならないだろう。

だが接触を持つまでの時間、【ホームランバッター】と話していた時間、そして隠れ続けていた時間を合わせれば、かなりの間になるはずだ。

いや、なっていて欲しい。なっているに違いない……小夜子はそう願いつつ、必死の思いで床に伏せ続けていた。

（そろそろ、次が来る）

これまでの攻撃から【ホームランバッター】の使用間隔を概ね把握していた小夜子は、より身体を床へ密着させ、両手で頭を覆う。被弾面積を減らし、破片や倒れてくる陳列棚から頭部を守るためである。

可能な限り呼吸を落ち着かせ、その時をじっと待つ。大丈夫大丈夫、と呪文のように自分へ言い聞かせつつ。

(もし仮に私の方へ飛んできたとしても、伏せていれば直撃はなかなかしない。身を低くしていれば、周囲への破壊にも巻き込まれにくいはず)

だから特に、攻撃が来ると予測する時は床へぴったりと身体をつけるのだ。

待つ。

次の攻撃を、待つ。

息を潜めて、じっと。

……だが来ない。

どうしたのだろうと訝しがるも、

(でもここで起き上がったとこに飛んできたら、元も子もないし)

先程までと違い、相手のリズムが崩れたのは気になるが……もう少し様子を見ておこう、と判断する小夜子。

床に伏せたまま売り場の列、陳列棚沿いに視線を走らせていく。

売り場に並ぶシャンプーやボディーソープといったボディーケア商品の棚。そこからすこし通路を挟んで、その奥には風呂・トイレ用洗剤が置いてあり、さらに向こうはレジカウンターではなく、包装や案内を担当するサービスカウンターとなっていた。

そしてその前後する売り場の間、中央通路に、右手から黒い人影が突如として飛び込んでくるのが見えたのだ。

「見つけたあああああ！」

【ホームランバッター】である。

「は？」

相手は動かず遠距離攻撃に徹する、と勝手に思い込んでいた小夜子の誤算だ。

現れたその少年は、恐ろしい形相をしていた。恐怖とも興奮ともつかぬ感情に顔を歪ませ、目をこれでもかと見開いている。表情と声色からひしひしと伝わる狂気に、小夜子の背筋は凍りつく。

(ウッソでしょ⁉　まさかあいつ、普通にバットで殴りに来たの⁉)

小夜子が床に手をついて上体を起こすのと、彼が駆け出すのはほぼ同時だった。

双方の距離、十メートル足らず。

だが身体能力の高い【ホームランバッター】は一気に距離を詰め……小夜子が立ち上がった時には、既に目の前まで迫っていた。

「あああああ！」

悲痛な叫び声をあげたのは、【ホームランバッター】のほうだ。

ようやく立ち上がった小夜子の手前で彼は足を踏ん張り、左半身を見せる。打撃フォーム、いわゆる「溜め」の姿勢であった。

「あああぁぁぁぁ！」

全力で振られたバットの先は円軌道を描き、少女の顔面へ向かう。

完全に打撃範囲に捉えられた小夜子は、反射的に両腕で頭部左側面を防御するのが精一杯だった。

だが双方が決着を確信した直後、両者の予測は外れることになる。

「あああああああ！」

「ひっ」

バットは確かに小夜子の頭を目掛け、必中コースで弧を描いていた。

だが【ホームランバッター】はミスを犯したのだ。その軌道上には、陳列棚が存在していたのである。

少年は全力で振りかぶることのみに集中し、間合いを把握し損ねたのだ。

がっ！

バットの先が、棚に並ぶボディーソープの容器へ触れる。

瞬間その一つが力場に包まれ「打球」と化し、そのまま棚を突き破って店の奥へと飛び去っていった。

彼の能力は小夜子に命中する前に、陳列棚の商品に当たり発動してしまったのである。

だがそれは小夜子の完全回避を意味しない。

全力でスイングされたバットが液体石鹸(せっけん)の容器を弾き飛ばした程度で止まるはずがなく、その金属塊は高速の円運動で小夜子の頭部をそのまま目指す。

ぐにっ。ぴしっ！

少女の脳へ伝わる、何かが潰れて折れる感触。

小夜子が頭部を防御した腕……その左腕へ、バットは食い込むように命中していたのだ。

打撃を受けた勢いで彼女は陳列棚へと叩(たた)きつけられ、また弾かれるように床へ転倒する。棚に並べられた女性用シャンプーが、勢い良くばらばらと散乱していた。

バット、棚、床と叩きつけられ、一瞬意識が空白となった小夜子。

かはっ、と息を吐き出したところで意識が回復し、反射的に腕をついて上体を起こす。

……が。

ずきん！

と左腕から伝わる鼓動が、それを妨げた。まるで心臓がそこにあるかのような、強い感覚。

そしてその鼓動に合わせて、激痛が波をうち襲い掛かってきたのだ。

「あああああああっ!?」

折れた！

折れたんだ！

「あああ！」

起こそうとした上体を維持できず、左腕を胸の前で抱えるようにして悶絶(もんぜつ)する小夜子。

目から熱いものが溢れる。声にならぬ悲鳴が止まらない。

「ひっ⁉　ひいいい！」

しかし一方で【ホームランバッター】は、この結果に激しく狼狽しているかに見えた。

「失敗した……能力が……残り時間が……あああああ⁉」

小夜子はこの一撃で重傷を負い、動くこともままならない状態である。

【ホームランバッター】がここから彼の得物で直接殴打を加えれば、そのまま容易に彼女を殺害することができただろう。

だが逆に少年の瞳は恐怖に支配され、戦意を完全に失っていた。

「クソが！　ぶっ殺してやる！」

鼻水と涙を垂れ流しつつ叫び、右手で虚空を鷲摑(わしづか)みにするかのような仕草を見せる小夜子。

別段、殺す手段があるわけではない。これは単なる苦悶(くもん)の呻(うめ)きに過ぎず、手の動きも激痛を紛らわすための無意味なものだ。

だが、それが知らぬところで限界を迎えていた【ホームランバッター】の精神に、決定的な一撃、崖から突き落とす一押しとなったのである。

「きぇえええ⁉」

【ホームランバッター】がバットを放り出し、錯乱したように叫ぶ。

そして彼は「助けてくれぇ！」と悲鳴を上げながら背を向け、走り出したのだ。そして陳列棚に二度ほど衝突しつつ売り場を抜けた彼は、そのまま右へ方向転換すると「あぁぁぁぁ！」

と泣き声を上げ小夜子の視界から消えてしまった。

「どっちが助けてくれただ、このクソが！」

毒づきながら、辛うじて立ち上がる小夜子。

耐え難い痛みではあったが、このままここに留まるのは危険過ぎる。

「クソが……せめて移動しておかないと……クソがよ……」

よろよろと足を踏み出す。その振動と心臓の鼓動が伝う度に、左腕から鋭い痛みが押し寄せてくる。

（少しは休めばいいのに、こういう時だけ一生懸命に仕事しやがって！）

理不尽に心臓を罵倒しながら、よろめきつつ売り場を移動していく。ようやく二つ隣の掃除用品売り場へ辿り着いたところで、彼女は痛みに耐えかね尻もちをついた。

荒い呼吸をしつつ左腕を見る。指を動かしただけでも、折れた場所に振動が伝わり痛みが増幅するように感じられた。

（だめ……もう一度あんなふうに襲われたら、保たない）

雑巾やふきん、使い捨てペーパー類が収められた棚にもたれかかる。そうして痛みをこらえ、呼吸を落ち着けているうちに……「ごおん！」という轟音がまた彼女の耳に届く。【ホームランバッター】の、当てずっぽうな砲撃だろう。

その破壊音と衝撃を身体で感じながら、小夜子は弱々しく「さっき居た辺りか」と呟いていた。鋭く反応する余裕は、もう少女には残されていない。

(……ああ。ひょっとしてさっきの、私の右手が能力攻撃の仕草にでも見えたのかしら)

ふと、【ホームランバッター】が突如逃げ出した場面を思い出す小夜子。

なるほど能力間隔からすれば、あの時彼は無防備を晒したと思い込んだのかもしれない。だがそこで取り乱すあたり、やはり【ホームランバッター】……田崎修司……は不良でも何でもない、ただの男子高校生だったのだろう。その推察がより一層、小夜子の心を暗くした。

そして心身の痛みに屈するように、少女がうなだれた瞬間。

てれってれってて～　しょぼ～ん。

という、気の抜ける音が鳴ったのだ。

『タイムアーーーップ！　時間切れです！　残念ですがこの対戦はここまで！　皆様、お疲れ様でした！』

(時間切れだ！)

小夜子の顔に、喜色が浮かぶ。右拳を握りしめ、「よし！」とポーズまで作ったほどだ。

だがその振動で痛みの波が増し、「ひっ」と苦痛の呼気を漏らしていた。

『三回戦は、明日の午前二時から開始となります。監督者の皆様も、対戦者の皆様も、それまでゆっくりとお休み下さい！』

右手の袖で涙と鼻水を拭っていると、やがて小夜子の視界は暗転。

床が消えて奈落へ落ちるかのような感覚とともに、意識は断ち切られた。

◆

どくん！

という鼓動とともに、小夜子の意識が復活する。

（終わった……？）

暗闇の中で上体を起こすと、ぼんやり見えてきたのは自分の部屋。

積み重ねられた漫画本、脱ぎ散らかした制服。空になったペットボトルが、何本も片付けられずに転がっている。いつもの、見慣れた光景だ。

（そういや、寝たままあの空間に送られたんだっけ）

パジャマの袖をめくって左腕を見る。

右手の指で軽く突く。痛みはない。

ぶらぶらと手首を振って振動を与えてみる。異常無し。

右の掌でぱんぱんと叩くが、これも何もなし。

……腕は折れていなかった。折れた形跡も無い。

だが小夜子は、もうあれを夢だとは思わなかった。

溜め息をつき、再び横になる。ぽすん、と枕に頭が沈み込む。

身体はなんともない。しかし精神が酷く疲れている。受け止めてくれるその柔らかさが、今はとにかく有り難かった。

（酷い目に遭った、本当に酷い目に）

うつぶせになり、枕に顔をうずめながらまた溜め息をつく。

（……明日は、えりちゃんにいっぱい甘えよう）

そのために生き延びたのだから。

（どさくさにまぎれて、久しぶりにえりちゃんのおっぱいを揉もう。可能であれば服に手を突っ込んで、揉む）

それを支えに耐えたのだから。

（もう告白もしちゃおう。絶対好きだって言うんだ）

言う度胸はない。そんなつもりもない。

（だから今日はもう……）

そこまで考えたあたりで小夜子の視界が暗転し、意識は消えていく。

今度彼女が送られたのは、眠りの世界であった。

第二夜：08【キョウカ＝クリバヤシ】

白く柔らかな素材で作られた部屋の中に、音声が響く。

『タイムアーーーップ！　時間切れです！　残念ですがこの対戦はここまで！　皆様、お疲れ様でした！　三回戦は、明日の午前二時から開始となります。監督者の皆様も、対戦者の皆様も、それまでゆっくりとお休み下さい！』

ＡＩアナウンサーの告知と共に『ＧＡＭＥ　ＳＥＴ』の文字が表示され、そこからしばらくして画面は暗転する。終了を確認したキョウカが人差し指を横に振ったことで、空中投影されていた映像枠は溶けるように消えていった。

「ふぅむ」

その様子を青い瞳で見届けたキョウカ＝クリバヤシは深く息をつき、座っていた椅子に背中を預ける。

人間工学と科学技術の粋を凝らしたその椅子は、静かに形を変えながら使用者の全体重を受け止め、さらには横たわって伸びをする少女の動きに追随し、大きさまでをも調節し変形していく。

うーん、と伸びを終えるキョウカ。

一見すればスウェットのような白い上下の部屋着を着ているが、その素材は絹のような光沢を帯びており、さらに光の当たり具合で微かな七色の変化を見せていた。二十一世紀では見当たらぬ、彼女らの時代の素材なのだろう。

　少女が白く細い腕を動かしたことで、椅子の可動部へ垂れる長いブロンドの髪。椅子の裏側からでた幾つもの小さなアームが器用にそれを除けていき、隙間に挟まれることを防いでいた。

「結構やるなあ、サヨコは」

　一人呟く。言葉は、英語である。

　正直キョウカは、小夜子が二回戦も生き延びるとは考えていなかったのだ。ひどい外れを摑まされた憤りに加え、相手の態度が反抗的だったため口論になってしまい……ルールの説明すら碌にできなかった実験体。

　しかしこの調子なら、生き残るだけならあと数戦は残れるのではないか？　とキョウカはかすかな期待を持ち始めていた。

（ヤケを起こしていたけど、これからはちゃんとサヨコと向き合うほうがいいかもな）

　降って湧いた幸運を逃さぬために、今後どう対応すべきか悩むキョウカだが……しかしそれよりまず、彼女にはどうしても気になることがあった。

　小夜子との情報交換において【ホームランバッター】は、初日における監督者との面談時間は一時間あったと話していた。しかしあの日のキョウカには、五分しか時間が与えられていなかったのだ。

（あの時は被験体に対し、いかに良い第一印象を植え付けるか、短い時間でどれだけ要点を伝

SAYOKO MIDOU

え動かすか、ということを試されるんだと思っていたけど）

どうも、違うらしい。

能力同様、各人に与えられる時間もランダムなのか……とも考えたが、そこまで無作為にしてしまっては、テレビ番組だけならともかく、試験としてはあまりに不公平になってしまうだろう。

（それに試験前の説明では「選ばれる対戦者とロールした能力以外は、条件は同じ」だと教授もテレビ局も話していた）

おかしいといえば、そもそも割り当てられた能力が【無し】というのもおかしな話なのだ。付与能力の強弱や当たり外れは「現実はそういうものだから」という論拠があるにしても、【無し】はその範疇を著しく逸脱していると言っていい。

エンターテインメントの一環？

学校の試験が絡んでいなければそれで納得したかもしれないが……。

システムのエラー？

それならもっとバグっぽいものになるだろう。

だから違う。

そして何より、キョウカには心当たりがあった。

「対戦成績表示」

キョウカの声に呼応し、宙空に画面のようなものが三つ浮かび上がる。立体映像で表示されたモニターだ。

何も無い空中に映像を投影する技術が普及して、キョウカの時代ではすでに百年以上が経っていた。本来、人類の発達速度から考えればもっと早く登場していたのだろうが……幾度かの核戦争による人類社会の停滞時期が長かったので、仕方あるまい。

呼び出された画面は三つ。一つは対戦者全員の一覧表。あとは初日の対戦成績と、先程ののである二日目の対戦成績だ。

キョウカはその中から、監督者名を検索する。

それを言葉にするだけで、コンピュータは自動的に操作を開始した。

監督者【ヴァイオレット＝ドゥヌエ】、【アンジェリーク＝ケクラン】、【ミリッツァ＝カラックス】。検索は、すぐに終わった。

それぞれ初日には一勝。

二日目はヴァイオレットとミリッツァは一勝。アンジェリークも対戦者奇数のマッチ不可による勝ち越しとなっていた。それだけ見れば、特に不自然なところはない。

二日目に組まれた対戦カードは二十組。それに対し残る対戦者は奇数であったので、不戦勝が一名出るのは当然だ。その四十一分の一の確率にあの三人の内一人が入っているとしても、ただの偶然でしかないと思うだろう。普通ならば。

だが、キョウカは確信していた。

（こいつらだ）

日頃からキョウカを目の敵にしている三人娘。事あるごとに侮蔑の言葉や嫌がらせをしかけてくる、鼻持ちならない大金持ちのお嬢様たち。

死んだ両親のことを侮辱された。祖父母のこともだ。

飛び級も奨学金も、変態官吏に身体を委ねたおかげと破廉恥なデマを流された。

大教室での講義中、生卵を背中にぶつけられもした。

ロッカーに、生ごみが詰め込まれていた日もある。

食堂でケチャップをかけられたことも。

テキスト用端末を隠され、汚物をかけられて植え込みに捨てられた時も。

校外授業で出た食事に、虫が入れられていた日もあった。

講義室の大型ディスプレイに、自分の名前と卑猥(ひわい)な侮蔑の言葉を塗料で落書きされたのは半年前だっただろうか？　何故か大学側は犯人を探そうとはせず、被害者であるキョウカが一方的に責任を取らされ、弁済させられた。

授業の出席記録を取り消されたり、提出したレポートのデータを捨てられたこともある。

作成したレポートデータをミリッツァに盗まれ、ヴァイオレットがそれをそのまま提出したことすらあった。

その彼女たちがシステムに干渉し、キョウカに対して妨害をしているのだ。普段だけでは飽きたらず、こんな時までも！

「……いや、こんな時だからなのか」

小さく嗤うキョウカ。

（絶対、こいつらが何かやったんだ。そうに違いない）

忌々しげに画面を睨む。

好色なアンジェリーク＝ケクランは、准教授のグスタブス＝ブラウンとも寝ている。試験情報や裏事情は、幾らでも入手できるだろう。

ミリッツァ＝カラックスはコンピュータ関係の技術が高く、裏で学校のシステムに不正なアクセスをしているという噂もある女だ。今回の試験に、何らかの介入をしていても不思議ではない。

リーダー格たるヴァイオレット＝ドゥヌエの家は、ユナイテッド・ステイツ・ノーザンでも大手の航宙機メーカーのオーナー一族だ。ドゥヌエ航宙は様々な形でテレビ局へも大学へも沢山の金を落としている。だから学校も教授たちも彼女に常に気を遣っており、丁重この上ない扱いをしていた。発覚しても容易に揉み消せる身分のため、多少の不正や無理は躊躇しないだろう。

証拠は無い。推論でしかない。

だがキョウカは私怨と状況から、この推理を確信していた。

三人娘の立場を考えれば、証拠も無しに不正を訴えたところで退けられるのがオチだろう。

それどころか授業での失点を他人に転嫁した、という汚名を着せられるだけだ。

大学へはアンジェリークが准教授に手を回させるだろうし、テレビ局へはドゥヌエ航宙への忖度で、ヴァイオレットの不正を認めようとはしないだろう。むしろ積極的に隠蔽される可能性のほうが高い。

他の生徒へ訴えようとも、試験が終わるまで学生は各部屋から出られない。不正防止のために、メールや通話も許されないのだ。抱える【対戦者】が早々に敗退した学生は、各部屋でレポートの提出に備えて考えをまとめているか、ヴァーチャルシステムで遊興にふけっていることだろう。あるいはスリープシステムで、ずっと寝ているか。

そして何より……級友らがキョウカへの加虐に加担することはあっても、手を差し伸べることは無いと分かっている。

(結局は、この嫌がらせに耐えるしかないのか)

今にして思えば、二日目の面談時間が操作されていなかったのは「する必要が無かった」ためかもしれない。無能力、無説明の人物など早々に倒されると三人娘は高を括っていたのだろう。

そう考えると、ヴァイオレットらの目論見に反して二日も生き残ってしまった小夜子の存在は、それだけで憎き彼女らの鼻を明かしたことになる。

(サヨコには少し、少しだけ感謝してやらないとな)

だがそれでも、最終的にはヴァイオレットたちの勝利に終わるだろう。

多少小夜子が生き抜いたところで、三人娘の【対戦者】に勝てるわけではない。そもそも対決する以前に敗死する可能性だって高いのだ。

ヴァイオレットらはおそらく、用意された中でも可能な限り戦闘力の高い能力を不正に引き当てているはずだ。場合によってはバランス取りのための制限すら、ミリッツァがハックして外しているかもしれない。いきなりアンジェリークが不戦勝というラッキーカードを引いていることを考えると、対戦カードすら操作しているおそれもある。

まあまず彼女らがこの試験のトップ、少なくとも上位に食い込むのは間違いないだろう。

(薄汚いビッチどもめ)

キョウカは憤るが、どうにかできることでもない。

しばらく心中で三人娘へ悪罵と呪詛(じゅそ)を送るも、やがて消沈したように脱力した。

(フン。まあ別に、この試験だけで人生が終わるわけじゃないし)

あくまでこれは大学の一科目。その講義の一環。試験とは言っているが、これだけで在学成績が全て決まるわけではない。

テレビ局の企画であるため、上位をとれば番組でクローズアップされ世間で脚光を浴びるかもしれないが……そんなことにキョウカは興味が無い。

(まあいいさ)

ほどほどの成績を出して、この試験を終えられるなら上出来だ。

どうせこの理不尽は今回だけではない。卒業まで、我慢するしかないのだ。

「実にフ〇ックだけど、仕方ないな……」

気疲れからだろうか。目を閉じ呟くキョウカに、眠気が迫り始める。

それを感知した室内管理の人工知能が、ゆっくりと照明の光度を下げていった。

第三日：01【御堂小夜子】

もそもそと朝食を咀嚼(そしゃく)する小夜子(さよこ)。

献立は朝の頻出メニュー、豆乳をかけたコーンフレークだ。

食べ終えて、洗って、水切りカゴへ放り込む。昨日の朝入れたままのシリアルボウルにスプーンが当たり、乾いた音を立てた。

身支度はもう済ませてある。後は外に出て恵梨香(えりか)と待ち合わせをするだけ。

小夜子ははしゃぐ心を抑えきれず、時計が七時四十分になる前に家を出るのだった。

◆

先に出ても待ち合わせ時間が早まるわけではなく、その分を家の前で待つことに。

昨晩あれだけの目に遭ったというのに、今の小夜子は機嫌よく鼻歌まで歌っている。

やがて、

「行ってきます」

という鈴を転がすような声がして、女神が信者の前へ姿を現した。玄関のドアを閉め、門扉を開けて、小夜子の前へと歩いてくる。

すらりとした長身、端正な顔立ち、歩くと揺れる美しい黒髪。

小夜子の唯一絶対神、長野恵梨香である。

「おはよう、さっちゃん」

「おはよう、えりちゃブフ」

ブフ、というのは、恵梨香が小夜子の正面に立った途端、小夜子が抱きついて恵梨香の胸に顔を埋めたからである。

恵梨香が百六十八センチ、小夜子が百四十二センチ。二人の身長差だと、小夜子がやや斜め気味に抱きつけば、上手い具合に恵梨香の胸へ顔を埋めることができるのだ。

「怖い夢をみた」

と言いながら、埋めた顔をぐりぐりと動かし恵梨香の胸の感触を味わう。

ぐりぐりぐりぐり、ぐりぐりぐり。もひとつおまけにぐりぐりぐり。まだまだおまけにぐりんぐりん。

「……布の感触だー」

制服の厚い布地越しなのだから、まあ当たり前ではある。

だが小夜子は満足であった。体育の準備体操とは比べ物にならぬ気合いの入った深呼吸をして、恵梨香の香りを肺いっぱいに吸い込む。

これだけでも昨晩の地獄を生き延びた価値はある、と噛み締める信奉者。続いて彼女はセーラー服の裾から手を突っ込んで女神の胸を揉もうとしたが、その前に、

「やだもー、さっちゃんのエロすけ」

と頭を両手で掴んで引き剥がされた。作戦失敗だ。

だが恵梨香は小夜子の下心に気付いた様子もなく、手を取り微笑むのであった。

「行こう、さっちゃん」

「うん」

そのまま手を繋いで歩き出す。

途中で小夜子は一度手を離し、「恋人つなぎ」に組み替えた。恵梨香は何の抵抗もなしに、その手と指を受け入れる。

高校生にもなって手を繋いで登校というのはあまり見かけないし、ましてや恋人つなぎである。普通なら拒まれてもおかしくはないが、恵梨香は小夜子の指を拒んだことは一度もなかった。かといって他の女友達とそんな風に歩いているところも見たことはないので、恵梨香が特段スキンシップに寛容というわけでもない。

小夜子はこれを、幼馴染みの自分だけに許された特権だと思っている。

◆

至福の十五分間。

並んで歩きつつ柔らかな指と掌をじっくりねっとり愉しんでいた小夜子であったが、相手の指の動きや感触、体温から細かな異変を感じ取っていた。

どうにも恵梨香の元気がないような気がする。そう言えば小夜子の話に相槌をうつ声もやや弱いし、歩く速度もいつもより遅い。

「えりちゃん、具合悪いの？」

「んー、ちょっとね。頭とお腹が痛い、かも？」

それを聞いた小夜子の表情が曇る。

「えっ!? 風邪？ 学校休む？ 一緒に帰ろうか？ 看病しようか？ おばさん今日はフツーに仕事でしょ？」

恵梨香は小学生の時に父親を亡くしている。年の離れた姉が一人いるが、既に社会人で家を出ているため、今は恵梨香と母親の二人暮らしだ。

「ううん、風邪とかじゃないと思うんだけどね」

頭を振る恵梨香。

それを聞いて小夜子は、

「生理……は違うよね？ ちょっと前に終わったばっかりだし。私の計算だともっと先だったと思うんだけど」

と口にしそうになったが、堪えた。

いくら親友とはいえ生理周期まで把握し、かつ計算しているなど……流石に引かれそうだと気付いたのである。女神の狂信者にも、それくらいの理性はまだ残っていた。

「でもえりちゃん、具合悪いなら無理しないで休んでおきなよ」

「んー、そこまで本格的に体調が悪いわけじゃないの。疲れっていうか寝不足？　それも違うかな？　まあ、しばらくしたら大丈夫になると思う」

「心配だわ」

「ありがとう。でも今日は生徒会の集まりもあるし、ちょっと休みたくなくて。今度他校の生徒会と交流会があるんで、その準備を手伝うから」

（ああ、生徒会には彼氏もいるしなぁ……）

小夜子は会計長の吹田（すいた）先輩を思い出す。

少し崩れた二枚目半。イマイチ頼りない印象だが、優しくおおらかな性格で下級生からも慕われていた。

恵梨香の彼氏として釣り合うとは認めていなかったものの、小夜子も彼に対して悪い印象は持っていない。それがまた、少女を惨めな気分にさせる。

「そう……無理はしないでね？」

「ダイジョーブよ」

茶化しながら恵梨香は微笑んだ。

そして「ぎゅっ」と小夜子の手を強く握り、重ねてそのことを強調するのであった。

そうこうしている内に至福の十五分は終わり、他の生徒らと通学路が重なり始める。小夜子は恵梨香の手からゆっくりと指を解き、歩みを緩めて十メートル程の距離をとった。

やがて恵梨香の周囲にはクラスメイトや他の友人たちが集まり始め、女神の傍らから狂信者の居場所は完全に失われる。小夜子は彼女らの背中をぼんやり眺めながら、後方をとぼとぼと付いていく。

いつもの光景、いつもの流れ。

そう。いつもの。

(……でも明日、この光景を見られるのかしら)

そう思いながら、小夜子は足を進めるのであった。

◆

昼休み。

昨日「あさがおマート」で買ったパンを食べていると、中田姫子(なかたひめこ)の取り巻き、佐藤(さとう)と本田(ほんだ)の二人が小夜子の席までやってきた。

「なんか臭わない?」

と言ったのはややふくよかな体型の佐藤だ。三人の中では一番背が高く、意外に成績も良い。

「ちょっとね、クサイよね」

こちらは本田。これは佐藤とは対照的に細くて小柄な娘だ。以前は眼鏡をしていたのだが、最近はコンタクトレンズにかえたらしい。元々薄かった印象がさらに薄くなった、と小夜子はこっそり思っている。

二人は「あークサイクサイ」と鼻をつまんで言いながら、教室入口の方へ歩き去っていった。

ふと小夜子が周囲を見回すと、入り口のところで中田姫子がにやにやとこちらを眺めているではないか。おそらく佐藤と本田の物言いは、彼女が仕向けたのだろう。直接来なかったのは、嫌がらせに変化をつけるためなのか。まあ実際変化はついたものの、そこから特に発展はさせられなかった様子。

今日はこの程度で済んで良かったと小夜子は思い……そしてそう考えたことに、自己嫌悪するのだった。

（ああいうクズどもこそ、未来人の教材になればいいのになあ）

だが残念ながら三人の様子に、一昨日（おととい）、昨晩と修羅場をくぐったような変化は見受けられない。心底悔やまれるように、息を吐く小夜子。

（……教材か）

昨晩の【ホームランバッター】はG県……遠い関東地方の高校生だと言っていた。おそらくは日本全国、ひょっとしたら世界規模で【対戦者】がいるかもしれない。

だとしたら小夜子の身近に、他の【対戦者】がいる可能性は極めて低いだろう。

それに自分自身を無価値な存在だと認めている彼女だが、姫子らが無価値とまでは思っていなかった。クズなのは間違いないが。

憎まれっ子なんとやら、という奴（やつ）だろうか。性格が悪い人間のほうが世渡り上手であることを、小夜子も知らない年齢ではない。

ああいう人間のほうが結局、世間では強いのだ。

◆

「あさがおマート」で夕食の弁当と翌日の昼食用のパンを買う、いつものルーティンワーク。今日はそれに、ペットボトルのジュースも追加されていた。

会計を終え袋詰めの台にカゴを運び、商品を袋に移し始める小夜子。

昨晩の戦場の半分程度の広さに過ぎぬ「あさがおマート」だが、スーパーという場所自体が【ホームランバッター】との対戦を思い出させ、少女を憂鬱にさせた。

(田崎さんもスーパーに行ったら、こんな気分になるのかしら)

小夜子は一人、心の中で呟く。

◆

家に帰る。靴を脱ぐ。揃えもせずに台所へ。弁当を冷蔵庫に入れ、パンはテーブルに。昨日レジ袋に入れたまま放置されたレトルト食品を棚に入れ、留守電をチェック。何もなし。トイレを済ませて手を洗い、買ってきたペットボトルのジュースを持って二階へ上がる。

すぐに目に入る、「SAYOKO」というプレートが下げられたドア。

自室だが、トントンと叩(たた)いてみる。

『どうぞー』

という声が返ってきた。

もう驚かない。もう疑わない。

ドアを開けると、部屋の中にはきらきら輝く粒子をまとった妖精がベッドの縁に座っていた。

『おかえり、サヨコ』

どう返すかと数秒迷い……しかし少女は覚悟を決めたように、唇を動かす。

「ただいま、キョウカ」

第三日：02【御堂小夜子】

『まずは礼を言うよサヨコ！　ありがとうね！　君のおかげでまた加点してもらえたよ！』

ぺこり、と妖精の姿でおじぎをするキョウカ。

(別にアンタのためじゃないわ。こっちはアンタらの玩具にされて殺されるのよ)

言いかけた小夜子だが、今日はもう口論はしないでおこうと思い口をつぐむ。

今夜の対戦も生き延び、明日もまた恵梨香に会うために……今は限られた時間で可能な限り、この羽虫から情報を手に入れておかねばならないのだ。

「まあ何でもいいけど、もう少しルールとかお役立ち情報を教えてちょうだいよ」

『うん、そうだね。僕もそのつもりなんだ。今日はもう少し色々話そう。君が生き延びるためにね』

◆

キョウカの目の前に、ペットボトルを持ってあぐらをかく小夜子。一応セーラー服から着替えて、ジャージ姿である。

ただし高校のジャージではなく、中学時代のジャージだ。彼女はこれを、部屋着代わりに使っていた。

『これは対戦時に役に立つ機能だと思うんだけどね、まずは【能力内容確認】って言ってごらん』

「え、口で言うの？　嫌だなあ、ダサいわ……【能力内容確認】？」

やや恥ずかしげに小夜子が口にすると、左手脇に白い文字列が浮かび上がった。

「うわっ」と軽い驚きの声をあげながら、それを視線でなぞる。

能力名【スカー】
・能力無し
書かれていたのは、その簡潔な二行だ。能力名はあるのに能力無し、とは随分矛盾した記述である。

『それはね、能力の内容と制限を表示する機能だ。対戦時には右側に相手の能力内容が表示されるようになっている。今は違うから、自分の能力しか出てこないけどね』

「なにこれすごい」

文字を突っついてみるが、指はすっ、とそれをすり抜ける。

『ナノマシンによる投影さ。サヨコの視覚に作用したもので君にしか見えていないから、日常生活の中で使っても周囲にはばれない。だから、安心して欲しい』

「って、つまりこれがあれば、考えなくても対戦中の相手の能力が分かったっていうこと!?　それなら、もっと早く言ってよ」

殴りたい、そう思いつつも耐える小夜子。どうせ拳がすり抜け、床を叩くだけだ。

『いやそうじゃない。確かに自分と相手の能力が表示されるが、内容や条件は確認した分と推理を的中させた分しか見ることはできないんだ』

「どういうこと？」

『例えば昨日の【ホームランバッター】との対戦でなら、彼がバットで物を叩いて飛ばし、能力を発動させたのを目撃した時点で相手能力が表示される。相手を観察して制限や条件に気付き、考えて、それが正解だった場合には色違いの箇条書きで書き加えられていく』

「結局自分で見ないと、分からないってことなのね。ッチ」

小さく舌打ち。

『実際に見るか、もしくは推理を当てるか、でね。まあ、答え合わせ付きのメモみたいなものさ。対戦者がこれを参考にして戦えるようにね。戦闘中は、なかなかメモなんてとれないだろ？』

「相手の能力の推理とかは、口に出さなくてもいいの？」

『うん、それは大丈夫。君の神経に接続されたナノマシンと小型のバイオ人工知能が思考から読み取って照合してくれる』

「へー、流石は未来技術」

そう呟きながら、腕を組んで頷く小夜子。

「ちょっと待って。今何て言った？」

『ん？　ナノマシン？　君らの時代でも理論自体はあったはずだけど……』

「そうじゃなくて、神経に接続したとか言ってなかった？」

『ああ。君たち対戦者には全員、蚊型のバイオマシンを使い、一週間かけてナノマシンを投与させてもらったんだよ。おかげで痛くもなんともなかっただろ？　バイオ人工知能はナノマシンが君の体内で形成してくれたから、違和感も無いはずだ』

「勝手に人の身体へ機械を埋め込まないでよ！」

『仕方がないだろ、運営を円滑にするためなんだから。だってそれが君の身体に浸透していないと複製空間への次元転送もできないし……この妖精のアバターだって、ナノマシンとバイオ人工知能が君の視覚に投影しているんだよ？　僕との会話だって、体内のマシンが受信してくれているから話せるんだし』

小夜子の近くまで歩み寄り、その膝をぽんぽんと叩く仕草をするキョウカ。

「……ちなみにアンタたちの時代で、勝手に他人に機械を埋め込んだらどうなるの」

『犯罪に決まっているだろ。常識的に考えなよ』

怒りを通り越して呆れてしまう。溜め息をつく小夜子。

「実験動物にしておいて今更なんだけど、ホント、アンタらってこの時代の人間に対して人権認めてないのね」

『いや、それは違う。この時代相手でも、普通の人間を実験材料にしたり機械を埋め込んだりしたら、流石に人道にもとる』

そう言われて、「じゃあなんで」と口にする小夜子。

　だがすぐに、彼女は解答を導き出した。

「私たちが『歴史上存在する意味の無い人間』だから？」

『ゴメィトゥ！　正解！　そうだな、例えばある種の動物を捕まえて調査や実験をするにしてもさ、その種が滅ぶような採りかたをしちゃったら、意味が無いだろ？　あくまで種の保存に支障の出ない範囲で留（とど）めておくものだ』

「そりゃそうよ」

『今回の試験で、君たち未来に繋がらない人間、まあ言ってみれば「過去の余剰人」を用いるのもそれと同じなんだ。未来に影響しない範囲の余った人間を授業の実験教材に使うから、二十七世紀の「現代」には影響を及ぼさない。そりゃあ、多少は周囲の人間に影響が出るかもしれないが、まあこれは歴史の復元力の範囲内だし、そのことは前にも言った通り、うちの学校の大型量子コンピュータでも検証が済んでいる。さらに君の言っていたタイムパトロール……？　に近い機関、【国際時間管理局】にもちゃんと届けを出してあるしね。だから時間犯罪には当たらないし、正規の実験として認められているのさ』

「……アンタら未来人が他人を殺しあわせる授業だか試験をするのは勝手だけどさ、そういうのは自分たちのクローン人間とか作ってやればいいじゃない。そのほうが時間旅行しなくていいし、楽でしょ？　漫画で見たことあるもの、そういうの」

　中学の図書室に置かれた、古典漫画の記憶を辿（たど）る小夜子。

　三国志やら歴史物やらの作品と一緒に、漫画の神様の作品はかなりの数が揃っていたのを覚えている。

『うっわー流石は中世！　野蛮なことを言うなあ！』

「ちゅ、ちゅうせい……!?」

キョウカにとっての二十一世紀は、小夜子にとっての鎧兜の時代と同感覚なのだ。

そのことを思い出し、少女は改めてキョウカと自身との認識の違いを確認させられるのであった。

『君の時代ではどうかは知らないけど、僕らの時代ではクローン技術で作られた人間にもちゃんと人権はあるんだ。そんなこと、世論的にも法的にも人道的にも許されるわけないだろ』

「じゃあ私らの人権はいいの!?」

『やれやれ。中世では人権の定義もちゃんとされていないようだね。いいかい、「人権」っていうのは、その人間の「将来的な可能性」を担保にした保護なんだ』

「んん？」

一瞬理解が止まる小夜子。

『つまり「この人物はこれから何か歴史的貢献をするかもしれない、働いて社会に利益を出すかもしれない。だから、その可能性を守る必要がある」という理由によって各人の権利は保護されているんだ』

小夜子の困惑した表情から察したのか、キョウカは噛み砕いた説明を行う。

『だから君たちみたいな「存在する意味が無いことが確定している人間」には、「人権」は適用されないんだよ』

キョウカ自身は、出来の悪い生徒に補習授業を行う献身的教師の心境であったかもしれない……だが、授業の題材は最悪の一言である。

「将来に可能性のある人間にしか、人権は認められないということ？　だから存在する意味の無い人間には、人権を適用しないってわけ？」

『そういうこと』

「私の知っている人権とは、随分内容が違うようだけど」

『僕の時代みたいな、完成された認識になるにはあと四百年はかかったはずだよ。まあ未発達な君らの時代じゃあ、その認識に達していないのは仕方ないさ』

キョウカは肩をすぼめて、やれやれという仕草をしてみせた。

「人命の軽さが実にSF的ね。クソだわ」

苦虫を噛み潰したような顔で吐き捨てる小夜子。

そんな彼女の顔を見ながら、キョウカは諭すように言う。

『君たちは人命扱いされる要件を満たしていないからね。その辺を勘違いしてはいけない』

第三日：03【御堂小夜子】

眼鏡を外し、目頭をつまんで十秒近く息を吐き続ける小夜子。ここまで話しただけでも、彼女は猛烈な疲労感に襲われていた。

正直もう、この羽虫と一秒だって話をしたくはない。だが、このまま休んでいるわけにはいかないのだ。

数回揉んで、諦めたように眼鏡をかけ直す。

(こいつらが私たちを人間扱いしていないのは、今に始まったことじゃないわ)

また脱線してしまった。昨日と同様、この調子では何の支度もできないまま、あの空間へ放り込まれてしまう。

「話戻しましょ、話」

『うんそうだね。その方がいい。ただ君の疑問にも可能なだけ答えてあげて、納得した上で対戦に臨んでもらったほうがいい、と僕は考えているんだ。その上で、君との信頼関係を築けたらと思っている。そもそも【教育運用学】って、そういう学問だしね』

(なーにが信頼関係よ。笑わせないで欲しいわ)

『で、次なんだけどさ。【対戦成績確認】って言ってごらん。一字一句その通りでなくても大丈夫。ある程度は人工知能が解釈して、融通してくれるからね』

「じゃあ……【対戦成績確認】」

やはり少々恥ずかしげに、小夜子が呟く。

今度現れたのは文字列ではなく、一覧表のようなものが映された三枚の画面だ。浮かび上がったものを触ってもすり抜けるところから、これもやはり神経接続されたナノマシンによる投影なのだろう。

「対戦者一覧……？　能力名【ハリケーンミキサー】、監督者トーマス＝マッケイン、〇勝一敗……能力名【ライトブレイド】、監督者ミリッツァ＝カラックス、二勝〇敗……能力名【ガンスターヒロインズ】、監督者レジナルド＝ステップニー、〇勝〇敗二分……」

一番左端の画面を適当に読み上げると、そこには対戦者の能力名、監督者名、そして対戦成績が記されていた。勿論小夜子の【スカー】とキョウカの名前も記載されている。

一覧表は大きく分けて二つの種類に分かれており、白地に黒の文字で書かれたものと、黒背景に白文字で記されたもので構成されていた。

違いは小夜子でも即座に分かる。「白地に黒」が勝ち残っている対戦者で、「黒に白文字」が負けて脱落した者たちである。黒地グループの中に【グラスホッパー】の名があるのだから、間違いはない。

次にその横。二枚目を見る。

「【サンダーブレイク】対【ホームランバッター】引き分け……【ロックキャノン】対【ハートブレイク】はハートブレイクの勝利……【ハウンドマスター】対【与一の弓】はハウンドマ

スターの勝ち……【ペロリスト】対【ワーウルフ】引き分け……【デスサイス】対【六尺褌(ふんどし)】引き分け……【グラスホッパー】対【スカー】……はスカーの勝利……」

画面の上側には「初日対戦表」と表示されていた。

試みに指でタブレットのスクロールを模してみる。すると一覧は下へと動き、当日の全対戦結果が表示されていく。

今度は三枚目を見る。そこにはやはり二日目対戦表、というタイトルがつけられていた。殺し合いの記録だと思うと、あまり見る気にもなれない。少女はすぐに目を逸(そ)らす。

『他にも対戦中に【残り時間確認】っぽく言えば対戦時間の確認が可能だし、【対戦領域確認】なら戦闘エリアを囲む場外負けバリアーが視認できるようになる』

「そんな大事なことは最初に言えやあああああああ!」

ペットボトルで殴りつける。容器は妖精のアバターをすり抜けて床に命中。勢いで手からスッポ抜け転がっていった。

『野蛮な奴だなあ。学校だとあんなにオドオドしているくせに』

「ハッ! 見たようなこと言わないでよ」

荒く息を吐きながらの、小夜子。

『見ていたんだよ。だって面談時間以外も、君たち対戦者の生活はモニターしているからね。君が学校でスクールカーストの底辺やってるところも、スーパーマーケットで弁当とパンを買って帰るところも、毎朝隣の美人さんに過剰なスキンシップしているところだって見ていたよ』

「ね！　美人でしょ⁉　美人よね！　美人なのよ！　だよねー、そうよねー、未来人から見てもやっぱりキレイだもんね、あの子～」

『あ、え？　うん⁉　反応するの、そこなんだ……⁉』

たじろぐキョウカ。

そんな彼女を放ったまま、小夜子は語り続ける。

「えりちゃんはねー、中学の時にモデルとかもやったことあるのよ。勿論あの子は慎ましいから自分からそんなとこに応募したわけじゃないの。あの子のお母さんの友達がティーンズファッション誌の編集長をしていた時期があってね、その関係者の人にどうしてもって頼まれて仕方なく引き受けたのよ。お母さんからもお願いされちゃってたしさ。でもそれでもやっぱりあの子はそういう目立つことはあまり好きじゃないから何回かやっただけでやめちゃったんだけどね。それでもちょっと載っただけで反響がブワッと来て、一時は何社もの芸能プロダクションからタレントやモデルにならないかってスカウトが家だけじゃなくて通学路まで待ち伏せしてきたりしてさ。ただあの子は絶滅危惧天然記念世界遺産の大和撫子(やまとなでしこ)っていうのかな？　やっぱり人前で肌を見せたり自分の美しさをアピールしたりするのは嫌いなの。あ、勿論あの子は自分が美人だー、なんて鼻を高くしているわけじゃないのよ？　あの子はそういう外見が重視されるような世界や人が苦手なだけ。だからずっと芸能プロからの誘いも断り続けてたんだけどさ、一社だけすーーーーっごくしつこいのがいたのよ。毎日のように通学路で待ち伏せ

してさ、あんまりしつこくねちっこく迫ってくるもんで、えりちゃん泣いちゃったのね。それで私頭にきて、そのスカウトマンを石で殴って追い払ったの。そしたら警察沙汰になってまーたえりちゃん泣いちゃってね……まあ、結局芸能プロ側がやりすぎたスカウトをして申し訳ない、てことで手を引いて。その件はおさまったんだけど、その話が広まってまたえりちゃんのキレイさが評判になってねー。ま、元々評判だったんだけど。私さ、下駄箱にラブレター入っているのなんか漫画やアニメでしか見たこと無かったんだけどね、あの子って貰っちゃうのよ！　ホントに。しかも一度や二度じゃないのよ？　でね、それも男子だけじゃなくて女子からも貰うの！　すごくない!?　普通男子から人気ある女子って同性から妬まれたり疎まれたりしてイジメとか嫌がらせとかの対象になったりするじゃない？　でもねー、あの子ねー同性からも人気あるのよねー。性格も良くて勉強も運動もできるし、もうね、完璧超人なのよ。ほらさ、学園のマドンナなんてドラマとか映画の中しか存在しないって思うでしょ？　それがいるのよ。いたのよこれが。いやーすごいすごい。でさ、高校に入ってからの話なん」

『ちなみに今朝、君がマスターベーションしているのも見た』

「殺す」

『いや、なんか、ごめん』

「殺すわ」

『ごめんってば、ちゃんと途中でモニター切ったから』

「即座に切りなさいよ！　アンタだってやったことあるでしょ!?」

　怒気を漲(みなぎ)らせ「ずいずい」とキョウカに詰め寄る小夜子。

『う……あ、はい。まあ、嗜(たしな)む程度には』

「見られたくないでしょ!?」

『そ、そうだね。今度からは気をつけるよ。可能であれば事前に教えてくれないかな？　そうしたら、その間は見ないようにしておく』

「何でそんなアホみたいな申告しなきゃいけないのよ！　ていうか、人のプライベート見るんじゃないわよ！　……ってそもそも人権を認めてないんだっけか」

　先程の話を思い出して、肩を落とす。

『まあ、そうなんだけどね。さっきも言った通り、君らに人権は適用されない。ただ僕は、他の連中とは違って恐怖や苦痛で人を従わせるのはあまり好みじゃないんだ。死んだグランマが昔、「負の感情によって得られた関係は、いつか負の感情によって破壊される」って教えてくれたしね』

（アンタに対して負の感情以外、ないわよ）

『今回だって、埋め込んだナノマシンに神経干渉させて苦痛を与えれば、君を一発で従順にさせられるのは分かっているんだけど……そんなことはしないつもりだよ』

「ナノマシンで、そんなことまでできるの？」

『日本の古いコトワザで「百聞は一見に如(し)かず」っていうんだろう？　加減して少しやってみようか』

「いややめ」

口にしたところで、びくん！　と小夜子の身体が痙攣した。

背中から腰にかけたあたりに、体内へと太い針を何本も突き刺されたような激痛が襲いかかった。切り傷擦り傷腹痛頭痛、昨晩の対戦で負った骨折とも違う。強いてたとえるなら歯科治療で歯の奥を抉られるかのような痛みが一番近いのだろうか。だがもし数値で換算できるならば、今までに味わったものの数十倍の値が弾き出されるだろう。

声を上げることもできず、痙攣しながらエビ反りになり倒れる小夜子。口からは唾液が泡となって吹き出し、下は失禁で濡れ始めた。

『じゃあストップ』

襲っていた痛みはぴたりと止まり、眼鏡の少女は気絶寸前だった意識をなんとか繋ぎ止める。

そうしてしばらく荒い呼吸を続けて横たわっていた小夜子であったが……やがてゆっくりと起き上がり、

「よく分かったわ。もういい。もういいです」

と、か細い声で伝えた。

『出力をセーブしてこれだからね。きついだろ？　僕はサディストじゃあないから、こういうのは嫌いなんだ。でも他の監督者の中には、これを使ってる奴もいるかもね。人を従わせる【教育運用学】の中でも、下策ではあるが手っ取り早い手法の一つとされているからさ』

「……そう」

改めて思い知らされる小夜子。未来人の技術と力があれば、二十一世紀人をいたぶるのも、生殺与奪も思うがままなのだと。

逆らえない。

抗(あらが)えない。

圧倒的な立場の差。

自分たちにできることは、未来人の用意したルールに従い、少しの間生き延びることだけなのだ。そう小夜子は再確認させられた。同時に、恵梨香と一緒にいられる時間はもうほとんどないのだ、とも。

(これほどの圧倒的な力があるのなら、私たち対戦者を一人だけ残して皆殺しにする、ということですら慈悲をかけたつもりになるのも無理はないわ)

……ふと、他の対戦者のことが気になった少女。

(苦痛で従わされて、相手を殺すことを強いられた人も……いるんだろうな)

そう考えると、胃が締め付けられるような感覚を覚えるのであった。

第三日：０４【御堂小夜子】

下着を替えパジャマに着替え、失禁で濡れた床を雑巾で拭く。そうして簡単に片付けを済ませた小夜子は、キョウカの前へ再び座った。ちゃんとした後片付けは、面談時間が終わってからだ。

『多分サヨコも予想はついているだろうけど、この神経干渉は、痛みを与えるのが目的じゃあない。それは副次的なものだ』

「あっそう」

『君らの日常はモニターしているって、さっき教えたよね』

自慰行為を覗かれていたことを思い出し、小夜子がぷるぷると拳を震わせる。

『待って、待って。で、当然君の言動も監視しているわけだ』

「でしょうね」

『うん。君の体内のナノマシン、そしてバイオ人工知能……ああＤＮＡコンピュータって言うべきなのかな？　まあそれらは、僕らの乗っている航時船のメインフレームと常に交信し、管理されている』

「用語ははっきり言って全然分からないけど、何となく分かったわ」

『もし君が僕ら未来人のことを、関係者以外……つまり他の誰かに話したり、伝えた場合にはメインフレームがそれを判断、ナノマシンに命令を下して君の神経を焼き切るようになっている。まあ機密保持のための、当然の処置さ。勿論そんなことをしたら君は死ぬ。よくて廃人かな？　「痛みを与える」というのは、あくまでそれの副産物なわけだね』

「じゃあもし私が誰かにアンタたちのことを話していたら、まずその時点で殺されていた、ということ？」

他人に伝えたところで、狂人としか思われまい。そもそもが、自分とて信じられない事態なのだ。そう思って誰にも話さなかったことが、幸いしたのか。

『そうなるね。君は無意識の内に賢明な判断をしていたわけだな』

「だからそういう大事なことは一番初めに言えっつってんだろおおおお!?」

絶叫と共に小夜子の拳が飛び、アバターをすり抜けフローリングの床に命中する。

ごつん！　という音が響き、振動は小夜子の肩まで伝わった。

『君は実に馬鹿だな。僕の本体は今、遠い南方にいるんだから、どうやっても殴れないよ？　それに僕だからいいけど、これが他の監督者だったら機嫌を損ねて神経干渉の制裁を科してくるかもしれないんだぞ』

小夜子は「いてえ」と拳を擦（さす）っている。呆れたような目で、キョウカがそれを眺めていた。

そんな時に「ぴろりん」という音を鳴らし、震えるスマートフォン。ＳＮＳメッセージの着信通知だ。

目にも留まらぬ速さでそれを手にとり見る小夜子。その機敏さたるや、キョウカが『ＯＨ！』

と驚嘆の声を上げたほどであった。

「えりちゃんだわ」

そもそも小夜子に連絡を送ってくるのは、恵梨香以外には誰一人として存在しない。それが彼女の反応速度を、極限まで引き出した理由である。

《さっちゃんどうしたの？　なんかすごい声がしたけど》

先程の小夜子の叫びが、隣にまで届いたのだろう。それを聞いた恵梨香が、心配してメッセージを送ってきたのだ。

ぱぁっ、と明るくなる小夜子の表情。すぐに彼女はスマートフォンを操作し、恵梨香への返信を打ち込み始めた。

《大丈夫、ちょっとゲームやってて興奮しただけなのー。それよりえりちゃん帰ってくるの早かったんだね、生徒会のお仕事はもう大丈夫だったの？》

超高速フリック入力で、送信。物凄(ものすご)い速さで蠢(うごめ)く指にキョウカは『すげえ……気持ち悪い……』と呟いていたが、小夜子の耳には入らない。

そして約二分後、またの「ぴろりん」。

《うん、先生が急な用事で来られなくなったもんで、明日に延期になったの。だから帰ってきちゃった。今さっき家に着いたんだよ》

「生徒会で先生っていうと山下(やました)か……あのクソ教師、えりちゃんが具合悪いのをおして学校に行ったというのに急用で延期だと!?　万死に値するわ」

　実際には山下先生はクソ教師でも何でもない普通の教員であるし、急用も本人が悪いわけではないのだが……体調不良の恵梨香に忍耐を強いた、という一点だけで小夜子の憎悪を掻き立てたのだ。理不尽な話である。

《そうなんだ。具合の方は大丈夫？　看病にいこうか？　何か作ろうか？　汗かいた？　身体拭こうか？　舐める？》

《さっちゃんのエロすけ。大丈夫だよ。もう何ともない》

《心配だわ》

《まあ今日は早めに休んでおくつもり。おつかれーエロすけー》

《おつかれー》

　キス顔の絵文字を添えた後、スマホを眼前からゆっくりと下ろす小夜子。その顔は、とても満足気な笑みをたたえている。

　キョウカは深い嘆息と共に、頭を左右に振っていた。

◆

『君が生き延びたいのは、あの美人が理由なんだね』

「そうよ悪い？　アンタらが帰ってくれれば何の問題もなく、私はあと一年半あの子と一緒にいられるのよ」

『別に悪くないさ。野蛮なこの時代ならいざしらず、二十七世紀では同性愛は至って一般的だ。女性同士なら、子供だって作れる』

「別に私そんなのじゃないわ。女は嫌いだし」

自分の母親や中田姫子、そして今まで出会ってきた学友たち。女性という存在に対して、小夜子は肯定的なイメージをまるで抱いていなかった。

「ほんと、女ってクソよ」

唾でも吐くように、言い捨てる。

『そんなこと言ったってさ……君も女だろう？』

「私はクソでいいのよ！」

『お、おう……』

迫力に押されるキョウカ。

『でも、君がご執心のエリ＝チャンだって女性なんじゃないか？』

「あの子は女神だからいいの！」

鬼のような形相で詰め寄ってくる。

『……だめだ、こいつクレイジーだ』

妖精はそう呟いていてしばし慄（おのの）いていたが、何かを思い出す顔を見せると、

『うげ！　面談時間もう残り少ないじゃないか……今日の時間ロスは、流石に君のせいだからな』

頭を抱えながら口にした。言われた小夜子も否定できず、苦い顔で顎を掻く。

「あぁそうだ。時間っていえば、【ホームランバッター】と話していて思ったんだけど、初めてアンタが来た日の面談時間が五分しかなかったのって、何で？　向こうは一時間あったって話してたけど」

『さあね』

顔を背け、舌打ちするキョウカ。今日一番の不機嫌な様子だ。

「ひょっとしてアンタ、遅刻したの？」

『違う。僕は時間にルーズじゃない』

「人によって割当時間が違うとか？」

『多分、違う。どうやらそうじゃないみたいだ』

「あ、分かった。先生から嫌われてて、それで時間を短くされたんだ」

『教授の仕業じゃない。他の奴が細工したんだ！』

声を上げてから、しまった、という顔を見せるキョウカ。小夜子は訝しげにそれを眺めていたが……じきキョウカへぐっと詰め寄り、問いを重ねていく。

「心当たりあるの？　じゃあ誰の仕業なのよ。私にも関わることなんだから、教えてくれてもいいでしょ？」

『いやだ』

「人のアレを覗いておいて、自分はだんまりなわけ？」

『それは悪いと思ってるさ。でも、答える義務はない』

「いいじゃないの、どうせ私は授業の教材として、じきに殺されるんだし」

分かってはいても、改めて自虐の軽口にすると気が重くなる。だが一人落ち込みかけた小夜子に対しキョウカは、

『うるさいな！　黙れよ！　また痛覚神経に干渉するぞ！』

震える声で怒鳴りつけたのだ。

あの拷問を持ち出されては、それ以上逆らう気力も起きない。諦めてあぐらを組み直すパジャマ少女。

「分かったわよ」

気まずい沈黙が二人の間を支配し、そのまま数十秒が経過した。

その静寂を破ったのは、キョウカのほうだ。

『【対戦者名簿一覧】』

と口にした未来妖精の前に、画面が一枚表示される。

先程小夜子が見たのと同じ、対戦者とその監督者、そしてその対戦成績が表示されたリストだ。キョウカはそのうち三枠を指でなぞり、選択の上で点滅させた。

『監督者【ヴァイオレット＝ドゥヌエ】、【アンジェリーク＝ケクラン】、【ミリッツァ＝カラックス】。こいつらが犯人だ』

「同じ学生の仕業なの？」

『そう』

「アンタ、こいつらに嫌われてるの？」

『嫌われてるわけじゃない。僕の優秀さに嫉妬しているだけさ』

キョウカのアバターは、小夜子と目を合わせようとしない。

「ひょっとしてアンタ、普段からこんなことされてるんじゃないの」

『別にそういうわけじゃない、ちょっと嫌がらせされたりすることがあるだけだ』

「例えばどんな」

『両親を侮辱されたり、講義中に生卵ぶつけられたり、ロッカーに生ごみ入れられたり、座席に塗料を塗られたり、テキスト用端末を隠されたり、泥水のバケツを投げつけられたり、ケチャップかけられたり、食事にゴキブリ入れられたりとか、レポートデータを盗まれたりとか、そんな程度さ』

「は!?　アンタそれ、いじめられてるっていうのよ!?」

『違うよ』

「てか、大学の授業形態でもそんな小学生みたいないじめが成り立つもんなの？」

『前に言ったろ、僕の学部は選ばれたエリートなんだ。君の時代の知ってる一般大学とは、形態が違うんだよ』

「いやでも大学生でしょ!?　いい年こいてそんないじめしてる奴がいるわけ？　それとも二十七世紀人ってそんなに幼稚なの？」

『いじめられてなんかいないってば！　嫉妬されているだけだ！　君みたいなスクールカースト最底辺のフ〇ッキンナードと一緒にするな！　馬鹿！』

余裕を無くしたキョウカの声……咽せながらの涙声に、今度は小夜子が狼狽えてしまう。

「せ、先生やクラスメイトに相談したら？」

『連中はヴァイオレットの味方だぞ！　僕を助けてなんかくれるもんか！』

口にしたのを小夜子は後悔した。そんなものが無力なのは、彼女もよく知っているのだ。

「親御さんは？」

『パパもママも死んだ！　グランマもグランパも、もういない！　僕は、僕には誰もいないんだ！』

ぎこちなく差し出された小夜子の手を、妖精は振り払うように背を向ける。そしてそのまま膝を抱えてうずくまると、顔を伏せて黙り込んでしまった。後はしゃっくりをするように息を詰まらせ、時折肩を上下させるのみ。

女児のようなその後ろ姿を、小夜子はただ肩を落として見つめることしかできなかった。

◆

ぴぴぴぴ！

昨日聞いたのと同じ電子音。面談時間終了のアラームだ。

それを聞いて立ち上がったキョウカがのそり、と小夜子の方へ向き直る。だが、視線を合わせようとはしない。

『とりあえず逃げ隠れに徹していれば、余程の相手でなければ大丈夫だと思う』

「ええ、そうするつもりよ。明日も私はえりちゃんに会うんだから」

『昨日みたいに、妙な期待をもって相手に接触しようとは考えない方がいい』

「身に染みて分かっているわ」

昨晩の【ホームランバッター】。その恐怖に歪んだ顔を思い出し、表情を曇らせる小夜子。

一方キョウカはまだ目を合わせようとはしなかったが……やがて意を決したように、俯いたままぼそりと口を開く。

『正直、二回も生き延びてくれたことに感謝している』

「ハッ、アンタの成績が良くなるもんね」

『それだけじゃない。あれだ……君が生き残って僕が加点されるほど、連中の鼻を明かしたことになるからさ』

「あー」

キョウカが名を挙げた、三人の話を思い出す。

『だからその……次も生き残れるといいね』

「そのつもりよ」

『あと……話を聞いてくれて、ありがとう』

そこまで言ったところで、キョウカのアバターは消失した。時間切れなのか接続を切ったのか、小夜子には分からない。

(あいつの話なんか聞いたっけ?)

小夜子はきょとんとしていたが、やがて「ああ」と手を小さく打った。

三人からキョウカが受けた仕打ちを聞き出したことなのか、と合点したのだ。

(……たったあれだけで、しかもあれが、「話を聞いた?」)

だとしたら、キョウカはどれだけ人との接触に飢えていたのだろう。先程叫んでいたように、そんなにも彼女は孤独なのだろうか。

するとまさかだが、ひょっとしたら……最初に会った時からの浮ついた様子は、彼女を苛む者以外と会話ができることに高揚していたのかもしれない、とまで思えてきた。

だがすぐに、小夜子は頭を振ってその考えを追い出す。

(だからどうだっていうの)

自分はキョウカたちのせいで死にそう、いや殺されそう、いいや、近々殺されるのだ。

連中の事情など、どうでも良い。小夜子は下手すれば今夜にでも殺されて、もう恵梨香に会うことも叶わない可能性すら十分にあるのだから。

「そうよ。アイツらのせいで、私はえりちゃんと会えなくなるのよ……」

そう再認識した小夜子の視界は、ぼんやりと滲み始めるのであった。

第三日：05【御堂小夜子】

キョウカの姿が消えた後……小夜子は改めて床拭きと、自分の小水で濡れたジャージの洗濯を行っていた。

洗濯機を回しつつ買っておいた弁当を温め夕食を取る。その間にも恵梨香とのSNSでのやり取りは交わしておく。

(明日にはもう、会えないかもしれないし)

そう考えると、恵梨香との繋がりを少しでももっておきたいという欲求にかられるのだ。

本当なら適当に理由をつけて直接顔を見に行きたいところだが、会えばそれだけで泣き出してしまうかもしれない。断腸の思いで、それは止めておいた。

(えりちゃんに、面倒はかけたくない)

そんな様子を見せれば、恵梨香は必ず心配してくれるだろう。しかし、相談できることではない。

死ぬのが小夜子だけならまだいいが、相談したことで恵梨香を危険にさらすことは許されない。そんなことを、少しでも小夜子は認めるわけにはいかなかった。

◆

洗濯物の取り込みや風呂を済ませて部屋に戻れば、時刻はもう二十時を回っていた。

ベッドに腰かけると、入浴前に充電ケーブルを刺したスマートフォンからぴろりん、との着信音。恵梨香からのメッセージである。

《今日は早めに寝るね。おやすみーさっちゃん。また明日》

《お大事にー》

個人的にはもう少しやり取りを重ねたかったが、今日の恵梨香は体調が優れない。早めに休ませてあげるべきだろう。

（だから、これでいい）

もしもう会えなくなっても、これでいい。

「……うん」

一人頷き、ベッドへぽすん、と倒れこむ小夜子。それから寝返りをうち、身体を横に向けた。

ふと、学習机の脇に置かれた箱が視界に入る。【OMEGA　DRIVE　2】と書かれた、かなり古いゲーム機の箱だ。

……オメガドライブ2。SAGA社が昔発売した、往年の名作ゲーム機。

元々は小夜子の父の持ち物で、物置の隅で埃（ほこり）をかぶっていたそれを、幼少の彼女が発掘してきたものである。

当時も既に骨董品（こっとうひん）の部類に入っていたそのゲーム機で、幼い小夜子と恵梨香はよく一緒に遊んだものだ。

ハダカデバネズミがすごいスピードで走り回るゲームだとか、マッチョな男が動物に変身して戦うゲームだとか、漫画原作の四人同時対戦格闘ゲームだとか、色々な武装に切り替えられる銃を使って戦うアクションゲームだとか。

二人だけの、懐かしい記憶である。

恵梨香は小学三年生で父を事故で亡くし、小夜子は小学二年生で母親が失踪している。

長野家の母親は出版関係の職に就いていて当時は忙しく、恵梨香の年の離れた姉は既に遠方の大学へ通っており、家には恵梨香しかいないことが多かった。一方、御堂(みどう)家の父親は妻の失踪後は娘から距離を置くようになったため、こちらも家にいること自体が稀(まれ)。

結果として互いの家に入り浸る時間が多くなり……幼稚園の頃から元々仲の良かった二人は、まさに親友と呼べる関係を築き上げていったのだ。

中学校に上がる頃には恵梨香の母親も時間に余裕のある部署へ異動しており、家にいられる時間も増えてくる。そこに対する小夜子の遠慮もあって、昔ほどは時間を共有できなくなっていた。

高校生になってからは恵梨香の生徒会仕事や塾のこともあるため、一緒に過ごすのは朝の通学時間「至福の十五分」か、休日たまに遊ぶ程度に留まっていた。

小学生の頃はよく二人で夕食を食べたり、風呂に入ったり、一緒に寝たりしたものだ。そのことを思い出す度、小夜子は「どうして当時、写真で保存しておかなかったのか」と悔いて止まない。

（もし今の気持ちと知識をもって当時にタイムリープできたなら、お風呂や一緒に寝ている時に、あんなことやそんなことをしておけたのになあ）

などと極めて不埒（ふらち）なことすら考える。

（まあでも小三の時に、遊び半分で初キスを奪っておいたのは正解だった）

あれはあの頃、学年女子の間で盛り上がった「結婚式ごっこ」……そこで起こした事故。

普通なら子供の、しかも同性とのキスなどノーカウントもいいところだ。

だが当時の小夜子は本能的に舌まで絡めて、ディープで濃厚なそれをかましておいたのである。そのため完全に無効試合であるとは言い難いのではないか……というのが小夜子の主張であった。

勿論、公言などしない。

（当時の私グッジョブ！　吹田先輩がもし今後えりちゃんとキスをしようとも、初めての相手は先輩ではないッ！　この小夜子だッー！）

くくく、と一人ほくそ笑む小夜子。

だが、じきに笑みは消えた。すぐに訪れるであろう、自分の境遇に思いを巡らせたからである。

（もし私が今夜で姿を消したら、えりちゃんは悲しんでくれるだろうか）

対戦に敗れた者の亡骸（なきがら）は、そのまま複製空間に放置されるという。つまり小夜子は失踪という名目で、恵梨香の前から姿を消すことになるのだろう。

（多分、あの子は悲しんでくれる。泣いてくれる）

あの子は優しいから。とても、とっても優しい子だから。

（でも、私は「未来に繋がらない」人間。私の死が彼女の人生に、影響をおよぼすわけじゃない）

それは寂しい。でも、それでいいのだとも思う。

そもそも自分のような人間が、今まで彼女の傍にいられただけでも身に余る幸福なのだ。

小夜子は、そう弁えていた。

だから、それでいい。

ちょっとだけ泣いてくれて、いつか忘れて、元気に生きてくれれば、それでいい。

皆に好かれて、夢を摑んで、結婚をして、子供を産んで。幸せに生きてくれればいい。

（だから……）

明かりのついたままの部屋に、少女の寝息だけが聞こえていた。

午前二時の対戦開始まで起きていようとした小夜子であったが、涙を拭うこともなく睡魔に屈してしまったのだ。

第三夜：01【御堂小夜子】

どくん！

鼓動に似た音と共に、小夜子（さよこ）の意識が覚醒する。

（ああ、いつの間にか寝てしまっていたのね）

彼女はもうこの事態を受け入れていた。溜（た）め息（いき）を軽くつき、周囲を見回す。

（暗い。どうも夜みたいね）

風が通っているので当初は屋外かと思ったが、目が慣れてくるに従い、それは半分間違いであることに気付く。天井があるからだ。

広がった天井には、ところどころに避難口の案内と誘導灯が取り付けられ、その周囲だけをぼんやりと照らしている。様々な施設でよく見かける、「非常口に駆け込む人」が描かれた図記号（ピクトグラム）。あの明かりである。

かといって完全に屋内というわけではない。横を見れば外周には壁は半分ほどの高さしかなく、そこから上はそのまま外の景色が広がっており、月明かりに照らされた隣のビルを見ることができた。

（天井の蛍光灯、点（つ）いてないのか）

小夜子の視界の光源は非常灯と外から差してくる月明かり、この二種類のみであり、その光がこの戦場に存在する障害物のシルエットを、弱々しく浮かび上がらせている。

障害物は所々にある柱、そして多数の車である。そこかしこに、乗用車やらバンやらがびっしりと駐(と)められているのだ。

どうやらここは複数階建ての大型駐車場、その二階か三階らしい。

周囲を確認した後に自分の身体(からだ)を見る小夜子。身につけているのは昨晩、一昨日(おととい)の晩と同じく学校の制服、紺のセーラー服だ。

(暗い戦場なんだから、隠れるのには都合いいわね)

前向きな材料をあえて意識することで、小夜子は自分の心を何とか奮い立たせようとしている。

◆

『空間複製完了。領域固定完了。対戦者の転送完了』

男の声が、小夜子の頭の中に響く。

『Aサイドゥ、能力名【スカー】！　監督者【キョウカ＝クリバヤシ】ッ！』

小夜子の左前に自らの能力名と、キョウカの名前が立体的な文字となって浮かび上がる。そしてその下には、「一勝〇敗一分」という戦績も表示されていた。

『Bサイドッ！　能力名【ガンスタァアヒロイィィンズ】！　監督者【レジナルド＝ステップ

ニー】！』

同様に【ガンスターヒロインズ】【レジナルド＝ステップニー】という名前が表示された。戦績は「〇勝〇敗二分」。

（こいつ、まだ人を殺していない奴だ）

殺せなかったのか、殺さなかったのか。それは小夜子には知る由もない。

だがどちらにせよ、「二勝」とついている相手より遥かにマシであることは確実なのだ。実力的にも、人格的にも。

『領域はこの駐車場の三階のみとなります。対戦相手の死亡か、制限時間一時間の時間切れで対戦は終了します。時間中は監督者の助言は得られません。それでは、対戦開始！　対戦者の皆さん、健闘を祈ります！』

そして「ぽーん」と間の抜けた開始音が鳴り響く。

今夜もまた、小夜子にとって決死の鬼ごっこが始まったのである。

◆

小夜子は素早く静かに、手近な車の陰へ身を隠した。それは直方体じみた形をした、大きな箱型のバン。様々な業態で愛用される、人気シリーズ車である。そのため盗難も多いと聞く。

その後部にもたれかかりながら周囲の音に耳を澄ませると、何かが車体にぶつかる「べこん」

とか「ぼこん」という音が聞こえてきた。

おそらく相手も、どこか車の陰に身を潜めたのだろう。ただ先の音からして、少し慌てているのかもしれない。

「【能力内容確認】」

小声で呟(つぶや)くと、小夜子と相手の能力が表示される。

暗闇では見えないのではないか、と危惧していたが……文字自体が薄く光るため、その心配は無かった。おそらくはこの空間でも彼女の視覚に直接投影しているのだろう。その光は、周囲を照らしてはいない。

左側を見る。

能力名【スカー】
・能力無し
右側を見る。

能力名【ガンスターヒロインズ】
・不明
まあまだ何も分からないのだから、当たり前ではある。

そこでまず小夜子は、周囲に気を配りつつ相手能力の考察に入ることとした。

(【ガンスターヒロインズ】って、レトロゲームの名前じゃないの。相手は結構な年齢なのかしら？　いやでも選別を受けたのは少年少女らしいし、ただのゲームマニアってだけかも……

ああいや、そんなのはどうでもいいわ……ガン、っていうことは銃器もしくは遠距離系の攻撃という可能性が高いか。ヒロインってことは、対戦者は女性？　いや、ゲームタイトルだから関係ないのかも）

遠距離系。ということは沢山の車が並ぶこの戦場では、射界が悪く使い勝手は良くない、という期待が持てる。

おまけに駐車場は営業時間外なのか、もともとこういう場所なのか、それとも戦場づくりのために暗くしてあるのか……本来であればずらっと並んだ蛍光灯で照らされるはずの場内は、非常誘導灯以外の照明は全てが落とされていた。

（そういえば、駐めてある車は社用車っぽい車やバンが多いわね）

駐車スペースにはそれぞれ番号が割り振ってあり、どうも月極め会員の表示らしい。建物外にビルが立ち並んでいるのを見ると、オフィス街で企業向けに貸し出している駐車場とも考えられる。

（まあ、そんなことはどうでもいいわ。考えるべきは、相手の力よ）

もし破壊力が高い能力だったとしても、戦場があまり広くない上にこれだけ車が密集しているなら、大破してしまえば大火災になる可能性だってあるだろう。そうなればどちらが生き残れるかなど、分からない。

（どうやら、相手にとってそれほど有利な場所ではなさそうね）

それにこの暗くて障害物の多い戦場なら、一時間くらいは隠れ続けていられそうだ。

前向きな材料を次々手に入れたことで、小夜子の精神は落ち着きを維持できていた。

だがその矢先、

「お願いです【スカー】さん！　来ないで下さい！　そちらから来なければ、こっちから貴方に危害を加えるつもりはありません！」

と上擦った女性の叫びが届いたのだ。

（ちょっと待って！　思ったよりもずっと近くないコレ⁉）

声はおそらく左前方からだ。十五メートルも離れていないのではないだろうか。

今隠れているバンの目の前、車の通行スペースを挟んでその向こう。そこの駐車領域に並ぶ車の列の何番目かあたりから、それは聞こえてきたように思えた。

小夜子は急いで床に手をつき伏せ、車の下を覗き込み、その方向を見る。

相手側は誘導灯が近いため、周辺が薄く照らされていた。だが車両間は角度的な問題で死角にあり、【ガンスターヒロインズ】の姿を確認することは困難だ。

結局、向こうの並びにもほぼぎっしり車が駐めてある程度しか分からなかった。彼女はすぐに起き上がり、バンの陰から周囲の様子を窺う。

（まずいわ。相手の位置が分からない）

小夜子の鼓動が一気に速まる。

暑くもないのに、服の下に湿った感触があった。いやおそらく、実際に汗をかいているのだろう。焦りと、恐れで。

「こちらには反撃の用意があります！　仕掛けてきたら撃ちます！　だから来ないで下さい！」

【ガンスターヒロインズ】が、裏返り震えた声で叫ぶ。

そして次の瞬間、

ぱぱぱぱぱぱっ！

という音と共に、声の方向……その天井から埃が舞い散ったのが、薄明かりの中で見えたのである。

（えええええ!?　あれサブマシンガンか、アサルトライフルじゃないの!?）

日本に住む小夜子には、自動小銃などに馴染みはない。実物を見たことなど当然ありはしない。だがオタク趣味を持つゲーマーでもある小夜子には、ピンと来たのだ。

（あんなの相手にできるわけないじゃない！）

「お願いです、来ないで下さい！」

絶叫に近い【ガンスターヒロインズ】の呼びかけは、続く。

そしてまたしばらくの合間を置いて「はうっ」と悶える声が届いた後。

す、ぱぁん！

弾けるような音と共に、ほぼ同じ天井から先程よりも多くの埃が舞い散ったのだ。

それは何か沢山のものが、一度に天井を穿ったせいなのだろう。

（え!?　何アレ!?　ショットガンまで持ってるの!?　無理無理無理！　絶対無理！）

心臓の鼓動が高鳴る。速まる。収まらない。自身が落ち着きを失っていることを、小夜子は嫌でも自覚させられている。

（ショットガンなんて、視界に入っただけでアウトじゃない！）

その恐ろしさは、【グラスホッパー】や【ホームランバッター】の比ではなかった。

特撮映画じみた派手さや冗談のような破壊力はなかったが……より現実的で実績のある凶器を振るわれる、という脅威。文字通り銃口を突きつけられる恐ろしさが、小夜子の心胆を寒からしめている。

第三夜：０２【御堂小夜子】

「返事をして下さああい！」

す、ぱぁん！　と、またショットガンらしきものの射撃音。

どうも今度は点いていない蛍光灯が犠牲になったらしい。先程とは違う天井で火花が散り、パリン！　という破砕音をも響かせていた。

（警告射撃？　本当に戦う気はないの、かしら）

相手は不戦を強調している。しているが、冗談ではない。返答なんかできるものか。そう小夜子は思った。

あんな武器を持つ相手に声を上げて、自分の居場所を知らせるなど、あまりにもリスクが高すぎるのだ。

確かに相手は〇勝であり、今まで誰も殺していない。しかしそれはあくまで昨晩までの話であり、今日のこれが罠（わな）でないという保証など、何処（どこ）にも存在しないのである。

「【能力内容確認】」

小夜子は小さく呟き、相手の能力確認を試みる。

おそらく相手の能力は、銃器生成もしくは召喚能力なのだと思われた。そこでキョウカから教わった機能を用いて、それを確認しようと考えたのだ。

（今まで得られた情報と推理だけでも、書き換えられるのかしら）

そう思いながら右手側に表示された文字列を見ると、そこには、

能力名【ガンスターヒロインズ】

・銃器を召喚する。

と記されていた。他の能力や条件、制限はまだ何も分からないが……これだけでも、脅威に証明書がつけられたことになる。

（やっぱりだ！）

「【残り時間確認】」

先程の文字列は消え、今度は算用数字で「50分25秒」という残時間が表示される。

（まだあと、五十分も！）

果たしてそんなにも長い時間、隠れ続けられるのだろうか？

不安と焦り、恐怖が寄ってたかって、小夜子の胃を握り潰すべく爪を立てていた。

◆

それからも【ガンスターヒロインズ】は、不定期に威嚇射撃を続けていた。そのため天井だけでなく、周囲の車の窓ガラスやサイドミラーも粉砕されている。

当初は弾丸を撃ち尽くせば相手が無力化されるのではないか……という希望的観測もしたが、

どうもこの現状を鑑みると、弾切れはないのかもしれない。希望的観測は、希望のままで終わりそうだ。だがそれでも、時間は稼げている。

(これならこれで、いい)

自身に言い聞かせるように心の中で呟き、車のボディへそっと背中を預ける小夜子。

そしてそれから何分か、何十分か……息を潜めて様子を窺ううちに、【ガンスターヒロインズ】による警告射撃は、もう止んでいた。

向こうもようやく、同じ場所で居場所を知らせ続ける危険性に気付いたのだろう。位置を変えるため、動き始めたらしい。

誰も動かなければ、何も物音がしない戦場である。散乱したガラス片やプラスチック片を踏みしめる、しゃり、しゃり、という音が小夜子の耳にも小さく入ってきた。

(ひょっとしたら、誘導灯の明かりで相手の姿が確認できるかもしれない)

そう思ってバンの後ろに身を隠しつつ、頭だけを出して【ガンスターヒロインズ】がいるとおぼしき方向へ視線を向ける。

相手が移動する音は、まだ微かに聞こえ続けていた。だが誘導灯の明かりの中には、【ガンスターヒロインズ】の姿は入ってこない。

(まあこの状況で明かりの下なんかに来ないわよね。常識的に考えて)

再びバンの後ろへ小夜子が隠れようとした瞬間に、「ごん」という音。

そして直後に、

ふぁんふぁんふぁんふぁんふぁんふぁんふぁん‼

大音量で警告音が鳴り響き、一台の高級そうな乗用車のヘッドライトが点灯する。さらに車内からも回転灯のような光が広がり、周囲を照らし出したのだ。

おそらく【ガンスターヒロインズ】がうっかりと、身体か銃でもぶつけてしまったのだろう。それで、車の防犯装置が作動したに違いない。よりによって警報発動時は派手にライトまで点くような、そんなカスタマイズを加えた車輛の。

「きゃああっ！」

絹を裂くような悲鳴を上げながら、【ガンスターヒロインズ】がよろけて歩み出た。突然のことに驚き、思わず動いてしまったのだろう。

しかしそこは丁度非常灯の下であり、そして点灯した高級車のライトが、明るく照らす範囲でもあった。

（え？）

……何で？

小夜子は自らの目を疑った。

脳は理解を拒絶した。

見覚えのある、紺色のセーラー服。

すらりと伸びた長身。長く綺麗な黒髪。

麗しく、美しい顔。

ありえない、と小夜子の意識は連呼する。
だが見間違えるはずがない。
見紛(みまが)うはずもない。
どうして、声だけで気付かなかったのか？
いくら極限状態とはいえ、何故(なぜ)分からなかったのか？
予想もしなかったからだ。
いるはずがない。彼女が選ばれるわけがない。
彼女は、選ばれてしまった自分たちとは対極にある人間なのだから。
だからその可能性は、初めから思考の枠外にあったのだ。
自らの愚かさを呪う小夜子の目から、涙が筋となって伝う。
声を必死に堪(こら)え、少女は自らの唇を押し潰さんばかりに押さえつける。
瞳に映る【ガンスターヒロインズ】。
彼女の名前を、小夜子はよく知っている。誰よりもよく知っている。
その名を聞くだけで、小夜子の身体は温かいもので満たされ。
その名を口にするだけで、心は躍った。
親愛の情を込めて、何度呼んだことだろう。
恋慕の情を込めて、幾度胸中で呟いたことだろう。

……彼女の名は、長野恵梨香。
小夜子の想い人である。

第三夜：03【御堂小夜子】

何故。

何で？

どうして？

おかしいわ！

混乱する意識をまとめようともせず、小夜子は涙と鼻水を垂れ流したまま、のたうち、這いずり、必死にそこから離れ始めた。

恵梨香に自分の姿を、見られたくなかったから。

恵梨香の姿を見たことを、知られたくなかったから。

ぱぱぱぱぱぱぱぱっ！

響く自動小銃の音。恵梨香がまた、威嚇射撃を行ったのだろう。

「戦いたくないの！　お願いだから来ないで！」

続けて聞こえてくる、悲痛な声。

それに対し小夜子は身を震わせながらも、辛うじて叫びを絞り出す。

「わがっだがら！　もうやめで！　もういいがら！　ごっぢごないで！　ぜっだいにぐるなあ！　ごっぢみるなあ！」

動かぬ舌と詰まった喉で、懸命に言葉を吐き出した。うっぐ、うっぐ、と呼吸が乱れる。

豚のように鼻を鳴らしつつ、それでも小夜子は這い続けた。

「は、はい！」

という恵梨香の返事。

その声を後ろにしながら、小夜子はなおもひたすらに手を動かし続ける。

涙が止まらなかった。

止められるはずもなかった。

えりちゃん。

私のえりちゃん。

私の愛(いと)しいえりちゃん。

可愛(かわい)いえりちゃん。

どうしてあなたがこんなところにいるの。

どうしてあなたがこんな目に遭うの。

私みたいな、何もできない、何にもなれないクズとは違うでしょ？

賢くて、優しくて、気高いあなたは、私とは違うでしょ？

あなたは、何も悪いことなんかしてないじゃない。

あなたは、何も誹(そし)られるようなことはしてないじゃない。

辛(つら)かったよね？　怖かったよね？

痛かったよね？　苦しかったよね？

ごめんね、ずっと気付いてあげられなくて。

ごめんね、何もしてあげられなくて。

ごめんね。ごめんね。

涙で小夜子の視界はゼロになっていた。

鼻水と乱れた呼吸で、酸素供給もままならない。

ごつん、と頭に当たる何か。

おそらく車のバンパーだろう。だが今の彼女は見ることも叶(かな)わない。

小夜子は手をついて上体を起こし、向きを変えるとそこに背中を預ける。

これ以上動く気力は、もう少女に残っていなかった。

「うっ……ぐっ……ぐ」

醜い声を上げながら堪えていたものが、とうとう溢(あふ)れ出てしまう。

必死に抑え付けていた感情が、ついに決壊した。

もう我慢することなどできない。

常識も、計算も、理性も。何もかもかなぐり捨てて、幼子のように啜(すす)り泣く。

ずっと、ずっと、ずっと。

時間切れが来て、対戦終了を告げるアナウンスが終わり、そして意識が闇に落とされるまで。

小夜子の嗚咽(おえつ)は、ずっと続いていた。

◆

自室に戻されてからは、小夜子はもう泣かなかった。

恵梨香との一枚を収めた写真立てを机から手に取り、ただ憔悴（しょうすい）した顔で部屋の中央に座り込んで……ひたすらに虚空を見つめている。

やがて時間が経（た）ち、小鳥たちが囀（さえず）り始めても、小夜子は動かなかった。

新聞配達のオートバイの音が聞こえても、小夜子は動かなかった。

窓の外が明るくなり始めた時になって、ようやく小夜子は立ち上がった。


……認めない。


私のえりちゃんを、無価値だなんて。

私の大好きなえりちゃんが、未来に繋（つな）がらないだなんて。

私の愛するえりちゃんの、未来が無いなんて。

えりちゃんが死ぬなんて。

えりちゃんが殺されるなんて。

認めない。絶対に認めない。

未来人が何と言おうと、えりちゃんには未来があるべきなのよ。

未来は作られるべきなのよ。

だから認めない、許さない。

えりちゃん、辛かったよね？

えりちゃん、怖かったよね？

可哀想（かわいそう）なえりちゃん。

一杯泣いたでしょうね。

一杯悩んだでしょうね。

でも大丈夫よえりちゃん。

私がなんとかしてあげる。

だからもうちょっとだけ、頑張ってね？

苦しいでしょうけど。
悲しいでしょうけど。

私が他の対戦者を、全部殺してあげるから。
全員私が、殺しておいてあげるから。
あなたを、勝ち残らせてあげるから。

だからね、もう泣かないで？
もうちょっとだけ、我慢してね？

未来人のクソどもが何と言おうと。
たとえ歴史の流れがどうだろうと。
それがあなたの未来だなんて、私は認めない。
あなたが死ぬなんて許さない。

私があなたを、終わらせない。
あなたの終わりを、決めさせない。

だから、私は。
いいえ、私が。

あなたの未来を許さない。

第四日：01【御堂小夜子】

ちゃらら！　ちゃららららららら　らーらららー　ららら。

ちゃらら！　ららら！　ら……。

ぽち。

朝の目覚まし用にかけている、スマートフォンのデイリーアラーム。その古いロボットアニメの主題歌にイントロの時点でストップをかけ、小夜子（さよこ）は「ふう」と一息ついた。

液晶画面には「午前6時30分　10月28日　水曜日」と表示されている。

あれから彼女はずっと勉強机に向かい、ノートパソコンで調べ物をしていたのだ。

画面に映るのは、有名な大手検索エンジン。キーワードを入れる箇所にマウスカーソルが重なっており、検索履歴がポップアップで入力例として表示されていた。

そこには「テルミット」「ドライアイス」「ガソリン」「硫化水素」「塩素ガス」「粉塵（ふんじん）爆発」をはじめとした、極めて不穏当なキーワードが並んでいる。

その画面を見つめながら、腕を組み考え込む少女。

（対戦時にアルミ粉末なんか調達できないし、ドライアイスだってこの間のスーパーならともかく、ほとんどの戦場では手に入らないわ。それに狙ったタイミングで爆破する時限装置もリモコン装置も無い。雷管なんて、そもそも何処（どこ）で手に入れるのよ。まあこれじゃあ、爆発物を

作ったところで、自爆の危険があるだけね）

そもそも化学の知識も成績も惨憺たる小夜子に、現場で適切な調合などできるはずもない。戦場への空間転送に関しても、現在世界から自由に物を持ち込める仕組みとはなっていない様子であるし、爆発物の路線は、諦めたほうが良さそうだ。

……キョウカが受けているイジメのせいで、小夜子には他の対戦者と違い、特殊能力は与えられていない。

よって自力で敵を倒さなければならないが、彼女は腕力も体力も、体格そして運動神経も明らかに平均以下なのである。

強力な武器が必要と考え、即席で作れるものはないかと調べ物を続けていたのだが……事は、そう簡単ではないようだ。

（やっぱり硫化水素や塩素ガスといった、毒ガスを使うべきね。これなら広範囲に攻撃することができるし、命中させる必要もない。場合によっては、相手に姿を見せることなく倒せるかもしれないわ。戦場に商店があれば材料を調達しやすいし、給湯室やトイレのある建屋でも、何かしら手に入れられる可能性があるもの）

まずはそのあたりに絞ろうと小夜子は決め、ガスの特性や調合方法、材料について調べていく。

……しばらくして、ノートパソコンの画面右下を見る少女。時刻は「7時35分」と表示されている。

「もうじき、待ち合わせ時間だわ」

スマートフォンを手に取り、恵梨香へ電話をかけようとする小夜子。

だが指の震えが、電話発信のタップを拒否した。画面を戻し、机の上に置き直す。

（どう話したらいいの）

まともに話す自信は、まるで無かった。

おそらく声を聞くだけで、感情は限界を振り切ってしまうだろう。現に恵梨香のことを思うだけで、小夜子の頬は熱く濡れてしまっている。「ひっ、ぐ、ひ」と情けない声を漏らしながら、慟哭を押さえつけるだけで精一杯だ。

電話を諦めた小夜子はSNSアプリを開き、恵梨香へメッセージを送る。

《えりちゃんごめーん！　私風邪ひいたー！　今日休むー》

いつもと同じ、砕けた文章だ。まるで、異常など何も無かったかのような。

……昨晩。

恵梨香を目撃した後、小夜子は泣きながら駐車場の床を這いずり、彼女から逃げていた。姿を見せぬように。自分だと悟られぬように。感情の濁流が理性の堤防を決壊させる前に、小夜子は誘導灯の明かりが届かぬ一角を目指し、身を潜めたのだ。

そのため彼女の姿は完全に闇の中にあり、恵梨香からは隠されていた。

恵梨香もおそらく、あの場からは動いてはいないはずだ。いや多少動いたところで、あの暗闇の中にいる相手が幼馴染みだと分かるはずもない。

声だってあんな咽せたものしか聞こえていないなら、小夜子とはそうそう分かるまい。ましてや向こうとて、極限の精神状態である。

（えりちゃんは、私が【対戦者】であることを知らない）

そして知られるわけにはいかないのだ。

そう、何としても。

……恵梨香の能力【ガンスターヒロインズ】は強力だ。

銃自体を見たわけではないが、自動小銃とショットガンが出たのは既に確認済み。そして能力内容は「銃器を召喚する」という記述。制限や条件が分からないので希望的観測に留(とど)まるものの、小回りの利く拳銃、遠距離でも狙える狙撃銃ですら召喚できるのかもしれない。

他にどんな能力者が存在するかは分からないが、使い勝手といい汎用性といい殺傷力といい、間違いなく大当たりの部類に属する能力である。

使いこなせるかどうかは別として、小夜子に付き合ってFPSで遊んだり、ミリタリー漫画や映画も観(み)ていたこともある恵梨香には、ある程度の知識が期待できた。防戦と牽制(けんせい)に徹すれば、そうそう負けはしないだろう。

本来であればその能力を使って敵を倒してくれるのが、最も確実だ。【ガンスターヒロインズ】は強力な牽制力を持つ能力ではあるが、それ以上に攻撃に適した能力なのだから。

だが恵梨香をよく知る小夜子であるからこそ、それが一番不可能であると痛いほど理解していた。

（あの子は、人を殺すくらいなら自分が殺されるのを選ぶわ。ましてや保身のために人を殺す

なんて、ありえない）

それは愛(いと)おしい美点だが、この対戦においては弱点であり、問題点であった。

たとえ監督者から神経干渉の激痛で脅されたとしても、彼女は人を殺(あや)めはしないだろう。だがもしあれを繰り返し使われでもしたら、それだけで廃人にすらなりかねない。

だからこそ恵梨香が持ちこたえている間に、小夜子は出会う対戦者を全て殺さねばならないのだ。

いつまで恵梨香が持ちこたえられるかなど、分からない。それに関しては祈るしかない。

だが未来人との圧倒的な力の差を考えれば……小夜子が恵梨香を救うには、もうそれ以外に手段は残されていないのだ。

恵梨香を除く全ての対戦者を殺し、自らの命も絶つ。

これが小夜子の、新たな計画である。だからそのことを、恵梨香に知られるわけにはいかない。

絶対に。絶対にだ。

やがて「ぴろりん」と着信音が鳴った。恵梨香からの返信だ。絵文字を織り交ぜ、いつもと変わらない調子で綴(つづ)られた文章。

《えええええ!?　風邪で休むなんて初めてじゃない!?　大丈夫なの!?》

あんなに怖い目に遭ったのに。あんなに辛(つら)い目に遭ったのに。

（えりちゃんは、こんな時でも周囲を心配させまいと平静を装っているんだわ）

スマートフォンの画面にぽたり、ぽたりと水滴が落ちた。感情がまた溢(あふ)れる。こみあげる熱いものが、何もかもを溶かしていく。
ううう、と低く呻きながら、小夜子は机に泣き崩れるのだった。

◆

ぴろりん。
恵梨香のスマートフォンが鳴る。小夜子からのメッセージだ。
《だからセンセーに言っといてー。熱が三十七度ゴブリンだって。ズル休みじゃないってちゃんと説明しておいてくれないと、後で貴様の乳を揉みしだく》
それを読んだ恵梨香は、家の前から心配そうに幼馴染みの部屋をしばらく見上げていたものの……やがて諦めたように息をつくと、学校へ向け歩き出していった。

第四日：02【キョウカ＝クリバヤシ】

主の寝息だけが聞こえている小夜子の部屋。そこに突然、けたたましい音が響く。

彼女が目覚ましに使っている、アニメ主題歌だ。ぱっと手が伸び、解除されるアラーム。

時刻は正午。

毒ガスに関しての調べ物が一段落して疲れた小夜子は、頭を休めるために少し仮眠をとっていたのだろう。これは、その終わりを告げるものであった。

起き上がった少女は気合いを入れるためか、両手で自らの頬をパシン！　と叩き、再び勉強机のノートパソコンに向かう。

そこへ声をかけるべくキョウカがアバター投影を行ったことで、接続端末は面談時間の計測を開始した。

『起きたかい、小夜子』

「おはよう。待っていたのよ、キョウカ」

小夜子が振り返り、口を開いた。

最早彼女の顔には驚きも、困惑もない。

『すまないサヨコ。面談時間のリセットは正午なんだ』

「そうなの？　まあこれからの参考にさせてもらうわ」

さほど意味の無い短いやりとりだが、キョウカは御堂小夜子に違和感を覚えずにはいられなかった。

(これは、本当にサヨコなのか?)

昨晩の対戦記録は、既に視聴している。だから彼女に何があったのかについても、キョウカは把握していた。対戦終了後の小夜子の様子も、メインフレームによるモニター記録と共に観察済みだ。

それに合わせていくつもの会話パターンを想定し、用意してきたキョウカではあったが……視線と言葉を交わしただけで圧倒され、それら全てを口にできなくなってしまったのである。

(狼狽えやすいくせにすぐにカッとなる、あの情緒不安定なナードガールが?)

極限状態に追い込まれた人間がいかに変化するか。そこから何を観察できるか。そしてそれを、どう導くか。

それがキョウカたちが学ぶ【教育運用学】における、今回の試験での題材であった。能力で殺しあわせるのはその理由付けと、テレビ局との連携によるエンターテインメント性確保に過ぎない。

(このような変貌を引き出すことが、わざわざ敢えて生身の人間を使って教材にする理由なのかもしれないな)

確かに、この小夜子の豹変をシミュレーションや計算で弾き出せるとは思えない。いや不確定要素の多い生身の人間を用いなければ、絶対に得られぬ知見だろう。そしてそれは伝聞ではなく実際目の当たりにしなければ、理解することは到底敵(かな)わないのだ。

キョウカは震える思いでそのことを実感しながら、もう一度小夜子の目を覗(のぞ)き込んだ。

(同じ顔、同じ声。だが、昨晩までとは決定的に違う)

面談時、監督者の意識はアバターに同化している。

アバターの一挙手一投足はまさにキョウカの精神によるイメージそのものであり、逆にアバターの視界は、そのまま当人の視覚にフィードバックされるのだ。勿論(もちろん)、他の感覚も。

地球の四分の一周近い距離と幾つかの未来技術を経由しながらも、キョウカは小夜子を眼前に相対するに等しい感覚であった。

(ああ、そうか)

昨晩だけで、御堂小夜子は別の生き物に変わったのだ。

芋虫が蝶(ちょう)になるように、小夜子という芋虫は、あの一夜という蛹(さなぎ)を経て変態したのだ。

蝶ではなく、何かそう、もっと。暗く、熱く、悲しく、恐ろしい生き物に。

キョウカは頭ではなく、臓腑(ぞうふ)と精神でそう理解せざるを得ない。

「……何があったのかは、知ってるんでしょ？」

『昨晩の対戦映像も記録も、見せてもらったからね』

気の毒だったねと言葉を続けようとしたが、小夜子がそれを手で制する。

「単刀直入に話すわ、キョウカ。アンタにこの試験で二番目の成績を取らせてあげる。だから、力を貸して」

静かだが、強固な意志と狂気の光が灯った瞳だ。向き合うキョウカには、それがより強く感じられていた。

「アンタ、いじめられているんでしょう？」

『……違うよ』

目を逸らし、視線を外す。

「私は腹を割って話をしたいの。もうつまらない意地を張ったり、腹の探り合いをしたりする余裕は無いのよ。私も正直に言うから、アンタも素直に返事をして欲しいの」

じっと見つめ続ける小夜子。

キョウカはしばらく顔を背けていたが、やがてその視線に耐えられなくなる。一瞬だけ目を合わせて再び顔を逸らし、そして頷いた。

『……ああそうさ。僕はあいつらからいじめられているよ。毎日、毎日、毎日！　同じ教室の奴らだって一緒になって嘲笑ってるだけさ！　学校だって知らんぷりだ！　でも、でもだから何だっていうんだよ！　君には関係ないだろう!?』

震える声は、涙声に近い。

「アンタへのイジメで私の能力が割り当てられないとか、初日の面談時間がほぼ無いに等しいにされたとかさ……そんな妨害を受けたアンタが、むしろ連中を上回る成績を出したとしたらどんな気がする？　ズルをしてまでアンタを貶めた連中を打ち負かしたら、よ？」

『別に、何とも感じないさ』

「アンタ昨日、私が生き残るだけで『連中の鼻を明かしたことになる』って話してたわよね。じゃあ私が連中お抱えの対戦者を倒したら、もっと胸がすくんじゃないの？」

『それはまあ、そう……だけど』

キョウカは目を合わせない。いや、合わせられないでいる。

小夜子に気圧されているだけではない。昨日といい今日といい、思わず内面を曝け出してしまったことを恥じているのだ。悔やんでいるのだ。

実験動物扱いしている相手に、自分が認めていなかった、いや認めようとしなかった痛みを、心の傷を暴かれてしまった……なんという軽率、なんという迂闊。優位性を保ち、常に指導し指示すべき上位存在にあるまじき失態である。

……だがそれで心が少し軽くなった事実も、キョウカはどこかで認めていた。

両親を失い、祖父母を亡くし、天涯孤独となった自分。

成績を認められて飛び級で大学に進んだものの、一人の友人もなく、それどころかいじめの対象にまでされている。頼る者も相談できる者もおらず、周囲は全て自分を苛む敵でしかなかった。

小学校に戻してもらおうにも、国の奨学プログラム対象である彼女にそれは許されない。本来十歳の女の子に過ぎないキョウカにとっては、心身をすり潰されるような絶望の日々である。

そんな中、キョウカは小夜子に出会ったのだ。

情緒不安定で態度も悪く、口も悪い。頭まで悪い。話せば反論ばかりする。外では気弱で内気なナードガールのくせに、汚言症でクレイジーなサイコの分際で。

おまけにキョウカが必死になって認めず堪えていたことまで聞き出し、平気で踏みにじってきたのだ。

……それが、嬉しかった。

小夜子は未来人を、キョウカを憎んでいる。それは分かる。

だが彼女は、キョウカを見下していない。小夜子の感情は、水平にキョウカへ向けられたものだ。それは虐げられ、孤独であった少女にとって、新鮮な感動ですらあった。だから、嬉しかったのだ。

それ故にあの時より、小夜子に対するキョウカの感情は少しずつ変化し始めていたのである。

「私は【ガンスターヒロインズ】……えりちゃんを助けたいの。だから他の対戦者を殺すわ。全て」

彼女の状況を考えれば、妄想に等しい発言だ。だがその目は、その瞳は「できる」と語っている。いや、断じているのだ。

キョウカは、そう感じずにはいられない。

「悪いけど、アンタには一位を取らせてあげられない。だから二位で我慢して。でも、えりちゃん以外の対戦者は全員殺す。アンタをいじめている奴らのお抱えも、みんな殺してあげるわ」

その言葉で、キョウカは小夜子の計画を全て察した。

『……連中は、さぞかし腹を立ててるだろうね』

「アンタはこの試験で二番目の成績を取れる。連中に意趣返しもできる。悪い話じゃ、ないはずよ」

あいつらに仕返しできる。あのクズどもの鼻を明かせる……そのことはキョウカの心を強く揺さぶった。それは事実だ。

だが、それ以上にキョウカは思ったのである。

この少女がどこまでやれるのか見てみたい、と。

彼女がやり遂げられるのか観察したい、と。

小夜子の思いが、どのような結末を迎えるのか見届けたい、と。

だからキョウカは小夜子に対し、ゆっくりと、そしてしっかりと頷いたのである。

第四日：０３【御堂小夜子】

「じゃあこれから私たちは協力関係ね。よろしく、キョウカ」

手を差し出す小夜子。キョウカが「すっ」と彼女の手まで飛び上がり、指先を抱えるように両掌（りょうてのひら）で掴（つか）む。

アバターで触れることは敵わない。

サイズが違い過ぎるため、手を重ねることもできない。

そして何より、両者の間には地球四分の一周もの距離があった。

だが確かに二人は、握手を交わしたのである。

小夜子は、キョウカが憎い。恵梨香を否定する、恵梨香の生を否定する、恵梨香の未来を否定する未来人どもを憎悪している。

だがどれだけ怨嗟（えんさ）の炎を燃やしたところで、それでは恵梨香を救えないのだ。

それ故に必要なのだ。この握手は。

避けられぬのだ、この同盟は。

だから本気で、手を結ぶ。

彼女ら未来人が自分をこの境遇に追いやった事実など、最早どうでも良い。

恵梨香を救うためならば、小夜子にとってそんなことは些細（ささい）な問題ですらなかった。

◆

『で、まずサヨコに言わなければいけないんだが』

「何？」

『君の状況からすればいい線いってる考えではあるが、塩素ガスや硫化水素はアウトだ。使えない』

「どうしてなの」

『条約で禁止されているからさ』

怪訝な顔をする小夜子に、キョウカは説明を続けていく。

『二十七世紀では幾度もの大戦への反省から、ＡＢＣＤ兵器の使用は国際条約で禁止されている。だから当然僕らも使ってはならないし、ましてやテレビの番組内でその使用を認めるわけには、とてもいかないのさ』

「ＡＢＣＤ兵器？」

学習机の椅子に座っていた小夜子は、机上のノートパソコンへ視線を移す。画面に表示されている検索エンジンに、「ＡＢＣＤ兵器」というキーワードをタイプ。すぐに画面は切り替わり、
次の検索結果を表示しています：ＡＢＣ兵器
元の検索キーワード：ＡＢＣＤ兵器

という文字列が映し出された。

「Aはアトミックウェポン、核兵器。Bはバイオロジカルウェポン、生物兵器。Cはケミカルウェポン、化学兵器……か。Dって何？　検索で出てこないけど」

『Dはディメンションウェポン。次元兵器だね。空間断裂爆弾とか時空転送弾頭とかそういうの』

「へえ」

時間を移動したり複製空間を作ったり、あまつさえその空間に転送したり連れ戻したりもしているのだ。軍事利用されていても、何ら不思議はないだろう。

同時に未来世界との力の差を改めて確認させられ、小夜子は気が滅入る思いであった。

「……地球はかいばくだんは、何に分類されるのかしらね」

『何だい？　それは』

「ジョークよ。気にしないで」

そうかいと軽く受け流して、キョウカは説明を続ける。

『で、話を戻すけどさ。サヨコが想定していた塩素ガスも硫化水素も化学兵器に分類されるから、複製空間内では生成できないようになっているんだ』

「チッ！　調べていた時間を無駄にしたわね……てか、そんな制限ができるの？」

『既に存在する空間に手を加えるのは難しいが、一から世界を構成する場合にその空間の物理法則を設定するのは結構簡単なんだ。そもそも、対戦者があんな能力を使えるように作っているくらいだしね。現実世界ではいくら僕の時代だって、あんなマジックは不可能さ』

対戦者自体にあのような超自然的能力が授けられているのではない。専用に作られた空間でのみ行使が許されている、ということなのだろう。

「つまり他の連中は能力の実地練習も習熟も対戦時しかできない、ということか。それなら能力を活用した作戦やら戦術やらが洗練されてくるのは、もっと先ね」

『ほう、そういう発想で来るか。面白い』

キョウカが感嘆の声を上げる。

「それに戦闘中に試行錯誤しなきゃならないなら、能力を使うことへ意識が向かうだろうし。対戦相手への考察にしても、能力内容ばかりが気になるはずよ」

片側だけ歪(ゆが)む、小夜子の唇。

「ヘンテコ能力バトルへ夢中になっている間に、私が普通に殺してやるわ」

◆

「で。毒ガスが駄目なら、他に使えそうな攻撃手段があればいいけど。キョウカ、何か心当たりはない？」

腕を組んで考え込みながら発した小夜子の問いに対し、キョウカは首を横に振って答えた。

『残念だけど、教えてあげられない。僕ら監督者が戦闘面でのアドバイスをすることは禁じられているんだ。もしそれを行うと、その時点で船のメインフレームから通信をブロックされ、当日の面談が打ち切られてしまう』

「へえ、そっち側に制限が加えられているとはね」

『これはあくまで【教育運用学】の試験だからね。いかに君たちを動機付けて戦わせるか、が課題であって、僕ら自身の戦闘理論が試されているわけじゃない。人間を動かす勉強の試験なのに、軍事的な知識で結果が左右されたらおかしいだろう？　だから、こんな面倒な制限が加えられているのさ』

そう、そうね。と苦々しげに相槌（あいづち）を打つ小夜子。多少は当てにしていたのだ。落胆はする。

『それに、もし僕たちから戦闘面でのアドバイスを受けられたとしても、あまり中身には期待できないと思う』

「ま、兵隊さんでも何でもないものね」

『そういうこと。僕の時代では兵士や警官といった戦闘を担当する個体は、ほとんど人工知能が担っている。そりゃあ人間と機械の力量差を考えれば当然だよね。君らの時代でも、既にその傾向はあったとは思うけど』

小夜子の脳裏に、ニュース映像で見た記憶が再生される。のっぺりとした顔をした飛行機が、ミサイルを撃っている姿だ。あれを突き詰めたものが、未来の戦争だということか。

『つまり、物理的な闘争からは僕たち二十七世紀人はすごく縁遠いんだ。とても人殺しの技術や戦術なんて、レクチャーできないのさ。だからこそ君らの戦いが、刺激的なショーとして成り立つとテレビ局は考えたんだろうけど』

人が剣や銃を手にしなくなった未来でも、結局残酷さや醜悪さは変わらなかったらしい。

「本当、人間ってクソね」

小夜子は、短く低くそう呟(つぶや)いた。

第四日：04【御堂小夜子】

上

ふと、心配になったことがある。

「そう言えばアンタたちが見る対戦記録って、どんな風になってるの？」

もし俯瞰図や第三者視点からであれば、昨晩の対戦で恵梨香の監督者が小夜子の存在に気付いてしまう恐れがある。

あの時は闇にまぎれて恵梨香から姿を隠すことができた。だがもし監督者が恵梨香にそのことを告げれば、姿を見られていなくとも、小夜子の存在が発覚してしまうのだ。

彼女はその点について、不安を抱いたのである。

『監督者が見られるのは、対戦者の目に映った主観映像だけさ。テレビ放映用の第三者視点や、俯瞰図じゃない』

「それを聞いて安心したわ」

ただでさえ暗い戦場であったのに加え、小夜子は誘導灯から離れ、隠れていたのである。あの闇なら、仮に人影と分かっても人相など判別しようがないだろう。どうやら最も心配される事態は、避けられたようだ。

もし恵梨香が、小夜子が彼女のために人を殺そうとしていると知ったらどうなるか。あの優しい女神はそれこそ、その時点で自ら生命を絶ちかねない。小夜子は、それを恐れていたのである。

……その後もキョウカから、補足的な説明などを受けていた小夜子であったが。

「ところで、面談時間は分割ってできる?」

ふと、思いついたように質問を投げた。

『ヘルプで照会してみようか……ふむ、十五分単位で刻むのなら、可能だね』

「へえ、合計時間集計なのね」

『多分この時間の使い方も、試験の一環なんだろうなあ』

「ホント、ムカつくお勉強だわ」

だがこれで大方、対戦ルールについては説明が終わったと言えよう。

キョウカから戦闘アドバイスを得ることは、禁じられている。するとこの時点で面談を一段落させてもいいのではないか、と小夜子は考えたのだ。

スマートフォンの時計を見る。時刻は「12時43分」。

正午から面談を開始したので、区切りを入れるならばそろそろだろう。

「じゃあ十五分残して、今夜の対戦終了後にまた時間を作ってもらうわ」

『他に聞きたいことや相談したいことは、もうないのかい?』

「思いついたら、また次で質問する」

それは、次の面談まで生きているという小夜子の決意表明でもあった。

そんな彼女に対し、キョウカはしばらく逡巡(しゅんじゅん)していたが……若干の躊躇(ためら)いの後、尋ねてくる。

『……なあサヨコ。もし他の対戦者が全部いなくなる前にエリ＝チャンが倒されたら、君はどうするんだい』

小夜子は一瞬きょとんとした顔を見せたものの、すぐ不敵な笑みを浮かべ、問いに答えた。

「即座に後を追うわ。だからキョウカも、えりちゃんが生き残ることを祈っていてちょうだい。アンタがいい成績を取るためにも、いじめっ子どもに一泡吹かせるためにもね」

◆

その後も調べ物をしたり資料をプリントアウトしたりしていると、いつの間にか窓の外は薄暗くなってきていた。没頭のあまり食事をとっていなかったことに気付いた小夜子は、一階に下りて台所へと向かう。

そこで昨日、「あさがおマート」で今日の昼食用に買ったジャムパンを食べていると。

ぴろりん。

スマートフォンが鳴った。SNSの着信を知らせる音だ。

すぐに手元へ寄せ、タップして画面を開く。

《さっちゃん、起きてる?》

恵梨香からの、メッセージである。

時刻を確認すれば「18時20分」。延期になっていた生徒会の手伝いも終わり、もう帰ってきたのだろうか。

(でも月曜と水曜は塾の日だったはずだけど。なら塾へ向かってる最中なのかな)

対戦者は今夜にも死ぬかもしれない。勝ち残ったとしても、結局は未来へ連れて行かれる。だから今更恵梨香が塾へ行っても、何にもならないだろうが……おそらくは周囲を心配させぬため、彼女は日常を維持し続けているのだろう。あれは、そういう子なのだ。

ならば自分もそれに倣おう。小夜子は、そう決めた。

周囲ではない。恵梨香に心配をかけないためだけに、だ。

《起きてるよー、熱も下がってきたよー。もう平熱の三十六度ホブゴブリン》

元より風邪などひいていない。おふざけを交えて、返信する。

ぴろりん。

(返信が来た。早い。えりちゃんいつも文字打つの遅いのになあ)

別に恵梨香が不器用なのではない。短文を打つのにも考え過ぎるのが彼女の気質で、入力に時間をかけてしまうだけだ。それが今日に限って、やたらと早い。

《お見舞いに行くから》

ぶほっ、と吹き出す。鼻水まで垂れる。ジャムパンだったものが、口の中からテーブルの上にぽろりと落ちた。

汚いが緊急事態である。拾いもせず、慌ててスマートフォンをフリックする小夜子。

《いいよ大丈夫だよ! 風邪うつしたら、悪いし》

事はコンマ一秒を争うため、すすすっ、と小夜子は素早く文面を入力していく。

そして送信を終えたところで、忘れていた呼吸を再開、胸を撫(な)で下ろした。

(顔を合わせるのはまずい。余裕で泣く自信があるわ)

涙など恵梨香には見せられない。もう一度深呼吸して、心身を落ち着ける小夜子だが。

ぱーぱーぱ　ぱっぱー。

という勇ましいマーチ調の音楽が流れてきた。小夜子がスマホの着信音にしている、昔のイタリア映画の曲だ。

画面に目をやると、【長野恵梨香】との表示。数秒の逡巡の後、手にとって電話を受ける。

『あたしメリーさん。今あなたの家の前にいるの』

女神によるお告げである。

柔らかい、優しい声。耳にしただけで、小夜子は体の芯が温かくなる。

「開ーけーてー」

直後。コンコンと叩く音と共に、恵梨香の声が耳に届く。今度はスマホではない、玄関からのものだ。

(き、来ちゃった！)

理性では会わないほうがいいと分かっていたが、心と身体(からだ)は正直である。困惑半分、嬉しさ半分といったところか。

(え!?　あ、どうしよう！　えーと、えーと)

あわてて髪をぐしゃぐしゃと掻(か)き乱し、前髪で目元を隠す。ついでに花粉症用に買いだめしておいたマスクもつけて、表情も隠した。

「いいいい、いま開けるー」

どたどたと廊下を走り、玄関のドアへ手をかける彼女。ロックを外しドアノブを回すと同時に、家の中へ外気が流れ込む。その気流で、戸の前に立つ少女の長髪がふわりとなびいた。

御堂小夜子の天使、長野(ながの)恵梨香の降臨である。

「具合どう？」

見ただけで涙目になりかけた小夜子に対し、恵梨香は首を少し傾(かし)げつつ声をかけてきた。

「熱もさがってもう大丈ごふぅ」

込み上げる嗚咽(おえつ)で、言葉が遮られそうになる。それを隠すため、小夜子は下品な音を立てて鼻を啜(すす)った。だがそれでも漏れる、「ぶひっ」と豚の鳴き声の如(ごと)き呼吸。

全神経を集中してそれらを最小限に押さえ込み、彼女は泣き出しそうになるのをギリギリのところで踏み留まっていた。

「大丈夫じゃないでしょ」

恵梨香が顔を顰(しか)めて彼女の目前まで迫り、「めっ」と幼児相手のように叱りつける。

美しく、愛らしい。この状況でなければ、小夜子は「ご褒美」ですと歓喜していただろう。

「ほら声もガラガラじゃない！　服に鼻水まで垂れてる」

すいません、それはさっきパンを吹き出した時のものです……とは流石(さすが)に言えぬ小夜子で

あった。

第四日：０５【御堂小夜子】

「さっちゃんは部屋で休んでて。着替えもしたほうがいいんじゃない？　その間に私、おじや作ってあげるから」

小夜子の背中を押すように家へ上がる恵梨香。彼女はそのまま、ぐしゃぐしゃ前髪眼鏡女を階段まで押しやると、自身は台所へスタスタと向かっていく。

勝手知ったる何とやらとはいうが、幼い頃からの付き合いである彼女にとって、小夜子の家は我が家も同然に把握済みなのだ。むしろ料理がほとんどできない小夜子やその父より、台所は詳しい可能性すらある。

（あれ、でもそういえば）

階段から顔だけ突き出し、廊下越しに小夜子が尋ねる。

「えりちゃん、今日塾じゃなかった？」

すると台所のほうから、ガサガサという音と共に、

「んー、今日はお休みにしたー」

という声が返ってきた。

「ええ!?　駄目じゃん！」

「いいよ。塾には具合悪いって電話したし、お母さんは今日も帰ってくるの遅いからバレない

もん。それに、ちょっとぐらい休んだってへーきへーき。学年成績トップクラスを舐めないでくださいます？　おほほほ」

暖簾の向こう側から届く笑い声が、廊下に反響する。

「そんなの悪いよー」

「だからいいってば。それに私には……」

「それに？」

少しの沈黙。間を置いて、暖簾をくぐり恵梨香が出てきた。

「ううん、なんでもないの。気にしないで、さっちゃん」

小夜子の肩をぐいっと押し、二階へと上がるように促す。

「いいから休んでて。できたら部屋に持って行ってあげるから」

「うん……」

いつになく強引な恵梨香に気圧され、小夜子は二階へと追いやられた。

本当の風邪で恵梨香が看病に来てくれたのなら、喜びで身体がねじ切れるほど悶えるだろう。

だが仮病で恵梨香を心配させてしまったという罪悪感により、彼女は素直に喜ぶことができないでいる。

（それに、って何を言いかけたんだろう）

……いや本当は分かっている。知っている。

「私にはもう、意味が無いから」

おそらく、それに類することを言いかけたのだろう。

恵梨香の心境を察した小夜子は、唇をきつく噛み締めながらドアノブに手を掛けた。

◆

もうこうなってしまった以上、今日は病人の演技を続けるしかあるまい。そう覚悟した小夜子は恵梨香の言いつけ通り、着替えを済ましてベッドに臥せる。

そして目を瞑っているうちに、また眠ってしまったらしい。次に気がついたのは、恵梨香が食事の用意のため部屋に入ってきた時だった。

「はい、お待たせ」

小夜子も存在を忘れていた小さな折りたたみ式テーブルを持ってきた恵梨香は、部屋の中央にそれを展開する。部屋中に散らかる漫画雑誌の一冊を卓上に横たえて鍋敷き代わりにすると、さらにその上へ土鍋を置く。

蓋を開けると、もわっ、とした湯気がたちこめた。土鍋の中には、味噌と卵を合わせたおじや。刻んだネギに加え、丁寧に海苔もかけてあった。恵梨香によると、彼女の母親が看病で作ってくれるものを再現したらしい。

小夜子の目の前で土鍋から器におじやをよそい、テーブル上に並べる。もう一つ器を出して、そちらにも盛り付ける。そして醤油差しと、同じく台所から持ってきたレンゲが並べられた。

「準備できたよー。さっちゃん」

のそのそとベッドから降りる小夜子。テーブルの前まで蜥蜴のように移動し、そしてちょこん、と正座で恵梨香と相対した。

「わぁい。ありがとう、えりちゃん」

「いいのよ。私も晩ご飯はまだだから、一緒に貰うね」

見れば土鍋のおじやは、それなりの量があった。二人で食べるには十分だろう。

「じゃ、冷めないうちに食べましょう」

「うん！」

特に意味もなく、ふふふ、と笑い合う。手を合わせ、声も合わせる。

「「いただきます」」

◆

「ごちそうさまでした」

「お粗末さま～」

結構な量のあったおじやは、綺麗になくなっていた。

元々小夜子は体調を崩していたわけではないし、それに恵梨香が作ってくれたものならば小夜子はどんな物体でも完食すると自負している。そして幸いにも、恵梨香は料理が苦手ではない。

　どちらかといえば、恵梨香のほうが食は細っているように見えた。境遇と精神状態を考えれば、それは当然なのだろうが。

（そんな大変な状況なのに、えりちゃんは私のことを心配してくれてるんだ）

　じん、と鼻の奥が痺れる。

（なんでこんないい子が、対戦者なんかに選ばれるのよ）

　慰めてやりたい。元気づけてやりたい。全てを明かして、「私が他の対戦者を皆殺しにしてあげるから」と安心させてやりたい。

　だが、それは無理だ。

　恵梨香は自分のために小夜子が手を汚すことを、決して望まないだろう。それにたとえ対戦者同士でも、現実空間で未来人について話すのは「処分」対象になりかねないと。昼間にキョウカから注意されていた。

　だから、駄目なのだ。

「あー、懐かしいねこれ」

　恵梨香が学習机脇の箱を指差し、微笑む。その箱には、【ＯＭＥＧＡ　ＤＲＩＶＥ　２】のロゴが書かれている。

　四つん這いのまま箱へ近付く恵梨香。その形の良い尻に顔を埋めたい、などと思いつつ小夜子は鑑賞していた。

「オメガドライブ。子供の頃、さっちゃんとよく遊んだものね」

懐かしそうに、目を細めて恵梨香が笑う。小夜子の脳裏に蘇(よみがえ)る、幼い頃の光景。

色々なゲームで遊んだものだ。【ソニック・ザ・モールラット】、【縦横記】。そして【ガンスターヒロインズ】。

……そう、【ガンスターヒロインズ】。

恵梨香は二人の思い出のゲームをもとに、能力名をつけていたのだ。

◆

夕飯の後片付けをし、他愛もない会話をひとしきり二人で楽しんだ後、恵梨香は帰っていった。

その後改めて精神を落ち着けようと仮眠を取っていた小夜子も、今はベッドに腰掛けて「その時」に備えている。

スマートフォンの表示時刻は「1時59分」。

もうすぐ対戦が始まるのだ。昨日も、一昨日(おととい)も、その前も同じだったように。

違うのは……今夜の小夜子は狩る側として参加する、ということだろうか。

「やってやるわ。絶対に」

決意を込めそう呟く小夜子の意識を、黒い影が静かに覆い隠していった。

第四夜：０１【スカー】

どくん！

鼓動と共に、小夜子（さよこ）へ意識が戻る。

（今度はどんな場所なの？）

もう動揺もせず、落ち着いて周囲を見回す少女。

今度の戦場は明るい。時間設定はどうやら日中のようで、太陽がほぼ頭上から小夜子と地表を照らしていた。

視界の中に並ぶのは住宅街。高度成長期からバブル頃までよく見られた木造住宅もあれば、プレハブ工法で作られた最近の住宅もある。右前方やや遠目に見えるあの家は、鉄筋コンクリート住宅だろうか。

木造住宅が多いところからみて、おそらくは団塊世代向けに作られた分譲住宅地なのだろう。年月を経て高齢化と老朽化が進んで建て替えも増えたため、このような統一感のない家並みになったのだと思われる。

無論彼女にそれらのことなど分かりはしないが……とにかくこれは近年日本各地で見られる、ありふれた住宅地の光景であった。

『空間複製完了。領域固定完了。対戦者の転送完了』

頭の中に響く、例の声。小夜子は真剣な面持ちで「来たわね」と小さく呟く。

『Aサイド！　能力名【スカー】！　監督者【キョウカ＝クリバヤシ】！』

小夜子の左正面に、能力名とキョウカの名前が浮かび上がる。戦績は「一勝〇敗二分」。

『Bサイドォォ！　能力名【モバイルアーマー】！　監督者【セオドア＝ゴメス】！』

同様に浮かび上がったのは敵の能力名と、監督者の名前だ。そして勿論その下に、戦績が表示されている。ここまでの流れはいつも通り。

小夜子の目も敵能力、監督者、戦績と順に文字を追っていく。だがそこで彼女の視線は止まり、表情は強張った。左目の下がぴくぴく、と痙攣する。

そこには、「三勝〇敗〇分」と記されていたからだ。

（こいつ、初日から「やる気」になっていた奴だわ！）

背筋を冷たいものがつぅ、と伝い落ちる感触。即座に拳を握りしめ、後退しそうな戦意を踏み留まらせる。

『領域は現在いる場所、百二十メートル四方の領域となります。今回の制限時間は二時間。対戦中は、監督者の助言は得られません。それでは対戦開始！　皆さん張り切って戦って下さい！』

ぽーん。

間の抜けた、これまたいつもの開始音。

だが御堂小夜子、いや【スカー】にとっては……真の意味での初陣を告げる、角笛の音であった。

◆

素早く電柱の陰に身を隠す小夜子。

「えーと、【対戦エリア表示】。こんなのでいいのかな?」

一字一句同じでなくとも人工知能が判断してくれる、とキョウカは説明していたが……その通り。口にした瞬間小夜子の視界には、オレンジ色をした半透明の壁が表示される。

ずっと向こう側にも壁。空には天井。振り向けば、少し離れたところにも壁。丁度小夜子は、巨大な半透明の立方体の中にいる形となる。おそらくこれが、視覚化された対戦領域なのだろう。そして彼女の位置は立方体の隅、地表側にあたる面。その四方の一角に位置していた。

百二十メートル四方といえばあまり広くないようにも思えるが、ここは住宅街である。

一般的な分譲住宅で考えれば、百二十メートルという幅に収まるのは六から八軒程度。それが背中合わせで二列合わさって一並びとなり、百二十メートル四方という範囲であれば、道路幅も含めておそらく三つは並びが存在するはずだ。

つまり適当に計算しても三十六から四十八軒もの住宅が建っていることになる。これは、相当な障害物の量であった。

(道路にいるかそうでないかで、索敵力は大きく変わってくる)

道路以外は当然ながら住宅が建っており、視界は遮られる。植え込みや生け垣のある庭に進入すれば、尚更だろう。家屋に入り込んでしまえば、もう外からは存在が分かるまい。

広いが隠れられる場所の少なかった【グラスホッパー】戦、月夜の生コン工場。

視界は極度に悪いが範囲が店内だけという、【ホームランバッター】戦のスーパー店内。

それらに比べると範囲がそこそこ広く、かつ隠れる場所には困らない今回の住宅街は、身を潜め生き残るにはかなり適した場所であるといえよう。

（でも、ダメなのよ）

そう。それだけでは足りないのだ。小夜子はここへ、戦いに来たのだから。

恵梨香の生存を脅かす相手を倒すため。いや……殺すために。

だから、生き残るだけでは駄目なのだ。

（考えなきゃ）

住宅が多いということは、物も多いということだ。日本刀のような露骨な武器は期待できないだろうが、包丁程度どの家にもあるだろう。場合によっては金属バットやゴルフクラブのような、鈍器類も手に入れられるかもしれない。

死角の多い場所に誘い込み、刃物で腹を刺突するなり鈍器で頭部を殴打するなりの奇襲を行えば、小夜子の体躯でも相手を倒せる可能性は十分にある。

いくら特殊な能力を持っていたとしても、本体は所詮生身の人間だ。刺せば血も出るし、殴れば骨も折れる。繰り返せば、当然死ぬ。そこが大幅に戦力の劣る小夜子にとって、最大の付け入りどころであった。

だがやはり気になるのは、相手の能力か。

能力名【モバイルアーマー】。小夜子もよく見ていた、ロボットアニメで出てくる架空兵器の名だ。元となったロボットを基準に考えても、単語の内容から推察しても、装甲系、防御系の能力である可能性が高い。

もし予想通り、防御を強化する鎧のような能力であれば厄介である。

今まで対戦した【グラスホッパー】や【ホームランバッター】のような出鱈目な破壊力があるならまだしも、小夜子が繰り出せる攻撃は、包丁やゴルフクラブ程度なのだ。

しかも相手は、初戦から連勝の強豪。三人の能力者に勝利し、殺害している難敵である。

（その場合、どうやって倒したらいいのよ）

ごすっ！

弱気になりかけた直後に、自分の右頬を殴りつける小夜子。

（弱音を吐くな！）

己で自身を叱咤する。

（大丈夫、やれる！　やってみせる！）

今度は左頬を殴りつけた。

（そうよ、三人殺している相手だからって何よ。むしろ相手に手加減する必要がないだけ、気が楽だわ）

そうだ。相手はこの狂った試験に賛同した殺戮者なのだ。当然、遠慮しなくていい。相手も承知の上で話に乗ったのだ。

(だから、殺していい)

そこまで考えて、小夜子はふと気がついた。あることを思い出し、自嘲する。

「ああ、そうね。多分、そう」

おそらく【ホームランバッター】も小夜子に対して、同じように考えたのだろうな、と。

第四夜：02【スカー】

まずは何にせよ、武器の調達が必要だ。どこかの家の窓を割って鍵を開け、そこから侵入し物色するのが妥当だろう。そう考えた小夜子は電柱から離れ、正面にある民家へと向かう。

いや、向かおうとした。

途中で動作が止まったのは、左手に伸びている道路、その百メートルほど先に人影が見えたからである。

灰色ブレザーの制服を来た、小太りの男子生徒だ。最初に周囲を見回した時はいなかったので、小夜子が逡巡している短時間の間に駆けてきて視界に入ったのだろう。急いで走ってきたのか、もう肩で息をしているようにも見えた。表情は、流石に遠すぎて分からない。

（え!?　速攻!?）

今まで対戦してきた相手は皆、最初は様子見をして、それから行動していた。能力の把握ができていなかったり、相手の力が分からなかったり、戦意が無かったりしたからだ。

だがこの相手、【モバイルアーマー】は初動から一気に小夜子を探しに来た。

おそらく自分の開始位置から、相手も似たように対戦エリアの隅にいるのではないかと考えたに違いない。きっと、その時点で走り出したのだ。大した思い切りの良さである。

が、問題はここからだろう。考察も周囲の確認もせず、相手がどんな能力かも分からないのに彼が一気に距離を詰めてきた、という事実は……つまり相手がどんな能力を持った対戦者でも、その攻撃もしくは防御を突破する自信があることを意味しているのだ。

◆

ぶにゅり。

視界の中の【モバイルアーマー】が、膨らんだように見えた。いや正確には、彼自体が膨らんだのではない。【モバイルアーマー】の周囲に黒いぶよぶよとした塊が発生し、その身体(からだ)をすっぽりと包み込んだのだ。

それはまるで黒い泥人形のような外見をしていたが、すぐにモゴモゴと形を変えていく。

(やっぱり、何か防御を強化するような能力なの!?)

即座に逃げるべきという選択肢と、一度相手の能力を視認しておくべきという二択を迫られた小夜子は、後者を採った。

ただ、そのまま身体を晒(さら)し続けることはしない。正面に建つ古めの木造住宅の門へと駆け寄り、塀から顔を少しだけ出して相手を観察する。敵が接近する素振りを見せたなら、すぐ庭へ駆け込み、さらに隣家へと逃げるつもりだ。

ぶよぶよの泥人形が、変形を終える。がらりと変わったフォルムは、角張ったパーツの集合体だ。頑丈そうな脚部、太い腕、分厚そうな胸部、そして奇怪な兜(かぶと)のような頭部。全身を黒い金属のようなもので包んだ彼の身長、いや全高は二メートル近くあった。

距離があるために細かいディテールは分からないが、その見た目は「アーマー」、西洋の甲冑……というよりはロボットアニメの人型二足歩行メカを彷彿とさせるデザインをしている。おそらくこれに身を包むことが、彼に与えられた能力【モバイルアーマー】なのだろう。

小夜子がそう察した直後。

ちゅいいいいいいいいいいいん！

と金属の擦れる耳障りな音が耳に入ってきた。

見れば【モバイルアーマー】の足元に火花が散っている……と思った瞬間、その巨体は猛烈な勢いで走りだしたのだ。

いや正確には、走ってはいない。中腰に構えたまま、足は動かさずそのままの姿勢で加速し始めたのである。

（こっちに来る！）

現在の位置はまずいと直感した小夜子は、身を寄せていた塀から体を離し、転がるような動きで距離をとった。

飛びのいた少女が地面の上で回転するのとほぼ同時に、

ごがん！

と塀を突き破って現れる黒い巨体。

そしてそれに留まらず巨体は住宅玄関まで突進してガラス張りの引き戸を粉砕し、さらに直

線上に位置する玄関の壁まで破壊してから、ようやくその動きを止めた。

折れた柱、散乱する壁材、輝くガラス片。立ちこめる埃の中、勢い余ったせいで前のめりに倒れていた物体が起き上がる。勿論その正体は、【モバイルアーマー】だ。

啞然とする小夜子の前で、ゆっくりと立ち上がる黒鎧。どうも頭を揺さぶられたらしい。首を二、三度軽く振り調子を整えてから、巨体は周囲を見回していた。当然小夜子は、すぐに発見される。

刹那、【モバイルアーマー】の頭部装甲についた二つの目のようなパーツが、瞬きをするかのように点滅した。黒ずくめの全身のなかで、そこだけが不気味に、赤く輝く。

「そっちにいたのか。少し、的を外したな」

パイプ越しのようにくぐもった声は、【モバイルアーマー】から発せられたものだ。彼はゆっくりと向きを変え、頭部だけでなく全身を小夜子の方へと向ける。

あれだけの破壊を引き起こしながら、黒い光沢を見せる装甲には傷一つついてはいない。それは、見た目が語る防御力の高さを実地で証明していた。

ぐぐっ、と【モバイルアーマー】が左腕を振りかぶる。見るからに殴りつけるぞという予備動作を見て、小夜子は素早く行動を開始した。立ち上がっていては間に合わない。そのまま横へと数回転して、位置をずらしていく。

やや遅れて、小夜子がいた場所めがけ振り下ろされる黒い腕。全身で飛び込むかのような勢いで打ち込まれた拳は狙いを外し、地面を深く抉り、湿った土を周囲に撒き散らした。

　小夜子は回転による慣性を活かして立ち上がることに成功すると、【モバイルアーマー】の位置を一瞥して確認。すぐに駆け出し、家の角を曲がって庭へ走りこむ。

　すぐにその後を巨体が追う。動きを邪魔する壁面や、その内部に含まれる柱を造作もなく打ち砕き、倒し、直進し……小夜子と同様、その身を庭へと躍らせた。

（は、速い！）

　恐怖が、小夜子の心臓を鷲摑む。

　鈍重に見える図体でありながら、最初に見せた奇怪な走法といい、身を躍らせて殴りつける打撃といい、生身の人間を上回る速度である。

　おまけにあの破壊力！　まともに受ければ、一撃で小夜子の肉体など破壊されてしまうだろう。

　庭に踏み込んだ【モバイルアーマー】は一瞬その動きを止め、首をぐるりと回して周囲を見回す仕草を見せた。視界だけは、あまり良くないらしい。だがそれでもすぐに小夜子の姿を捉えると、三度目の打撃を叩き込むため左腕を振りかぶる。

　だっ。

　しかし少女は逆に、【モバイルアーマー】へと肉薄した。巨体の右側へと全力で走りこみ、そのまま脇を駆け抜けていく。そして先程【モバイルアーマー】が開けた壁の穴から、住宅の中へと飛び込んだのである。

　侵入した部屋は、来客を迎えるための応接間であった。そのまま走りぬけ、廊下を目指す。

黒鎧が窓と壁を破砕して後を追いかけてくるが……遅れた。打撃で破壊して侵入口を作り、それから踏み入るという手順を要するため、そのまま飛び込める小夜子に比べ時間がかかるのである。

そしてその巨体には、それにふさわしい重量があったようだ。

部屋へ侵入後、一歩目でいきなり床板を踏み抜いた【モバイルアーマー】が、バランスを大きく崩す。それでもなんとか姿勢を立て直し、力に物を言わせて床材を破壊しながら進んでいくが……もうこの時点で、小夜子の姿は廊下へ消えている。

「あ！　こら！」

【モバイルアーマー】が後を追うためには一歩ごとに床板を踏み抜きつつ進み、さらに廊下へ続く通路を強引に拡張する必要があった。装甲を纏(まと)う巨体には、日本家屋はドアも廊下も幅が狭過ぎるのだ。

「おいブス！　待ちやがれ！」

罵声を背に、二階へ一気に駆け上がる小夜子。

辿(たど)り着いたところで、息が切れた。階段間近にある部屋へ入り、跪(ひざまず)いて胸を押さえる。

「はぁ！　はぁ！　はぁ！」

呼吸を整えながら顔を出し、階段越しに階下を見る小夜子。するとしばらくしてメキメキという音を立てつつ、一階廊下に黒い鎧が姿を現す。床と壁面を破壊しながら無理やり廊下へと出てきた【モバイルアーマー】だ。

彼は強引に進み、そのまま階段を上ってくる……が、それは失敗した。

ばきばきばき！

階段の板材は彼の重量を支えきれずに折れ、壊れたのである。姿勢を崩した【モバイルアーマー】は手をつき姿勢を維持しようと試みるが、壁面までもが衝撃と荷重に耐えられず砕け、彼は無様に転倒した。

「やっぱり重いんだ、あれ……」

重量と出力はそのまま攻撃力の高さに繋がる。だが、それがどの状況でも活かされるとは限らないのである。破壊力と巨体から単純に過重を期待した小夜子であったが、どうやらその賭けには勝ったらしい。

あのデカブツは二階に上がれない。重すぎて、跳躍もできないのだろう。

「おいこらメガネ！　下りてこいボケ！」

先程と同じく、くぐもった声で【モバイルアーマー】が怒鳴っている。取り乱し苛立ったその声は、小夜子の予測が正しいことをそのまま裏付けていた。

危機が去ったわけではない。優劣が逆転したわけでもない。だがとりあえず、間断ない追撃は中断させたのだ。呼吸を整える余裕と、考える猶予も手に入った。

「それを脱いで上ってきたら良いじゃないの、デブ！」

言い返す小夜子。階段は派手に壊れたものの、彼女が言う通りあの装甲を解除すればよじ登れるだろう。

だが、そんな動きをとれば小夜子の部屋からでもすぐに分かる。それに上ってきて二階で能力を使えば、彼は即座に床板を踏み抜いて落下するだけだ。家の外から生身で登ってくるにしても、相当の時間がかかる。何よりあの装甲を解除した状態で、彼が小夜子の前に身を晒すとは、到底思えない。

(装甲がなければ【スカー】の能力をまともに食らうことになる……と考えるものね)

階下で喚(わめ)き散らす【モバイルアーマー】を尻目に、小夜子は部屋を見回す。階段に注意を向け、いつでも対応できるようにしながら。

「男の人の部屋、か。汚いし臭いなあ」

部屋中央に置かれたテーブルには吸い殻が入ったままの灰皿が置かれ、その脇にはコンビニでよく目にする銘柄のメンソール煙草(たばこ)とオイルライターが置かれている。テーブルの脇には空となった輸入物らしき酒瓶が、何本も床の上に立てたまま放置されていた。机と椅子には脱ぎ散らかされた男物の服、床にも放(ほう)ったらかしのリュックサックが落ちている。

(酒瓶って鈍器になるわよね。それに割れば、刃物代わりに使えるかも)

【モバイルアーマー】の中身が二階へ上がってきた時を想定し、手に酒瓶を握って即応の武器にした。次いでリュックを失敬して、卓上に置かれた輸入物らしき酒瓶も数本収容する。机の引き出しを開けるが、めぼしい物は無い。急場凌(しの)ぎとしてボールペンとハサミ、マイナスドライバー、机の上のオイルライターも拾い上げ、これらもリュックに突っ込んでおく。

だが残念ながらこの部屋にはナイフやスタンガンといった、あからさまな武器は無いようだ。

まあ、日本の家庭にそうそうそんなものはあるまいが。

（仮にあったとしても、あの装甲に通じるとは思えないけど……ああもう。化学ガスが禁止されていなければ、まだ何とかなりそうなのに）

そう小夜子が舌打ちした直後だ。

ぐわん。

と、家が大きく揺れたのは。

第四夜：03【スカー】

上

地震ではない。

ばきっ！　めきめき！

木が折れ、裂ける音。それらが聞こえる度に、足元から大きな振動が伝わってくる。小夜子は、すぐに状況を理解した。

（あいつ柱を全部折って、家を壊すつもりなんだ！）

主要な支えを失ったのだろう。構造体に悲鳴を上げさせながら、二階が傾いていく。すぐさま小夜子は窓を開け、外へ身を乗り出した。受け身に邪魔な手持ちの瓶は投げ捨て、躊躇（ちゅうちょ）なく窓の手摺（てす）りを乗り越え、ぶら下がり、転がるように庭へと飛び降りる。

「……つっ」

よろめきながらもどうにか立ち上がり、崩れる家から距離をとるべく歩き出す小夜子。だが所詮は日本の分譲住宅である。庭の幅は数メートル程度しかない。すぐに彼女の身体は、隣家を隔てるブロック塀へと突き当たった。

先程【モバイルアーマー】が打ち砕いた塀と違ってコンクリートブロックで建てられているのは、道路ではなく隣家の敷地に面する部分だからなのだろう。

ばらばらばら。

がががががが。

がしゃん！　がしゃん！

傾いた屋根から、青い瓦が雪崩を打って滑り落ちる。そのまま地面に転がるものもあれば、先に落ちた瓦にぶつかって砕けるものもあった。

行動が遅ければ、小夜子は瓦の雨に打たれていただろう。良くて打撲、下手をすれば頭蓋骨骨折で行動不能に陥っていたはずだ。

「危なっ……」

ぞっとしつつ眺めていると、瓦の滝ごしに一階のガラス戸から視界に入る【モバイルアーマー】の姿。台所のあたりだろうか。丁度、目前の柱を殴打するところらしい。

めきっ！

彼の拳が柱を砕いた瞬間である。とうとう家は自重を支えきれなくなり、一階部分を丸々押し潰すような形で盛大に崩れた。

◆

ずずずしん……。

（アイツ馬鹿だ！　自分で潰れやがった！）

いくら上階の敵を燻し出すためとはいえ、自ら柱を壊して回りそれで押し潰されたのでは、笑い草である。そう。相手が生身であれば、笑い話で済んだのだ。

だが【モバイルアーマー】は塀を打ち破り家屋に衝突しても、傷一つつかぬ強固な鎧を纏った能力者。加えて、家屋の壁を容易に破砕する力をも有している。これで彼を倒せる、いいや、ダメージを与えられると思うほうが難しいだろう。

ならば、ここからは二択。瓦礫から脱出して来たところを攻撃するか、相手が下敷きになっている間に離脱するか。

(今のうちに、隠れなきゃ)

小夜子は後者を選んだ。

酒瓶、ボールペン、マイナスドライバー。あれほどの防御力を持つ相手に、現在彼女が持つ武器では全く歯が立たないのは明白である。ならば一度姿をくらまして時間を稼ぎ、対策を考えるべきだろう。

(流石に脱出には時間がかかるはずよ。今のうちに、隣の家の塀を登って逃げよう)

小夜子が踵を返してブロック塀に手をかけた、その瞬間。

ばきばきばきばき！

という背後からの音。反射的に振り返ると、崩れた瓦礫の山が動いているではないか。

いや正確には倒壊した家の一部が、横へと押し出されているのだ。埋もれた【モバイルアーマー】がまるで土砂を押し分けるブルドーザーの如く、瓦礫と化した家屋をまるごと横へ押し退けているのである。

「ウッソでしょ!? どんだけ馬力あるのよアイツ!」

驚愕(きょうがく)のあまり叫び声を上げる小夜子。

しかしその間にも、瓦礫の山は動き続けていた。【モバイルアーマー】が押し分けて脱出してくるのは、時間の問題だろう。

すぐに向きを変え、塀に手を掛ける。道に出ないのは、視界が開けすぎているからだ。もし道路に出たところを見つかってしまえば、あの奇怪な走りで追いつかれるのは間違いない。

(あの速度は洒落(しゃれ)にならないわ)

百メートルの距離を、数秒足らずで詰められるのである。そのことへの恐れが、車道へ出る選択肢を彼女から奪っていた。そのため、直接隣家へと向かう。

ブロック塀の高さは、小夜子の身長よりも二十センチ程低い。上部に手を掛けつつ飛び上がり、よじ登る。足場がないため非力な小夜子は体を押し上げるのに難儀したが、それでも何とか、塀を乗り越えることができた。

すぐに隣家家屋への侵入経路を探し始める小夜子。

とにかく、一刻も早く隠れたい。モバイルアーマーが瓦礫から出てきた時に、視界の外にいることが肝要なのだ。

(だめだ、雨戸が閉まっている!)

防犯のために戸締まりされていたのだろうか。この家の窓は、全て雨戸が閉められていた。これでは、窓を割って侵入することなどできない。

小夜子はこの家に隠れるのはすぐに諦め、もう一軒隣の家へと進んでいく。反対側のブロック塀とその向こうの生け垣をも乗り越え、二軒目の隣家に転がり込んだ。

だが、その家も雨戸が閉まっているではないか。一瞬どうにかして開けられないかと考えたが、そんな時間も道具も無い。

「ああもう！　雨戸ってホントに防犯効果があるのねクソ！」

心の中で感心し毒づきながら、さらに隣へ進む。生け垣の隙間からこれまた隣の塀によじ登り、敷地へと侵入する。

今度の建屋は北米風の小洒落た家だ。ツーバイフォー工法の輸入住宅だと思われるが、当然小夜子にそんな知識はない。ただ分かったのは、

（雨戸が無い！）

ということである。輸入住宅のためだろう。その家のガラス戸にも窓にも、雨戸らしきものは見受けられなかった。

（二軒も間を空けてあるし、姿を隠すのには丁度いいわ！）

おそらく今頃は、【モバイルアーマー】も瓦礫から脱出しているだろう。だが抜け出てきたとしても、彼は下敷きになっている間に小夜子を見失っている。どの方向へ逃げたかすら、分からないはずだ。

仮にガラスを割る音が届いたとしても、これだけ沢山並んだ家々から、割れ窓を探して回るのは手間がかかる。つまりはかなり高い確率で、時間が稼げるに違いない。

（できるだけ道路から見えにくいトコを選んで……）

傍目（はため）には完全に空き巣だが、四の五の言っている場合ではない。目星をつけた小夜子は庭の花壇に使われているレンガを拾って、ガラス戸の鍵付近を殴りつける。ばりん、と音がして穴が開き、透明な破片が飛散した。

「よし、これで入れる」

だが小夜子が鍵へと手を伸ばすと同時に、

じりりりりりりりりりりん！

周囲に鳴り響く、けたたましいベルの音。

窓に取り付けられていた、防犯装置の仕業である。

第四夜：04【スカー】

小夜子の顔から血の気が引く。

必死に距離をとったのも、懸命に姿を隠したのも無駄になった。これだけの大音量である。間違いなく、【モバイルアーマー】の耳にも届いているはずだ。そして防犯ベルは一時だけではなく今も鳴り続けている。音源を辿れば、自然とここへ誘導されるだろう。

（すぐに場所を変えないと！）

戻るか？　さらに隣へ行くか？　それとも裏の家へ向かうか？　小夜子の脳内で選択肢が用意され、裏へ向かう決断が下される。

（そこから道路を渡って別の並びに行けば……）

そう考える少女に、

ちゅいいいいいいいいん！

という耳障りな音が聞こえてきた。

（あの中腰ダッシュだ！）

急ぎ駆け出し、庭の端へ辿り着く。裏の家との境界になっている塀によじ登ったところで後方を一瞥すると、家の前の道路に火花を散らしながら【モバイルアーマー】がまさに到着したところであった。

向こうも小夜子の姿を発見したのだろう。顔、というべき頭部装甲の正面がこちらを向いている。その赤い目が、まるで敵意を伝えるかのように一段と強く輝く。

小夜子の体が塀の上を乗り越える。

【モバイルアーマー】が向きを変えた。

セーラー服のスカートを翻しつつ、砂利の上に飛び降りる。

巨体は猛然と突進。蹴られた路面は割れ、踏みしめられた庭の土が抉られた。

靴で足下の小石を鳴らしながら、少女が走る。

装甲が塀に接触した。壁面がいとも簡単に砕け、余波を受けた周囲の部分も倒壊する。角ばった太い足が、砂利の上へと踏み込んだ。

小夜子は細い脚を懸命に動かして駆ける。

その背中のリュック目掛けて伸びる黒い腕。摑もうとするが、失敗した。目標を外した指が、彼女の肩に軽く触れる。

小夜子は指一本の力だけで姿勢を崩し、前のめりになって転倒した。

ざざざざ、どん！

砂利へ叩きつけられるように倒れた小夜子の上に、【モバイルアーマー】が四つん這いになって覆いかぶさる。

「やっと捕まえたぞ、ブスめ」

◆

右肩が押さえつけられる。強い力で砂利と装甲に挟まれ肉と骨が軋み、少女は苦悶の声を上げた。

【モバイルアーマー】の頭部装甲が、彼女の眼前にずいっ、と迫る。赤い目のような部分が、小夜子の目と視線を交えた。

コー、ホー。

少女の肌をくすぐる吐息。黒い顔の下部についた、二つの丸い部品からである。

ビルの外壁などによく取り付けられている半球型の換気口に似たその部分から、呼吸音が漏れている。その度に、生暖かい空気が小夜子の顔へ吹きかかっているのだ。

「手間取らせやがって」

パイプ越しに喋るかのようなくぐもった声だったのは、外部スピーカーではなくこの呼吸孔越しに話していたからなのだろう。

「時間が無いから、手早く済ませる」

上体を起こし、【モバイルアーマー】が左半身をよじって腕を振りかぶる。目標は明らかに小夜子の顔面。勿論、その頭部を潰すためである。

脱出しようともがくが、少女の腕力程度で【モバイルアーマー】の拘束は外れない。力の差がありすぎる。

だが鉄拳が振り下ろされようとするまさにその瞬間。【モバイルアーマー】の装甲体が「ぶるん」という音をたててその姿を変えたのだ。

直線的なフォルムは崩れ、まるでゼリーのようなぶよぶよとした黒い軟体と化し、【モバイルアーマー】本体からボトボトと地面へと剝がれ落ちていく。それは砂利の上にも小夜子へも降り注いだが、すぐに霧散して消えてしまった。

小夜子と【モバイルアーマー】の間に沈黙が流れる。

少女は啞然とした顔で。少年は動揺した顔で。

五秒ほどの時間、固まっていたのだ。

「ええい畜生！」

思い出したように【モバイルアーマー】が、振り上げた拳で小夜子の横っ面を殴りつける。

拳が頬へめり込んで眼鏡は飛び、痛みで少女の目に涙が浮かぶ。

だがそれだけだ。普通の拳骨(げんこつ)。ただの素人パンチ。痛みはするが、それでお終いだ。

（能力が解けた!?）

小夜子の目に蘇(よみがえ)る光。体を捻(ひね)ると、今度は簡単に拘束が外れた。さらに回転を加え、セーラー服の少女は横へ脱出する。その弾みで無様に体勢を崩す、【モバイルアーマー】。

そこで小夜子は立ち上がり、手近にあった空の植木鉢を摑むと……彼の頭目掛け、叩きつけたのである。

ごつっ。

という音と共に植木鉢が【モバイルアーマー】の額に命中し、
がしゃん！

という音を立てて陶器が割れる。

「おぐあぁ!?」

【モバイルアーマー】が悲鳴を上げた。痛みへの反射だろう、自身の額を掌で覆っている。小夜子は続いて次の植木鉢を持ち上げ、再度彼の頭部目掛けて殴りつけた。

「ええいっ！」

先と似た音を立て鉢が命中したが、反動と勢いですっぽ抜け転がっていく。今度も手応えが浅い。小夜子の攻撃は狙いを逸れ、彼の頭ではなく額を防御した手首へ当たっていたのだ。

「あああああっ！」

再び少年が叫ぶ。左手で頭部を庇いつつ、右手で打たれた左腕を握るという奇妙な姿勢をとりながら、ぐりん、と身を捩った。

（もっと重い一撃を！）

瞬時に判断した小夜子は、今度は中身の詰まった植木鉢を両手で持ち上げる。そして悶えたままのモバイルアーマー目掛け、全力で振り下ろす！

……だが外れた。

身体を捩りつつ立ち上がった【モバイルアーマー】への攻撃は外れ、砂利の地面へ叩きつけられる植木鉢。がしゃん、という音を立て容器は割れ土が散乱し、植えられていたピンクのマーガレットがごろごろと転がっていった。

攻撃を躱して立ち上がることに成功した【モバイルアーマー】は、額を抱えたまま道路へ向けて走り出していく。

「待てこのデブ！」

形勢は先程までと、完全に逆転していた。そのことを察した小夜子は植木鉢の脇に置いてあったレンガを拾い、後を追いかける。

（このチャンスは逃せない！）

跳ねるように道路に出た【モバイルアーマー】は、回れ左をして駆け出していく。小夜子もすぐに道路に出て、彼の背中を追うのだった。

「は、速い」

【モバイルアーマー】は小太りの体を揺らし、ブレザー上着の裾を翻しながら、みるみる小夜子から距離を離していく。

（ちょっと何よあのデブ！　滅茶苦茶足が速いじゃないの！）

小夜子はもともと、運動神経が良いほうではない。だから彼女から比べれば大抵の高校生は、足が速いと判定されるだろう。

だがそれを考慮しても、【モバイルアーマー】の動きは機敏であった。やや脂肪過多の身体で全力疾走する彼は並んだ家々の端まで辿り着き、角を曲がって姿を消す。

十秒近く遅れて小夜子が角に到着した時には、少年の姿はもう視界内のどこにもなかった。

「はぁ……はぁ……クソがよ」

息を切らして、彼の消えた方向を睨む。もう、この先のどこの角で再び曲がったのかも分からない。完全に小夜子は敵を見失ったのだ。そして、絶好の機会を逃したのである。

彼を、殺すための。

「素早いデブだなんて、聞いてないわよ」

苦々しげに呟く小夜子の顎から、汗がぽたりとアスファルトに落ちていた。

第四夜：05【スカー】

先程の場所まで戻り、眼鏡を拾う小夜子。

右のレンズには白い線が走っている。袖で拭うも、消えない。どうやら汚れではなく、砂利と擦れてついた傷のようだ。諦めて一息つき、眼鏡をかける。

その後すぐに、彼女は動き出す。向かい側の並びへ移動し、適当な家を見繕って庭に侵入する。そして持ってきたレンガで窓ガラスを割り、戸を開け中へと忍び込んだ。幸い今度の家は、防犯装置の類はないらしい。

「水……」

台所まで進んで、シンクで水を汲む。コップは棚から、勝手に拝借した。

ごく、ごく、ごくと喉を鳴らして飲み干す。そして肩を落とし、少女は深く息をつく。

……数十秒後。

人心地ついたところで小夜子は「【能力内容確認】」と口にする。呼応して眼前に浮かび上がる、文字列。

自分は相変わらず【能力無し】。だがそんなことは分かっている。すぐに小夜子は右側に視線を移した。そこには白字で、以下のように記されている。

能力名【モバイルアーマー】

・強化外骨格を召喚し、装着する。

「なるほど強化外骨格……ホント、SFもののアニメみたいね」

それは人間が搭乗する乗り物というより、機械動力や筋駆動を用いて大幅に身体能力を補強する鎧、と形容したほうがしっくりくるだろう。小夜子の時代でも軍事面のみならず介護、運搬、作業等、様々な方面での利用が期待され、開発が続けられている。勿論、あんなSFじみた装甲ロボではないものの。

その力と防御力については、考えるまでもない。この目で確認済みである。あの装甲を纏っている限り、小夜子の腕力で振るう攻撃など、まるで歯がたたないだろう。返す返す、あの好機を逃したのが悔やまれた。

「でもそう言えば、何でアイツの能力は解除されたのかしら」

あのまま維持していれば、彼の勝利は間違いなかった。そして能力が解けた後の彼の表情から見ても、自ら望んで行ったわけではないのだろう。ならば。

「制限があるんだわ」

稼働時間か、動力源か、はたまた所謂（いわゆる）バランス取りか。何にせよあの能力には、使い続けられない理由があるのだ。

そこまで考えたところで目前の【モバイルアーマー】説明欄に、黄色い文字で「エネルギー切れで装着は解除される」という項目が追加された。小夜子の推察が、当たったのである。

（そしてすぐに装着し直してこないのは、これにも時間が必要だからなのね）

続けて考える。今度は「再装着までにはエネルギー充填の時間が必要とされる」という項目も追加された。

(この【能力内容確認】。便利な機能だなあ)

有り難みを噛(か)み締める一方、初戦からちゃんと教えておけというキョウカへの怒りも湧いてきた。だがそれは、ひとまず置いておく。

「でも、これであのデブの行動指針が読めてくるわ」

以上の情報から推察される【モバイルアーマー】の基本行動パターン。それは、能力発動時は攻撃力と防御力にものをいわせて攻勢に出ておいて、エネルギーの充填中は徹底的に逃げ回って時間を稼ぐのだろう。というより、それしか考えられない。

先程能力が解除されるまで装着し続けていたのは、本人にも残量が把握できないということなのだろうか。それとも計算が難しいだけか。

だとしたら、相当に不便なものである。そしてエンターテインメント番組としてはある意味、強力な性能にふさわしいネックなのかもしれない。

だがこれで【モバイルアーマー】が逃げ出した謎も解けた。彼はエネルギーを溜(た)めている間、相手の能力に対抗する術(すべ)を持たないのである。そう、持たないと思っているのだ。小夜子が【能力なし】と知らないのだから。

つまり彼は、無防備な充填中には絶対に仕掛けてこない。かつ逃げ足も速いため、小夜子では追いつけないだろう。そして一度見失えば、準備が整うまで決して姿を現さないはずだ。

「何コレ、詰んでない……？」

もし次の攻勢を小夜子が凌いだとしても、間近でのエネルギー切れに誘い込めたとしても……全力で逃げる人間をただの女子高生が追撃して倒す、などというのは無茶な話なのだ。銃でもあれば、話は別だろうが。

（いくらなんでも強過ぎるわ。他の対戦者に倒されるのを、期待したほうがいいのかしら）

そこまで考えて、小夜子ははっとした。

（もし私があのデブを倒せずに時間切れになって、それで次にアイツがえりちゃんの対戦相手になったら!?）

残っている対戦者の人数を考えれば、そんな都合の悪いマッチングがいきなり実現する可能性は低いだろう。だが、低いだけなのだ。低いだけでは、駄目なのだ。

【モバイルアーマー】と【長野恵梨香】の相性は、最悪に近い。

恐らく拳銃は効かない。自動小銃でも無理だろう。ライフル弾でも傷をつけられるとは思えなかった。ということは、威嚇射撃も警告射撃も無駄。全く牽制にならず、一方的に追われるだけとなる。

これが【長野恵梨香】ではなく【ガンスターヒロインズ】というだけなら、望みがないわけではない。能力切れを起こしたところを狙い、射殺すればいいのだ。

しかし全力で逃げる相手を簡単に撃ち殺せるのは、ゲームや漫画の中だけである。ましてや恵梨香は素人なのだ。

……そして何より、長野恵梨香が逃げる相手を撃ち殺せるはずもない。

「最悪だわ」

小夜子はぞっとした。まさに、全身が総毛立つ感覚に襲われた。自分が窮地に立たされていることよりも何よりも、恵梨香の死の危険性が増すことに対し、彼女の心身は全力で怯えたのである。

……駄目だ。

駄目だ。

駄目だッ！

「あいつを生かしておいては、駄目なんだッ！」

少女は、自分の身体が燃えあがる錯覚に陥った。鼓動が速まるのが分かる。心臓から送り出される血液が、臓腑を焼き焦がすかのように、熱い。

「あいつは殺さなきゃ。絶対に殺さなきゃいけない！」

だがどうやって？

確かに恵梨香と【モバイルアーマー】の相性は、最悪だ。

だが小夜子と【モバイルアーマー】の相性は、最悪以前の問題である。

……駄目だ！　そこに思考を帰結させるな！

（考えるのを止めるな、私！）

考えろ。

考えろ。

考えろっ。

考えろッ！

考えろって言ってるだろう！

脳細胞を全て使い潰してもいいから、考えろ！

呪詛(じゅそ)のように呟きながら、小夜子は血走った目で台所の物色を始める。

フライパン？　却下。

ナイフ、フォーク？　却下。

包丁？　あんな相手に効くとは思えない。だがもし中身と対峙(たいじ)できた時には使えるだろう。一本持っておくべきか。

胡椒(こしょう)？　大魔王でも呼び出すのか。却下。

「この程度しかないのか……」

生身が相手ならともかく、使えるものがまるで無い。逃げる相手をどうにかする手段も思いつかない。見つからない。苛立ちと焦りが、小夜子の精神を蝕(むしば)んでいく。

しかしその時、彼女の目にふと入るものがあった。大型の石油ファンヒーターだ。何となく、蓋をあけて燃料タンクを持ち上げてみる。

ちゃぽん。

という音に、手が軽く振り回されるような重量感が返って来た。もう十月は終わりに近く、朝晩は冷え込むことも多い。ファンヒーターを使い、部屋を暖める家庭もあるだろう。

そしてその時、小夜子は閃(ひらめ)いたのだ。

「そうよ」

エネルギー充塡中の相手を捉えられないなら、それでいい。彼は先程痛い目にも遭っている。次はもっと警戒してくるはずだ。同じように隙を見せてくるはずもない。近付いてくるのは、あの装甲に守られた間だけだろう。

だが、それでいい。それならば話は簡単である。

相手が有利な状態で。有利だと思い込んでいる状態で倒してやれば、よいだけなのだ。

第四夜：06【モバイルアーマー】

小夜子とは違う並びに建つ、ある住宅の中。【モバイルアーマー】こと金堂武雄(こんどうたけお)は、痛みと怒りに身を震わせ、悶えていた。

「痛え……」

植木鉢で殴られた額が、ずきずきと熱い。しかし、もしあれが後頭部や頭頂部を打撃していたなら、痛いどころでは済まなかっただろう。

左腕はさらに深刻だ。まず間違いなく、骨に怪我(けが)を負っている。ヒビが入っているのか、折れているのかまでは分からないが……どちらにせよ、すでに腕は膨らむように腫れ始めていた。

（あのチビ！　早いところぶっ殺して、この対戦を終わらせてやる）

対戦を終わらせれば、傷は全て元通りになる。一刻も早く倒せば、その分苦痛からの解放も早くなる。だから。

（早く終われよ、チャージタイム！）

【スカー】に見つからぬように息を潜めつつ、少年は心の中で叫ぶのであった。

◆

金堂の能力【モバイルアーマー】には、限界が存在している。

一度呼び出した強化外骨格は確かに、エネルギーが続く限り強力な力で相手を打ち倒し攻撃を防ぐ。だが動く度にエネルギーは消費され続け、底をついてしまえば強制的に装甲は解除、消滅してしまう。そして再使用するまでには、時間をかけて充填されるのを待たねばならないのだ。

しかも残量についてはメーターなどの具体的な表示は一切なく、スーツから伝わるエンジン音のような鼓動が残りのエネルギーをおおまかに伝えるだけ。

着装直後は「どっ。どっ。どっ」というゆっくりとした鼓動だったものが、消費されるに従い「ど、ど、ど」となり、解除される直前には「どどどどど」と猛烈に速まる。着装者はこの変化から残りのエネルギー残量を把握せねばならないのだ。これは慣れておかないと、ギリギリの線がなかなか見極められない。

製品であればユーザークレーム必至の不便さではあるが、監督者のゴメスは、

『君の能力は強力過ぎるから、その辺で運営システムがバランスをとっているのだろうな』

と語っていた。

当事者である金堂からすればふざけた話だが、監督者にとっては納得のいく制限なのだろう。まあどうせ、死地に赴くのは金堂ら対戦者なのである。

だがゴメスの語った通り、【モバイルアーマー】は確かに強過ぎる能力であった。

初戦で対戦した【音速エスパー】は物をぶつけてくる攻撃だったが、装甲に全く通用しな

かった。

二回戦では【ヒートアックス】が操る赤熱化した斧（おの）に足を打たれ慌てたが、【モバイルアーマー】の外殻は熱に対しても十分に耐えた。

三戦目の【ワーウルフ】が変身した狼男（おおかみおとこ）の速度と膂力（りょりょく）、そして鋭い牙と爪も難なく退けられた。

無双。まさに圧倒的な性能である。装着時の敗北を、少年はまったく想像できない。

敵からの攻撃は無効。こちらが殴れば、相手は豆腐のように千切れ飛ぶ。

一方的な力の行使に、金堂は酔いしれていた。

それだけに、反動ともいえる無防備なチャージタイムの訪れは注意せねばならないのだが……先程の負傷は、屋内へ誘い込まれ手間取らされた苛立ちと、あと一歩で追いつめられるという焦りが生んだ大失態だ。

やはり彼はまだ、この【モバイルアーマー】の能力を掌握しきれていないのである。

（普段から練習できれば、もっとうまくできたのに）

とは思うものの、能力は複製空間でしか使えないのだから、どうしようもない。

（まあいいさ、次はエネルギーが切れる前に絶対ぶっ殺してやる。あのメガネブス）

こんな目に遭わせたあの女に、思い知らせてやる。

そして早く終わらせて、この痛みから解放されよう。

自らの行為は無視し、金堂の精神が復讐心（ふくしゅうしん）でどす黒く塗り潰されていく。

どくどくっ！　という体内に何かを注がれるような感覚。チャージが終わったことを知らせる合図だ。

「よし、これでいけるな」

そして同時に、金堂の耳へ聞き慣れない音が飛び込んでくる。

きゅいーん、きゅいーん、きゅいーん。

『火事です　火事です　火事です』

どの住宅にも設置が義務付けられている、火災報知機の警報音だ。音はずっと、鳴り続けていた。

「【スカー】の仕業か？」

それしかあるまい。だが何故、わざわざ自分の居場所を知らせようとするのか。

「……決まってるな、罠だ」

誘き寄せて、不意でも衝くつもりなのだろう。子供でも分かる、あからさまな小細工。

(だがいいだろう。乗ってやる)

そもそも索敵が、【モバイルアーマー】の苦手分野なのだ。自分から居場所を教えてくれるなら、好都合この上ない。探す手間が省ける。時間が短縮できる。つまりこの痛みも、すぐに終わらせられる。

【スカー】の能力はまだ分からないが、金堂はその点に関して全く心配をしていなかった。

衝撃も、熱も、刺突も、打撃も、この鎧にはまったく通用しない。

装着中であれば、何も効かない。敵が何をしてこようと、問題は無い。

相手が姿を見せたなら、追いかけて殴り殺せばいい。

「そうさ。俺の【モバイルアーマー】は、無敵なんだ」

激しく痛み続ける左腕と額を押さえながら、金堂は玄関へと向かうのであった。

◆

ちゅいいいいいいいいん!

火花を散らしながら、【モバイルアーマー】が中腰の姿勢で路上を走っていく。

【モバイルアーマー】の強化外骨格に装備されたホイールダッシュ……足裏のホイールを高速回転させて、滑走する機能……は、道路のような平坦(へいたん)な地形で効果を発揮する。百メートルをおよそ四秒で走り抜けるのだ。

そのため大音量で警報を鳴らし続ける家の前に辿り着くのにも、さほど時間は要さなかった。

「この家だな」

警報を鳴らしているのは、プレハブ工法の近代家屋。その前で、金堂は急停止する。

(【スカー】はあの中にいるのだろうか)

見れば、もう窓から煙も出ている。警報を鳴らしただけではなく、実際に火まで付けたらしい。ならば家の中ではなく、この周囲に潜んでいる可能性が高いだろう。

(構わんさ。仕掛けてこいよ。お前の浅知恵なんかお見通しさ)

装甲の内側で金堂が「にぃ」とほくそ笑む。攻撃を誘うため、視線はあえて煙を吐く家に固定したままだ。

(いいぜ、早く来いよ!)

心の中で呟いた瞬間。

ごつん。ぱりん。

という音と同じくして、装甲越しに後頭部への衝撃を金堂は感じた。

一瞬遅れて、
ぶわっ。

と何かが広がるような音。視界が急激に明るくなる。少年はすぐに、その正体を察した。

(火だ)

【スカー】という能力名に対する予測を完全に裏切る攻撃ではあったが、彼はそれでも動じない。この強化外骨格は、以前の戦いでは赤熱化した斧の一撃にすら耐えたのだから。

「馬鹿め! 後ろだな!」

【スカー】の位置を確認すべく振り返った金堂の顔面装甲に、またもや何かが命中した。

ぶわわっ。

炎で埋め尽くされる視界。続けてもう一発、命中する。

火勢が強まり、その眩(まばゆ)さで思わず金堂は息を飲む。

そう。少年は、息を飲んでしまったのだ。

第四夜：07【御堂小夜子】

上半身を炎に包まれた【モバイルアーマー】の様子は、すぐに変わった。

鎧の上から、喉のあたりを掻きむしっている。ガリガリというのは、装甲同士が激しく擦れ合う音だろう。そしてひとしきり悶えた後に巨体は大きくのけぞり、
どうっ。

という音を立てて、背中から道路へ倒れこんだのだ。

(やった……かしら)

塀越しに恐る恐ると、【モバイルアーマー】の姿を見る小夜子。

残った灯油がまだ炎を大きく揺らめかせていたが、彼自身は微塵も動かない。少なくとも、無事なようには見えなかった。

……小夜子が使ったのは、火炎瓶だ。

破壊された家で手に入れておいた、割って武器に使うための輸入酒瓶。それにファンヒーターの灯油を注ぎこみ、粉々にした発砲スチロールを溶かしてとろみをつけ、同じく家の中にあったシーツを用いて蓋をして、即席の火炎瓶を作ったのだ。シーツに火を付け投擲して命中すればデザイン偏重の輸入酒瓶は割れ、中の燃料が引火する。

一発目は背面だったこともありうまく当てられなかったが……二発目以降は期待通りに命中

したため、【モバイルアーマー】の顔周りを炎上させることに成功した。

【モバイルアーマー】が覆い被(かぶ)さってきた時、小夜子はその顔面装甲に呼吸孔があるのを見つけていた。声も息も、そこを直接通しているのを知っている。それが、彼への致命打に繋がったのだ。

焼けた燃料が発生させた高温の燃焼ガスは、息を吸い込んだ【モバイルアーマー】の気道を焼き、肺をも焼いただろう。地獄の苦しみだ。人間がそのような目に遭えば、間違いなく死ぬ。

(死ぬはず、なのよ)

燃え上がる【モバイルアーマー】を見つめながら、その時をじっと待つ小夜子。

ぱんぱかぱぱぱぱーん。

やがて鳴る、気の抜けたファンファーレ。

『Bサイド【モバイルアーマー】、死亡確認！　勝者はAサイド【スカー】！　キョウカ＝クリバヤシ監督者、おめでとうございます！』

「やった！」

やっつけた！

倒した！

殺した！

……殺したんだ。

「私が」

自分のしたことを改めて自覚した小夜子は膝をつき、塀にもたれかかる。そしてその口から、胃液を吐き出し始めた。

「おぅぇぇえええぇぇええええええ」

吐く。

『五回戦は明日の午前二時から開始となります。監督者の方も、対戦者の方も、それまでゆっくりとお休み下さい。それではお疲れ様でした！　また明日〜！』

止まる。また吐く。

「おうえええええええ」

やがて小夜子の視界は暗転し、意識は闇の中へ消えていった。

◆

どくん！

鼓動。小夜子の意識が復活する。

彼女は自室へ戻ってきたのだ。すぐ近くに、妖精姿のキョウカがふわふわと浮かんでいる。

『無事だったんだね、サヨ』

「おげえええええええええぇぇ」

『オオオゥ、シィイイット!?』

四つん這いに倒れこみビチビチとフローリングへ嘔吐する小夜子の姿に、キョウカが驚いて飛び退いた。

『だ、大丈夫かいサヨコ』

だが少女はキョウカへ返事をせず、

「【対戦成績確認】」

と絞るように声を出す。すぐ小夜子の前へ投影される、対戦者の名簿一覧。彼女は血走った目でそれを一読すると、すぐに指でスクロールを開始。もう一度。また一度。そして目当ての欄を見つけ、深い息を吐くのであった。

能力名【ガンスターヒロインズ】、監督者レジナルド＝ステップニー。

成績は、○勝○敗四分。白地に黒の文字。生存の証だ。

それを確認した小夜子の目から、涙がつぅっと一筋頬を伝う。

生きていた。

生きていてくれた。

生きていてくれたんだ！

よかった。よかった。よかった！

ああ、えりちゃん。

大変だったでしょう？

恐ろしかったでしょう？

痛い目に遭わされなかった？

泣かされなかった？

ああ、でも偉いわ、えりちゃん。

凄(すご)いわ、えりちゃん。

ちゃんと、頑張ったのね。

ちゃんと、生き延びたのね。

嬉(うれ)しい。嬉しいわ。

私、心の底から、嬉しいわ。

「良かった。本当に、良かった」

か細い声で、涙ながらに口にする小夜子だが。

「おうええぇえぇえええ」

と再び吐き始めた。自らが焼き殺した少年のことを思い出し、胃と食道がポンプの如く内容物を排出していく。

（まだよ）

まだだ。

まだ折れるな、私の心。砕けるな、私の覚悟。

これぐらいなんだ、彼女の苦しみに比べれば。

これがどうした、彼女の悲しみに比べれば。

大丈夫よ、えりちゃん。

安心して、えりちゃん。

私も、耐えてみせる。

私は努力なんてできない。

あなたと違って、努力の才能は無い。やりかたも知らない。

でもね、私は耐えられる。

あなたを想えば、耐えられる。

努力の仕方は知らないけど、苦痛にならいくらでも耐えてみせるわ。

えりちゃん。

あなたのためなら私、何度地獄に落ちたって、平気よ。

◆

『君は毎日吐くか漏らすかしているよな……おい、大丈夫か本当に』

キョウカが心配そうに声を掛けるが、小夜子は倒れたまま反応がない。窒息と誤解した未来妖精が青くなり、少女の顔を覗き込むが。

『……寝てる』

こうしてキョウカとの面談に確保した十五分は、結局無駄に終わることとなったのだ。

第四夜：０８【ミリッツァ＝カラックス】

『Aサイド【地雷曹長】、死亡！　勝者はBサイド【ライトブレイド】！　ミリッツァ＝カラックス監督者、おめでとうございます！』

右手を失いながらも勝利した【ライトブレイド】が、雄叫び（おたけび）を上げている。そこまで対戦記録を見て、ミリッツァは再生を停止した。

「……変な奴だ」

画面を閉じながら、ミリッツァは呟く。白くのっぺりとした航時船の部屋の中で、彼女の嘆息だけが聞こえていた。

「一戦一戦、ひやひやさせられる」

対戦相手の能力情報を事前に教えてやるというのに、この少年はそれを拒否するのだ。有利な対戦カードを組んでやるという申し出も、彼は断った。

能力の制限内容を改変して、もっと戦いが有利になるようにしてやると話しても……【ライトブレイド】は首を横に振るのである。そんなことをするくらいなら、誰かに未来人のことを話して自殺する、と。

何故かとミリッツァが尋ねれば、

「それで勝ち残ったって、僕が満足できないんだよ」

と答えるのだ。

能力名【ライトブレイド】。この北村露魅王という少年は、わざわざ自分に有利な条件を蹴るのである。

(理解に苦しむな)

もう一度溜め息をつきながら、ミリッツァ＝カラックスは額に手を当てた。

(これでは、上位に入る前に倒されてしまうかもしれない)

ヴァイオレットの阿呆。その我が儘に付き合って試験システムへのハッキングという面倒ごとまでやったのに、自分の抱える対戦者がこれまた我が儘で言うことを聞かない。ある程度は勝ち残り上位入賞してそれなりの得点を稼いで貰いたいのに、これでは自分だけが働き損ではないか。

勿論、ミリッツァも北村露魅王……彼はあまり自分の名前が好きではないらしい……【ライトブレイド】を翻意させるため、説得を試みなかったわけではない。一度は痺れを切らして痛覚神経に干渉し、痛みで脅してやったことすらあるのだ。しかし彼は激痛が収まった後、涙で顔をぐしゃぐしゃにしたまま、

「だが、お断りだ」

とすっぱり拒絶したのである。これにはほとほと困り果てた。

一方でヴァイオレットやアンジェリークの担当対戦者は、事前情報の入手や対戦カードの調整、能力制限の改変などを簡単に受け入れたらしい。

当たり前だ、普通はそうであるべきだろう。負ければ死ぬのだから。勝ち残らねば、消えるのだから。

「それなのに……」

また漏れる溜め息。

彼女ら三人が抱える対戦者には、ミリッツァ……いやヴァイオレットの目論見(もくろみ)は話してある。

ただし歪(ゆが)めて伝えて、だが。

「君たちをそれぞれ上位三位以内に入賞させて、三人とも未来へ連れて行く」

勿論、嘘(うそ)である。

今回の試験において、政府や学術機関に申請を出してあるのは一名分だけ。三人も連れて行くなど、絶対に認められない。

抱える対戦者にはそう偽りつつ、カードの調整や神経焼却、能力改竄(かいざん)を行使して最終的にヴァイオレットの擁する【ハートブレイク】に一位を取らせる……というのが三人娘の本当の計画なのだ。

これもすべてヴァイオレットが、【教育運用学】の才媛としてメディアに取り上げられたいなどと言い出したためである。

(あの阿呆め)

三人のリーダー格であるヴァイオレット＝ドゥヌエは国内、いや世界的に見ても大手の航宙機メーカー「ドゥヌエ航宙」の社長にしてオーナーの一族ドゥヌエ家、現当主の三女だ。

アンジェリーク＝ケクランはヴァイオレットの従姉妹にあたり、ミリッツァはドゥヌエ家の遠縁かつ、ドゥヌエ航宙重役の娘であった。

　三人は歳が同じであるため、親の手回しで幼い頃から一緒に過ごすことが多く、その関係が今でもずっと続いている。早い話がアンジェリークとミリッツァは当主三女お付きの取り巻きA&Bであり、名門ファイスト州立大学の教育運用学部という狭き門への進学についても、その一環として進められたのだ。

　しかし、ミリッツァのヴァイオレットに対するイメージは幼い頃から変わらない。尊大で我が儘で、自意識ばかり肥大化した、いけ好かない小娘。

　そんなヴァイオレットが家の威光を借りずに成功したいと言い出した時は、正直驚き、見直しもしたのだ。やっとこの馬鹿もその気になったのか、と。

　だがそこで持ち出してきた計画は、イカサマで一位をとってメディアに取り上げられ目立ちたい、という稚拙で幼稚なもの。

　ミリッツァは落胆する。駄目だ、こいつは阿呆だ……と。やはりミリッツァにとってヴァイオレットは、いや他者自体が面倒でしかないと再確認する思いであった。

　だがそれでも悲しいかな、お付の者Bとしてはお嬢様の意向を汲まないわけにもいかないだろう。

　すぐさまお付きの者Aたるアンジェリークに計画への参加と、彼女のボーイフレンドの「一人」であるグスタブス＝ブラウン准教授を抱き込んでおくように連絡した。

アンジェリークの返事は、実に軽い「オッケー」。そしてたった一分で、ブラウン准教授の協力を取り付けてくれたのだ。丁度彼とのセックスの最中に通話を受けていたらしい。性欲が服を着て歩いているかのような彼女には、幼馴染みながらほとほと呆れる思いのミリッツァである。

……その後はハッキングで試験システムに介入し、準備を整えておく。

改竄での伸びしろが大きそうな能力を選び、三人に割り当てておいた。

時間移動後の一週間の準備期間中に他に先駆け対戦者へ接触し、十分な動機付けを行っておいた。

対戦者との面談時間の制限も外しておいた。

監督者同士が連絡を取れないというブロックをすり抜け連絡や外出ができるよう、細工も加えておいた。

他の対戦者の能力内容を事前入手しておいた……いや、これはアンジェリークがブラウン准教授から仕入れてきたものか。

まあ、そんな風に色々と、本当に色々と……。

システムのハックは完全ではないので、参照できない情報や操作不能の項目も数多く残っているが、それはもう仕方がない。ヴァイオレットは文句を言うものの、ミリッツァとて本職のハッカーではないのだ。そこまで完璧を求められても、困る。

そんな一連の苦労を思い出しただけで、またまた溜め息が出た。

「何で私だけが、こんなに面倒ごとを背負わねばならないのか」

……キョウカ＝クリバヤシの件にしてもそうだ。

あの飛び級で入ってきた特別奨学生の少女に対して、正直なところミリッツァは特に思うこともない。アンジェリークだってそうだ。

いや、アンジェリークは濡れた目で彼女を度々見つめており、その節操の無さにミリッツァは慄いたこともあったが……それはまた別問題。

とにかくキョウカは、それ自体がヴァイオレット＝ドゥヌエの神経を逆撫でする存在であった。

ヴァイオレットの学業成績は上等とはいえない。いやむしろ、家の威光で下駄を履かせてようやく中の下といった程度である。

それに対しキョウカは、わずか十歳で飛び級してきた少女。遺伝的にも優秀な素質があるらしく、彼女は特別奨学生という希少な枠で入学していた。

ミリッツァにとってキョウカはあくまで「お勉強のできるお子様」程度にしか見えなかったが……ヴァイオレットの目には、それ以上のものに映ったらしい。

加えてキョウカは、アンジェリークが熱い吐息を漏らすほどの美少女。この点も、ヴァイオレットには到底受け入れられないことなのだ。

自意識過剰なヴァイオレットは、小学生の頃からバイオ整形を幾度も受けている。二十七世紀の現在では別段珍しいことでもないし、ミリッツァとて最近、鼻の形を整えたばかりだ。まあ小学生の頃からというのは、やり過ぎだろうが。

だがキョウカは全くのナチュラル。無改造の外見なのだ。

二十七世紀人なので、機器操作や防疫用の基本的なナノマシン投与程度は受けているものの……しかし、外見に関しては全くの無操作であった。

あれは入学後、キョウカと出会ったばかりの頃だ。ヴァイオレットが、

「お人形さんみたいね。どこの病院で施術してもらったの？」

と尋ねたのだ。そもそもそんな質問をすること自体が愚かなのだが、それに対しキョウカは不思議そうな顔をして、

「いや僕はナチュラルだよ。何で？」

と答えてしまったのである。今にして思えば、その時キョウカの大学生活が悲惨なものになると確定したのだろう。

そしてその結果、キョウカへのいじめをミリッツァはずっと手伝わされ続けている。ヴァイオレットの存在もキョウカの存在も、いい迷惑であった。

「……ああ、面倒ばかりだ」

しかし何にせよまだミリッツァの苦労は続くし、彼女の担当する【ライトブレイド】にはもっと上手くやってもらわないと、試験成績も十分に出せないのだ。下らない不正へ協力させられたのに自分だけレポート補習などという憂き目を見ては、本当に割に合わない。

また息をついたミリッツァが空中に画面を投影し、自分が擁する対戦者の様子を確認する。

死闘を終えた【ライトブレイド】は、満足そうな顔をして眠っていた。

「何なんだコイツ……」

生き死にがかかっているというのに、わざわざ有利なことを捨てて戦う。そんなことに、何故彼はこだわるのか。ミリッツァには、まるで理解できない。

「これだから、人間を扱う【教育運用学】なんて大嫌いなんだ」

明日【ライトブレイド】は、アンジェリークが担当する【ハウンドマスター】と対戦する。無論それは、ミリッツァが仕組んだカードである。上位成績を得る計画の一環として、できるだけ不戦勝や三人内の八百長カードを組み込み、生き残り順位を上げようという目論見だ。

あれだけ不利な条件にしたのに何故か勝ち残っているキョウカの対戦者だって、それに使えるだろう。まさか今夜も生き残っているとは思わなかったが、【能力無し】というのはミリッツァたちにとっては必勝カードに等しい。

(放置しておいたけど、もし次の回にも残るようなら、勝ち確定のゲームとして予定に組み込んでしまおう)

色々と目論見はあるものの、だからこそ【ライトブレイド】には明日は絶対に相手を殺さないように、と今日中に説得しておかなければならない。おそらく、あの少年は嫌がるだろうが。

「あの頑固者を納得させるのは、骨が折れるぞ」

とはいえ【ライトブレイド】が【ハウンドマスター】を斬り殺してしまっては、計画の修正がまた面倒になる。逆はミリッツァの成績に直結するため、これも絶対に避けねばならない。

「この説得は間違いなく、今回最大の難関だな。ある意味、【教育運用学】らしいが」

そして何度めかの吐息。

「……ああ、本当に」

今日は、溜め息の多い日だ。

第五日：01【御堂小夜子】

ふんふんふ～ん。

はんはんは～ん。

ふん！　はっ！　ふん！

謎の鼻歌交じりに髪を編む、小夜子。

（いける、いけるわ。私がこの調子で倒し続けて、えりちゃんが持ちこたえられれば、助けることができる！）

小夜子は昨晩、人を殺した。

【モバイルアーマー】。名も知らぬ少年。

相手も彼女を殺す気であったとはいえ、殺人という禁忌を犯した事実は変わらない。御堂小夜子は、越えてはいけない一線を越えたのだ。

そのことから、目を背けているわけではない。

だが小夜子にとって地球上で、いや全宇宙で最も大切なものを守るためなら、彼女はどんな悪行にでも手を染める覚悟があった。誰をも殺める理由があったのである。

（私が地獄に落ちる。それであの子が助かるのなら、こんな安い買い物なんてないわ）

「そうよ」

鏡の中の自分に目を合わせ、呟く。

「だからもう少し、もう何日かだけ保たせるのよ。それまで挫けるのは、許さないからね。御堂小夜子」

もう一人の小夜子が、瞳に強い光を湛えたまま頷いている。

◆

玄関の時計は「10月29日　木曜日　7時33分」と表示している。

恵梨香との待ち合わせである四十分には少し早いが、玄関へ向かう小夜子。今日も生きて彼女に会えると思うと、いてもたってもいられなかったのだ。

家の前には、もう既に恵梨香が待っていた。普段は小夜子の方が早いのだが、今日に限って待ち合わせ時間よりもずっと先に出てきていたらしい。

「えりちゃブフォ」

勢い良く抱きついて、豊かな胸に顔を埋めた。制服の厚い布地が顔を擦る。だが構わない。

一通り匂いと感触を堪能した小夜子は、満面の笑みで顔を上げ、

「おはよう！」

と挨拶した。

しかし可憐な声は返ってこない。恵梨香は表情を無くしたまま、宙空を見つめているのだ。

「……えりちゃん？」

彼女は呼びかけられて初めて、はっと気付いたように瞼をまばたかせた。

そして小夜子へ顔を向けると、

「おはよう、さっちゃん」

ようやくぎこちなく、笑顔を作る。

二人はしばらく黙したまま見つめ合っていたが、やがて恵梨香が口を開き、

「行こうか、さっちゃん」

と小夜子の手をとって歩き始めた。

「……うん」

頷いて、小夜子もそれに従う。もう単純に幸福とは言い難い、「至福の十五分」の始まりである。

……しばらく歩いていると、小夜子の手を握っていた恵梨香の指が動いた。

二つの掌が、擦れ合う。相手を求めて這い、潜り込む。細く美しいそれが、小夜子の指を貪るかのように絡みついてくる。恵梨香のほうから、恋人繋ぎを求めてきたのだ。

確かに今まで小夜子によるこの手繋ぎを彼女が拒んだことはない。だが、恵梨香側から望んできたのは初めてである。

そしてその手を握る力は、とても強かった。まるで、引き離されるのを恐れるかのように。

（一体、どうしたのだろう）

そう疑問に思ったところで、小夜子は自分の愚かさに気付く。

(私、馬鹿だ)

恵梨香の強張った顔、ぎこちない様子、小夜子を離さまいとする手。

(……えりちゃん、昨晩は、余程怖い目に遭ったんだわ)

生きていてくれたことにばかり気を取られ、恵梨香が受けたかもしれない精神的な傷への配慮を怠っていた。

(それなのに私、いつもみたいに甘えちゃって)

恵梨香の心は、傷つき疲れているのだ。

取り繕うこともできぬほど。

小夜子の手に縋りたくなるほど。

(励ましてあげたい)

勿論、対戦や未来人について触れてはいけない。そんなことをすれば、神経を焼かれて死ぬ。恵梨香を守れなくなる。だがそれでも何とかして恵梨香の心を支えたい、と小夜子は考えたのだ。

「大丈夫よ、えりちゃん」

小夜子からも手を握り返し、口を開く。恵梨香が驚いたように、見返していた。

「何か悩んでいるのね。でもね、どんなに辛いことでも、終わりはあるの。耐えていれば、必ず近いうちに道は開けるわ。だからね。それまでちょっと我慢して、頑張ろう！」

結んだ手を持ち上げて、「えい、えい、おー」と、上に突き出すように持ち上げる小夜子。

普段の彼女ならば、絶対に出ないようなポジティブな発言である。そして、あまりにも稚拙な励ましであった。だがとにかく何でも、少しでもいいから、小夜子は恵梨香を元気付けたかったのだ。

自分の語彙のなさと、気の利いたことも言えぬ言語力と表現力の低さに絶望しつつ……小夜子はもう一度「えい、えい、おー」と繋いだ手を持ち上げた。

「それに……なんだ、アレよ」

「アレって?」

「いざという時は私が、えりちゃんを絶対に助けてあげるから!」

恵梨香はそれを受けて一瞬目を潤ませたが、数秒程そっぽを向いた後に再び小夜子へ向き直り、儚(はかな)げに微笑(ほほえ)んだ。なんとか精一杯の笑顔を、作ったのだろう。

小夜子もそれに微笑み返し、さらに強く恵梨香の手を握りしめるのであった。

◆

会話も無く、「至福の十五分」は終わりを告げる。他の生徒たちと、通学路が重なるところまでやって来たのだ。

いつも通りに小夜子が指を解くと、恵梨香は摑(つか)み直そうと慌てて手を伸ばしてきた。必死なその仕草に、小夜子は思わずもう一度手を伸ばしかける。

だが。

「おはよう、長野さん」

「エリチン、オッス」

「恵梨香さん、おはようございます」

「おう長野」

恵梨香の学友らがぞろぞろと集まり始めたため、二人の手が結ばれることはなかった。

……結局小夜子は彼女たちの後ろで距離を空け歩くことを強いられ、この日はその位置関係のまま登校することとなったのだ。

第五日：02【御堂小夜子】

昼休み。

小夜子は昨日、丸一日自宅に籠もっていたため、昼食を用意できていない。そのため今日は、購買に寄ってパンを買ってきたのだった。

だが教室の自分の席へ戻ると、中田姫子が小夜子の机の上に腰掛けているではないか。取り巻きの佐藤と本田がやや離れたところから、にやにやしつつその様子を眺めている。おそらく小夜子がどんな反応をするか楽しんでいるのだ。そしてどんな反応をしても、それを口実に嫌がらせをするつもりなのだろう。

手を変え品を変えマメなことだ、と呆れる小夜子。

以前の少女であれば、萎縮して教室の外へ出てしまっていただろう。

だが今の小夜子にとって、彼女らによるイビリなど最早どうでもよくなっていた。正直なところ、中田姫子「如き」に対し神経を遣う余裕など、もう残されていないのだ。

だから小夜子はつかつかと自分の席へ歩み寄ると、

どんっ。

と自分の机を蹴り飛ばした。当然姫子が机ごと、床へ倒れる。

しん、と静まりかえる教室。

姫子は予想外の事態に呆然とし、佐藤と本田も硬直している。クラスメイトたちからも、驚きの視線が集まっているのが感じられた。

だがどうでもいい、と小夜子は思う。

（これ以上私の心を、無駄なことに向けさせないで）

何食わぬ顔で机を立て直し、席につく。カレーパンを上に置き、袋を開け、齧る小夜子。同時進行で乳酸菌飲料のパックへストローを刺し、口をつける。

姫子はしばらく呆けたような表情で、床に尻もちをついていたが……すぐ怒りに顔を歪ませ立ち上がり、小夜子に詰め寄ると、机を「ばん！」と叩き怒鳴りつけた。

「おいミドブ！　何してくれるのよ！」

普段の小夜子ならこんな時、とても目を合わせられるはずもない。しかし今の彼女は、以前のそれとは違う生物なのだ。相手とまっすぐ視線を合わせ、落ち着いた様子で言葉を返す。

「私は自分の机をうっかり倒してしまっただけよ。中田さん」

「アタシが座ってたでしょ!?」

「そうだったの？　気付かなかったわ。でも何で私の机の上に、あなたが座っているの？」

「何でってそりゃ……」

正当な理由など、あるはずがない。衆人環視の中で流石に「嫌がらせのためよ」とは言い出しにくく、姫子が口籠もる。普段の姫子ならもう少し上手く切り返せそうなものだが、動揺もあってかその舌は全くもって冴えない様子であった。

「だから私は、自分の机をうっかり倒してしまっただけなの。それだけよ」

食事を再開する小夜子。姫子がそれを攻めあぐねていると、佐藤と本田が加勢に現れる。

「え？　何？　ミドブ何キレてるの？」

「ミドブの分際で、ありえないっしょ」

そう喚（わめ）きつつ、姫子の両脇に立つ。二人の増援で気を持ち直した姫子は、クラス中に聞こえるよう、わざと大きな声で話し出した。

「いやコイツね、昔から不意にキレたり暴れだしたりするのよ」

小夜子はパンを黙々と食べ続けている。姫子はだんだん普段の調子を取り戻してきたのか、得意げに語り続けた。

「私はこいつと小中で一緒だったんだけどね。まあ昔からこいつは危険人物扱いだったワケ。小学校の時、いきなりキレて同級生に汚水をぶっかけて泣かせたり、近所の犬を刃物で刺して大怪我（おおけが）させたり。中学では大人を石で殴って警察沙汰になったこともあったわね。ねえ？　御堂」

「大体合ってる」

即答する小夜子。尾ひれも付けば説明不足でもあったが、姫子が述べたのは概（おおむ）ね事実なのであった。だが、弁明する気にもならない。

クラスメイトたちが、ざわめいている。そんなエピソードは知らなかった佐藤と本田は、「ホント？」「マジキチ」などと呟きつつ、若干慄（おのの）いた様子を見せていた。

「だからみんなも、コイツには気をつけたほうがいいわよ」

嘲笑うような声で、姫子が級友たちに向かい告げる。また少し、教室がざわついた。

しかし小夜子は意に介さない。実際気をつけてもらったほうが、今はありがたい。そう思ってすらいたのだ。

「あー怖い怖い。頭がおかしい奴と一緒のクラスだなんて、勘弁してもらいたいわ」

当初の目論見が外れ思わぬ展開にもなったが、結果的にクラス内での小夜子の立場をより一層貶めることに成功したからだろう。中田姫子は機嫌良さ気に鼻で嗤うと、取り巻きを連れ教室から出て行くのであった。

◆

放課後。

ぴろりん、と小夜子のスマホが鳴る。先程恵梨香へと送った、SNSメッセージへの返信だ。

あの強く握られた手。離した指を、繋ぎとめようとした恵梨香。朝の様子から彼女が心配になった小夜子は、「一緒に帰ろうか」と珍しくメッセージを送っておいたのだ。

だがそれに対する返信は、

《今日は生徒会の手伝いがあるので、先に帰ってて～》

というものだった。

こんな状況で今更生徒会の手伝いもないだろうにと思う一方、

（むしろ普段の生活を維持するほうが、えりちゃんの精神が安定するのかもしれないわね）

とも考える小夜子。

（うん、きっとそうね）

心の中で一人呟き、納得する。何にせよ恵梨香は「今日は一緒には帰れない」と伝えてきたのだ。無理に彼女のペースを乱すほうが、余程危険かもしれない。

そう考えて小夜子は、一人で家路につくのであった。

第五日：03【御堂小夜子】

『サヨコ、いいかい』

キョウカの声で目を覚ます小夜子。ネットで調べ物をした後、ベッドで横になって資料を読んでいるうち、いつの間にか眠ってしまっていたようだ。

枕元のスマートフォンには「20時15分」と表示されていた。当然窓の外も、すっかり暗い。

『少し疲れていたようだったからね。そのまま寝かせておいた。ただ、そろそろ遅い夕食を取っておいたほうがいいと思って、起こしたんだ』

「そういえば、帰ってきてから何も食べていなかったわ」

『四回戦が終わったところで、残った対戦者はあと二十人。まだ何日も、対戦は続くからね。きちんと食べて、心身の衰弱を防がないといけない』

残り二十人。開始時は五十人もの対戦者がいたそうなので、この数日で半数以上が脱落し、死んだということになる。

「【対戦成績確認】」

口にした小夜子の眼前に、画面が投影される。

キョウカの話を聞いて、何気なしに生き残っている対戦者の名前を流し見してみたのだが……そうしてみると、ふと、ある生存者の欄に目が留まった。

能力名【ホームランバッター】、監督者アルフレッド＝マーキュリー、二勝〇敗二分。

二日前に相見えた【ホームランバッター】……田崎修司である。

彼がまだ生き残っていることに恐れを感じるような、それでいて少しほっとしたような複雑な感情が小夜子の胸中を駆け抜け、彼女は深く、ゆっくりと肺から空気を押し出していく。

そして彼の戦績「二勝」という数字を、悲しげな眼差しで眺めていた。

「やっぱり、殺られる前に殺るしかねーんじゃねえか！」

……【ホームランバッター】の叫びを思い出す。

確かに田崎修司との交渉は失敗し、小夜子は彼に殺されかけはした。だが一度は顔を合わせて話をした相手であり、互いに手を組もうと口にもしたのだ。

そして彼が小夜子に対しあのような行動に出たのが恐怖故というのも、今となっては十分に理解できる。田崎に対しての憎しみや怒りという感情は、まるで湧かなかった。

だから小夜子との対戦があった後、彼がどんな経緯を経て二人も殺すことになったのか……それに想像を巡らすと、陰鬱な気分にさせられるのだ。

それでももし、次に彼と対戦カードが組まれた時は……相見えたならば。

(躊躇はしない)

絶対に倒す。

確実に、殺す。

小夜子はそう、無言で誓うのであった。

◆

帰りに買っておいた弁当を自室に持ち込み、食べ始める小夜子。妖精姿のキョウカは、その脇でふわふわと浮かんでいた。

「私の体調まで気遣ってくれるとは、随分丁重な扱いになったじゃない？」

箸を動かす合間に、小夜子がキョウカへ向けて言う。

『戦術面でのアドバイスはできないし、分からない。君もルールを大方心得てきたし、対戦慣れだってしてきている。もうこの段階まで来ると僕ら監督者の役目は、君たちのモチベーションと士気の維持、メンタルの管理が主だからね。当然のことさ』

「まあ確かに。戦闘面でアドバイスもらえないなら、腹時計の代わりくらいしか役に立たないものね」

『言うなぁ、君も』

苦笑いするキョウカ。

「まあいいわ。話し相手くらいには、なれるでしょ？」

弁当に入っているピンクの漬物を一つ、奥歯で噛(か)む。口腔(こうこう)内に広がる、濃い塩味。

「そういえばアンタ、前に飛び級してるから歳(とし)は私と大して変わらないって言ってたけど、幾つなのよ」

『君たちの時代でも、レディに歳を尋ねるのは失礼なんじゃないかい？』

「私も女よ、生物学的にはね。くだらないこと言ってないで、いいから答えなさいよ」

白飯を箸で摘んで口に運ぶ。もぐもぐもぐ。

『……十歳』

「ガキじゃねーか、ボケがァッ！」

米粒を吹き出しながら、小夜子が怒鳴る。

『そうやって舐められるから、言いたくなかったんだ！』

「何が『歳が近い』よ。十歳!?　ぜんっぜん、子供じゃない！」

『もうじき十一歳だよ！』

「大して変わらん」

ぴろりん。

小夜子の声を遮ったのはSNSメッセージだ。当然送り主は、長野恵梨香だ。

《大声が聞こえたけど、どうしたの？》

《近所迷惑マジごめん。ネットでレスバトルしててムカついちゃって》

《フェイスボッコとかトリッターとかそういうの？》

《よつば☆ちゃんねる》

《何ソレ、分かんないや。まあ、ほどほどにしときなよ〜》

（心配かけてごめん、えりちゃん）

嘘(うそ)を交えたやりとりを終え。食事、そしてキョウカとの会話に戻る。

「しかしまあ、あれよね」

『うん？』

「前に私がアレ覗(のぞ)かれたの怒った時に、アンタだってやるでしょ!? って言ったら『嗜(たしな)む程度には』とか言ってたわよね」

『あああああああ！』

「あらまあ、まだお子様なのに。お・ま・せ・さ・ん」

妖精が絶叫し、光の粒子を撒(ま)き散らしながら床の上をのたうち回る。小夜子はそれを、勝ち誇ったように眺めていた。

確かに、こうやって話していたほうが精神の安定にはいいかもしれない。不安が紛れるのを、彼女は体感している。

◆

『そういえば、昼間の君の行動をモニターしていた時』

うん、と唐揚げを頬張りながら小夜子が頷く。

『ナカタヒメコ？ が君が昔やらかしたことを口にしていたが、あれは本当かい？』

「違うけど、事実でもあるわ」

『中学のときに大人を石で殴ったって話は、エリ＝チャンのスカウトマンに対してやらかしたことだよね？　前に言ってた』

「そう、それそれ」

『小学生の頃、近所の犬を刃物で刺したってのは？』

「あーあれね。三年生の頃、鎖を引っこ抜いて逃げだしてきた近所のクソ大型犬がたまたま帰宅途中だったえりちゃんに遭遇して、足を噛んだことがあったのよ。で、私、一緒にいたから。噛み付いてる犬の目玉をね、鉛筆で刺して追い払ったの」

『……君は本当にクレージーだな』

「はあ!?　どこが!?　えりちゃんの柔肌に傷をつけるなんて！　犬畜生の分際でそれをやったのに、片目を抉られただけで済んだのよ？　殺処分を免れたのは女神の温情だけど、本来なら万死に値する重罪なんだからね？」

『ああ、うん、そうだね……』

引きつった顔の妖精というのは、御伽噺に慣れ親しんだ者にはきっと新鮮な光景であることだろう。

『じゃあ、いきなり同級生に汚水かけて泣かせたってのは？』

「……まあ内緒にしてよ？」

『うん』

「小学校入りたての頃ならたまーに聞くじゃない？　学校でお漏らししちゃうとか」

『君なんか、こないだここでオシッコ漏らしたばかりだろ』

「アンタが漏らさせたんでしょうが！　……まあ、えりちゃんもさ、まだ小さかったから漏らしちゃったことがあったのよ」

『へえ、あのしっかりしてそうなエリ＝チャンがねえ』

「すぐ前まで幼稚園児やってた子供だもの。仕方ないわ」

腕を組み、一人でうんうん、と頷く小夜子。

「全校一斉清掃の時間だったんだけどね。その日は六年生と一緒に組んで掃除することになってたんで、なかなかトイレに行きたいって言い出せなかったんでしょうね。私、丁度一緒の班で掃除してたんだけど、ふと、えりちゃんの異変に気がついたのよ。で、これはイカンって思ってね。水拭きに使ってたバケツの水をぶっかけて、ひっぱたいて、喧嘩したフリして校門まで追いかけて学校の外に追い出して家に帰らせたのよ。いやー、マジで危なかったわ。ギリギリセーフ。もう少しであの可憐で聡明なえりちゃんに、お漏らしのあだ名やトラウマが刻まれるところだったもの」

『……君はどうなったのさ』

「ん？　ああ、職員室で先生がたから滅茶苦茶怒られたような気がするわね。あんまり覚えてないけど」

さらりと言いながら、唐揚げの下に敷かれたパスタを小夜子は口にする。そしてむしゃむしゃと咀嚼し嚥下し終えると、箸をおいて俯いた。肩を落とし、目に力は無い。寂しげな、暗い表情をしている。

「でもね……私そのことについてはずっと後悔しているの」

意外な小夜子の変化に、キョウカが戸惑う。

「どうして、私はあの時えりちゃんを家まで追いかけなかったのか、って」

顔を上げ、どこか遠くを見るような切ない目。

「何でドサクサに紛れて、えりちゃんのお漏らしパンツを手に入れておかなかったのかって。ずっと悔やんでいるの」

そう口にしながら。悲しげな。本当に悲しげな瞳をしていた。

『ああ、そう……』

キョウカはただ、相槌（あいづち）を打つことしかできない。

「手に入れてたら、私、きっと物凄（ものすご）く大切にしていたわ。それこそ、家宝クラスよ」

『……子孫はそんな宝を遺（のこ）されても困るだろ』

「末代だからいいの！　それに、子孫といえど他の奴に堪能させてなるもんですか！」

ぎっ、と音が鳴りそうなほどの眼力（めぢから）で睨（にら）みつける。

『ああ、はい。よく分からないけど。でも汚いんじゃないの？』

「まぁキョウカみたいなお子様には、中々分からないかもね」

フフフと笑いながら、今度は流し目を送る小夜子。

『大人になったとしても、まるで分かる気がしないよ。サヨコ……』

疲れたような声で、キョウカは小さく呟くのであった。

第五夜：01【スカー】

スマートフォンの時計は、「10月30日　午前1時52分」を表示している。

食後の恵梨香とのSNS交流を経て、仮眠をとり精神を落ち着かせた小夜子。現在彼女は部屋の中央で胡座をかき、キョウカはその周囲をくるんくるんと飛び回っていた。

相談の結果、本日分の面談時間の振り分けは夜食時に三十分、対戦開始前に十五分、対戦終了後に十五分。現在小夜子とキョウカは、対戦直前の打ち合わせをしていたのだ。

『服装の変更？』

「そう。今ふと気付いたんだけどね。できるのか運営のシステムに問い合わせて欲しいの」

『うーんどうかなあ……視聴者受けと公平さを考慮して、対戦時の服装は普段の制服姿をベースに構築される、というのは説明済みだよね』

「ええ。だから普段の冬、学校へ行く時にしていた格好なら、服装を変えられないかと思ったのよ」

小夜子は【グラスホッパー】が羽織っていたPコートを思い出しつつ、尋ねた。

『ああ、確かにそれも普段通学している格好にはあたるよね』

「私、冬場寒い時期は黒いタイツと手袋、そして黒いマフラーをしてるのよ」

『手袋にマフラーまで黒か。華が無いねえ』

「それよ。紺のセーラー服と合わせれば、肌がかなりの部分、暗い色で隠せるわ。もし戦場が夜だった場合、夜間迷彩の足しになるんじゃないかと思って」

実際には暗色といえど単色ばかりでは夜間迷彩として機能しにくい。結局は地形に合わせた選択が必要なのである。だが肌が露出するよりかはずっとマシだし、暗闇に紛れやすいのは確かだ。

眼鏡による反射も心配したが……これぱかりはどうしようもない。コンタクトレンズは、一度も試したことすらないのだから。

依頼を受けたキョウカは数十秒程目を閉じてじっとしていたが、やがて、

『大丈夫だってさ。夏服も可能だそうだよ』

親指を立てて伝えてきた。

「夏服は白いからいらない。じゃあこれからは、冬の通学の格好で対戦するよう、変更なり申請なりしておいてくれる？」

『オッケー』

先程同様に目を閉じたキョウカの動きが止まり、そしてやはり数十秒後。

『できた！　これで今回からは冬の格好だね』

「お使いありがとうねえ、お嬢ちゃん」

『……僕は大学生で君は高校生だぞ。子供扱いするな』

妖精の頬が、ぷくりと膨れた。小夜子はゴメンゴメンと言いながら愉快げに笑う。

キョウカがまだ、子供の年齢だということ。それはキョウカにとって不本意なアプローチではあったものの、結果的に小夜子との距離を縮める手助けになっていた。

「そろそろかな」

『そうだね』

「じゃあ、行ってくるわ相棒」

『誰が相棒だよ。馬鹿じゃないの、馬鹿じゃないの』

そう言いつつも、声がやや浮つくキョウカ。

「ふふふ、馬鹿っていうほうが馬鹿なのよ」

キョウカは恵梨香を危機に追いやり、やがて小夜子に死をもたらす未来人の一味である。本来であれば、負の関係しか成立し得ない二人だ。

だが、内心の吐露と同盟を経て……小夜子とキョウカの間には、奇妙な友誼(ゆうぎ)が成立しつつあった。

『えっ。汚言症の君がそれを言うのかい』

「誰が汚言症よ！」

『自覚ないのかよ……』

戯れているうちに、時間が来る。

『健闘を祈ってるよ』

「私じゃなくて、えりちゃんの健闘を祈っておいてちょうだい」

『じゃあ、二人分析っておこう』

「そうね」

そこまで話したところで小夜子の意識は途切れ、闇へと深く沈み込んでいった。

◆

どくん！

鼓動とともに、小夜子の視界が蘇る。

（暗いな）

今回の戦場は夜間のようだ。足元はどうやら、アスファルトらしい。

周囲を見回すと、ぽつ、ぽつと街灯が灯っているのが見えた。だが圧倒的に光量は足りず、灯りの直下以外は、弱々しい月明かりに依存せねばならない様子。

（草木の匂いが強い。町中じゃないわね）

闇の中にぼんやり浮かぶシルエットは、木々ばかりであった。それでいて虫の声が全く聞こえないのには違和感があるが……これは、ここが複製空間だからなのだろう。

（自分の格好は、と）

いつもの紺のセーラー服に加え黒い手袋、黒いマフラー、黒タイツ。キョウカとの打ち合わせ通り、冬の通学スタイルにしっかりと変更されている。一応ポケットをまさぐるが、中には何も無し。これは今までと同様だ。

『空間複製完了。領域固定完了。対戦者の転送完了』

既に聞き慣れたと言ってもいい男の声が、小夜子の頭の中に響く。このアナウンスは人工知能が喋っている、という話は既にキョウカから聞かされていた。ＡＩだと思うと、もう腹も立たない。

『Ａサイドッ、能力名【アァアクセレラータァア】！　監督者【ゲラーシー＝ブルイキン】ッ！』

小夜子の近くに【アクセレラータ】という能力名と、監督者名が文字となって浮かび上がる。戦績は、「三勝〇敗一分」。昨晩の【モバイルアーマー】と同じ、「やる気になっている」側の人間だ。小夜子の左頰が、小刻みに痙攣する。

『Ｂサイドゥ、能力名【スゥカァアァ】！　監督者【キョウカ＝クリバヤシ】！』

同様に自陣営の情報が浮かび上がる。戦績は「二勝〇敗二分」。

『領域はこの「県民の森」、その一部となります。戦場は暗い上に広く、目印になりやすい外壁で仕切られてはおりません。対戦者の皆さんは各自で対戦領域の確認を行い、把握しておいて下さい。今回も対戦相手の死亡か、制限時間二時間の時間切れで対戦は終了します。対戦中は監督者の助言は得られません。それでは対戦開始！　皆さんの健闘を祈っております！』

ぽーん。

と鳴る、開始音。

周囲を改めて見回す小夜子。足元も、もう一度確認する。今立っているアスファルトは、どうやら遊歩道だったようだ。その脇には、小さな側溝もある。

歩き寄り、中を覗（のぞ）き込む。顔を近付けるまで暗さで分かりにくかったが、手袋を外して指を突き入れてみると、冷たくぬるりとした感触が返ってくる。どうやら、溝の底には泥が溜（た）まっているらしい。

「丁度いいわ」

躊躇（ちゅうちょ）なく手で掬（すく）い、顔へ塗りつける小夜子。泥の不快な感触が肌に広がり、土の匂いが鼻腔（びこう）に入り込む。それらを一顧だにせず彼女はその顔に、その首に、その手首に。しっかりと、丁寧に塗りつけていった。

「これでよし」

塗り終え、眼鏡をかけ直す。泥の上からマフラーを首に巻き、汚れた手に手袋をつける。タイは外し、ポケットへ。こんな運命でなければ、おそらく一生することのないメイクと着こなしだ。

「まずは武器の調達と戦場の把握。それから相手能力の考察、できれば確認」

深呼吸。

吸って。もっと吸って。吐く。

そして長い吐息の後に唇を歪（ゆが）ませ、小夜子は目を細めながら呟（つぶや）いた。

「さあ、行くわよ【スカー】。これからは、狩りの時間よ」

書き下ろし番外編

書き下ろし番外編【第二夜B：長野恵梨香】

上

「アタシは廻。廻修子ってんだ」

ショートヘアを金色に染め、ロングスカートのセーラー服を纏ったそばかす少女。まるで古式ゆかしきスケバンか、といういでたちの【ペロリスト】は、四脚消波ブロックの一つに腰を下ろしながらそう名乗った。

「長野恵梨香です」

行儀良く頭を下げる恵梨香。それに対し修子は、苦笑いを浮かべながら掌を振る。

「敬語は止めてくれよ、こそばゆい。どうせ高校二年なんだろ？　そっちも」

「ええ……うん、分かった。ひゃっ!?」

頷いていた恵梨香が、咄嗟に髪とスカートを押さえた。彼女らがこの二夜目に放り込まれた複製空間は何処とも知れぬ海岸堤防帯であり、のどかな青空の下でありながらも不意に海風が吹き付けるのだ。

その様子を見て緊張を解いたのか、修子が今度は苦笑いではない声を漏らす。

「アハハ！　エリカ……だっけか？　アンタが物騒な奴じゃなくて、ホッとしたよ」

名前呼び。それは友好の強調というだけではなく、この娘の性分なのだろう。

「ありがとな。話を聞いてくれて」

実はこの第二回戦、不戦を呼びかけてきたのは修子の側からであった。

金髪娘は一方的に攻撃を受ける危険を覚悟で、開けた場所で堂々と身を晒して声を上げたのだ。大した胆力、と評すべきだろう。

「それは私も同じだよ、修子さん」

コンクリートの防波堤に腰を下ろしつつ、名前呼びを倣う恵梨香。

ともかく暴力を回避できたという安堵が、二人の少女の顔には浮かんでいる。

「あーやれやれ……まさか二晩続けてこんなコトになるなんてね。これじゃあもうただの夢だ、って片付けにくくなっちまったよ」

「私は正直、まだ夢じゃないかと疑ってるけど……でも少なくとも『死ねば目が覚めるんじゃ？』なんて冗談にも試せなくなっちゃった……かな」

「それな」

廻修子が四脚消波ブロックの上で器用にあぐらをかきながら、溜め息をつく。

「……ま、アイツらカントクシャが二十七世紀人だかなんだか知らねえけど、アタシらが連中の悪趣味番組に付き合う必要なんかこれっぽっちもないさ。あ……このことはアンタも、もう聞かされてるんだろ？」

「ええ、担当のステップニーっていう未来人から。昨日、今日とかけて」

シルクハットを被った小さなコウテイペンギンの姿が、恵梨香の脳裏に浮かぶ。横柄で大雑把、人の話を聞かない、楽天的で独善的な未来人のアバターが。

「じゃ、今更の確認だけど……エリカ。アンタはアイツらの話に乗る気、無いよな？」

「乗らないよ、とんでもない！」

ぶんぶん、という勢いで振られる首と掌。美しい黒髪が、それに合わせて左右に振れた。

「良かった。筋の通らない喧嘩なんか、アタシゃ御免だからね」

頬杖を突きながら、金髪少女は頬を歪める。不良じみた印象とは裏腹に、道理を弁えた人物らしい。

「あーあ。昨日の奴も、エリカくらい物分かりよけりゃ良かったんだけど……」

「……え、やっつけたの？」

思わず身構えた相手に向け、修子は慌てて掌を振って否定する。

「まさか！　ちゃんとスコア表示が出てただろ？」

「そういえば」

開始時に表示されていた『○勝○敗一分』という【ペロリスト】の戦績を思い出し、胸を撫で下ろす恵梨香。

「昨晩アタシが会ったのは、でっけえ狼男に変身する【ワーウルフ】とかいう野郎だったんだけど、話しかけるとパニクって暴れやがってよ。ただアタシが一発殴りつけたら尻尾巻いて逃げ出して……あとは時間切れまで暇を潰して、それっきりさ」

「す、すごいね」

「ケンカは慣れてるからね。気合いだよ、気合い」

印象通りの側面もあるようだ。

「アンタのほうはどうだったんだい？」

「私は【人形使い】って人……？　が相手だったの。結局一度も直接は会わなかったんだけど。でもマネキン人形みたいなのに何度も追いかけられて……廃工場の中を逃げてるうちに、時間切れになった……かな」

しどろもどろに、沈んだ声色で恵梨香は語る。悪夢として片付けようとしていたものが、今は現実の記憶として呼び起こされているのだ。

「うへ、廃工場のマネキンとか軽くホラーじゃん。そか、そっちも大変だったんだな……」

しみじみと言う修子。自身の昨夜を笑い話の如く語った彼女だが、実際はもっと深刻だったのかもしれない。

恵梨香が、そう考えていると。

「いてて、コンクリ硬くて尻が……おっとっと!?」

座り直そうとして失敗した様子。修子が、不意に体勢を崩す。

「ぬわーっ」

「修子さん!?」

消波ブロック帯は危険な場所だ。隙間にはまれば溺死の恐れもあるし、コンクリートに衝突するだけでも、大怪我の可能性がある。

だから恵梨香も、咄嗟に腰を浮かしたのだが。

ぶぉんっ

べだんっ！

虫の羽音に似た音を発し、鋭く空気を裂いて消波ブロックの脚へ巻き付く何か。

それは虹色の光沢を放つ、腕ほどの太さをした触手であり……修子の口元から伸びることで本体の身体を支え、転落を防いでいたのだった。

「ひやー、はぶないはぶない」

頭を掻きながら、再び触手を用いて消波ブロック群から防波堤へと飛び移る金髪少女。考えるまでもない、これが【ペロリスト】の能力である。

「すごい……！」

いかにも異能らしい異能に、恵梨香が驚嘆の声を漏らす。

一方修子は虹色の軟体を口腔内へ「れろん」と収納すると、頭を振って深い息をついていた。

「はー。すごかないよ。ウチのカントクシャもぬかしてたけど、とんだハズレ能力さ。使ってる間は息苦しいし、顎は疲れるし……」

「いやすごいよ。だって今、それで修子さんの身体をひょいっと持ち上げてたじゃない！」

「これ大変なんだ。気合い入れないとフニャフニャなだけでねぇ。結局カエルかカメレオンみたいに、『舌』をペロペロビヨーンと伸ばせるだけよ」

「ああ、だから【ペロリスト】なんだ」

得心し、くすりと笑う恵梨香。修子は恵梨香の隣に腰を下ろし、「そっ！」と頷く。

「ずいぶんカワイイ能力名にしたんだね」

「アタシが考えたんじゃあないぞ？　弟がアタシのことをそうやってからかうから、能力内容聞いた時にふと思いついちまっただけなんだ」

「へぇ、弟さんいるんだ」

「おう！　小学一年生で、正太郎っていうんだけどな」

「生意気盛りの年頃だねぇ」

「いやいやそれがな！　メチャクチャ可愛いんだよー、うちの弟！　アタシと違って頭も良くてさ、末は博士か大臣かってもんよ」

修子が急に、上機嫌のにやけ顔になる。

その様子は何故か身近な人物を彷彿とさせ、恵梨香の頬をほころばせた。

「そう言えば弟君、何で修子さんを【ペロリスト】って呼んだの？」

「アタシが正太郎のほっぺたにチューする時に、ついでにペロペロ舐めるからだろ」

さも当然という顔で答えるスケバン風少女。

余程弟を溺愛しているらしい。外見通りだったり通りでなかったり、どうにも印象の落ち着かない娘だ。

「仲が良いんだねぇ」

「おうよ！　風呂だって毎日アタシが入れてやってるからな。寝る時も並んで布団敷いて、一緒に寝てるんだぜ」

非常に自慢げな顔である。

弟が成長して一緒の入浴を拒むようになったら、この人は落ち込んで一週間くらい寝込んでしまうのではないか……？　と恵梨香が要らぬ心配をしてしまうほどに。

「エリカのほうは、兄弟いるのか？」

「こっちは逆に、一回り以上年上の姉さんが一人。といっても姉さんは全寮制高校に進んで以降、大学社会人とずっと県外に住んでるけど」

「そんなに歳が離れててそれだと、あんまり姉妹感なさそうだなぁ」

「まあね、ちょっとね。ただ隣の幼馴染みが物心ついた時からずーっと一緒、幼稚園小中高と同じなの。どっちかというと、その子が同い年の姉妹みたいなものかな」

と答えたところで、「うふふ」と思い出し笑い。

「どうした」

「夏場とかに汗をかくとね、幼馴染みが舐めさせろって冗談言ってからかってくるの。冬場に寒くて鼻水ちょっと出ちゃった時とかも」

非常に残念な話だが、その幼馴染みは冗談で言っていない。

「ふふ、修子さんみたいだね。あの子も【ペロリスト】だ」

「いやいやいやいや!?　アタシをそんな変態と一緒にすんなよ！」

慄くように上半身を引き、高速で掌を振る修子。

「あーひどい！　私の大親友なんですけど？　大体修子さん、自分のことは棚上げ？」

「は？　小さい子にペロペロするのとタメ年のダチにするんじゃあ、えらい違いだろ！　大体女子高生の汗や鼻水を舐めさせろって、エロオヤジかよ！」

「うーん……確かにあの子、エロすけだからなぁ。否定できない」

「やっぱりソイツやばい奴じゃん、通報しとけよあ痛っ」

恵梨香が肘で小突くと、修子は身を捩って笑う。

異常な状況、これからの不安、夢ではないかとまだ拭えぬ疑い……そして意外な相性が、ごく短時間で二人の距離を詰めていた。

◆

しばらく、二人の間でとりとめもない会話が続けられた。何処に住んでいるとか、家族や友人はどうとか、学校生活はどうだとか。

修子の話の大半は弟についてであり、恵梨香の話には何かと幼馴染みが絡んでいた。

そんな中。

「……しかしムカつくよなぁ。二十七世紀人どもはその気になりゃ、アタシらの着替えや風呂も覗ける訳だろ」

いー、と歯を見せて未来人への不快感を表す修子。

だがすぐ何かに気付いたらしい。「ぱん！」と合掌した後に申し訳なさげな表情となり、恵梨香へ頭を下げてくる。

「すまん！　そっちのカントクシャって、名前からして男なんだよな？　無神経で、悪かった」

「ううん、気にしないで。ステップニーはその……女性に興味が無いらしくて。私、担当された時に舌打ちされちゃったの。だから多分それは、大丈夫」

これは修子への配慮ではなく、事実であった。

長野恵梨香の担当監督者レジナルド＝ステップニーは同性愛者であり、自身の引き当てた対戦者が女性であったことに対する不満を顕（あらわ）にしていたのだ。

深読みすればそれは、思春期少女に対しプライバシーを尊重するという心配りと読めなくもないが……感触からその線は薄い、と恵梨香は思っている。

「どっちにせよ失礼な奴らだぜ、まったく。アタシらはアイツらの目を楽しませるために存在してるんじゃねえっつーの。どれだけこっちを見下してるんだよ！　って話さ」

「そうだね……」

「よくそれで人の上に立つとか、シドウシャとかほざけるモンだよな。アホかって」

この試験、対戦者の戦績は監督者の成績に直結する。本来なら被験体の機嫌取りをするくらいが妥当なのに、そう取り繕うことすらしない、意識も向かないというのは……二十七世紀人がいかに恵梨香ら対戦者を下に見ているか、という証左であろう。仮にも『人間を扱う学問』を修める者がそんな幼稚な態度でいいのか？　と被害者側の恵梨香が懸念してしまうほどだ。

（いや逆に言えば……私たちはその程度の認識で扱い、失敗してもいい存在ということなんだ）

壊れても良い玩具、廃棄前提の幼児向け教材。

つくづく人間の扱いではない。そのことに思い当たり、恵梨香の背筋が冷たくなる。

「ま！　とにかくアタシゃ、あんなムカつく連中の思い通りになるなんて嫌だからね！　これからは、今夜みたいに引き分けを相手に呼びかけていくつもりさ。皆が話に乗れば、もう殺し合いなんてしなくて済むだろ？」

「そうだね、私もそうなればいいと思う……ただ……」

その先を続けようとして、恵梨香は口籠もった。

「……分かるぜエリカ。『ただもう、一回戦目で勝っている奴がいる』ってことだな？」

「うん……私も対戦成績表で、見たの」

彼女らや大半の者は、昨晩の対戦を引き分けで終えている。いるが、既にもう勝ち星を得ている……つまり、相手を殺害した者たちが実際に存在するのだ。

「だけどよ、そいつらだって元々ただの高校生なんだ。全員が全員、好き好んで相手を殺したとは限らねえさ。夢だと思ってテキトーぶっこいた奴もいれば、襲われて仕方なく、って奴もいただろう。現にアタシも昨晩、パニクった【ワーウルフ】をこれで殴って追っ払ったからな」

【ペロリスト】の虹色舌が、空中で緩やかな弧を描く。

「……れろん。でもそれだって能力次第じゃあ、手加減できずに相手の命を奪っちまってたかもしれねえ。勿論良くはねえ、良くねえよ。けどそりゃ、悪いのは二十七世紀人どもだからな。だったら落ち着いて話せば、そいつらだって耳を貸してくれるだろ？　一通り声をかけ終えたら、あとは延々と八百長試合だな。そしたらそのうち未来人どもも、飽きて帰るさ」

　ウインクと共に勇ましく親指を立てる、スケバン風少女。

　そう前向きに語られると恵梨香も、昨晩の対戦相手はただ様子を窺いにマネキンを近付けさせただけではないのか、と思えてきた。

　むしろ向こうも怯えていたからこそ、本体が姿を見せなかったのではないかと。ぎこちなく迫ってきたあの人形たちは、攻撃ではなく接触を求めていただけではないのかと。

「……すごいね修子さん。こんな状況で、そこまで決めてるんだ」

「これが夢じゃないっていうなら、もう何でもしてやるさ。可愛い弟を婿に出すまで、お姉ちゃんは死ねるかってえの！　いや！　やっぱり正太郎は婿にはやらん！」

　自身の掌を拳で、パン！と勢いよく打つ。

「それにもし勝ち残ったって、無理矢理二十七世紀へ連れて行かれるってんだろ？　ゲス未来人に付き合ってこの試験を終わらせてやる理由なんか、一ミリもあるもんか」

「でもそれでも……それでもだよ。相手が説得に応じない人だったら……未来人の話へ乗った人だったら……どうするの？　その時は」

　勝者が自衛の過程で相手を殺めた可能性を修子は挙げたが、逆に言えばそれは、自衛を強いた者がいる可能性でもある。

「アタシがボコボコにして性根を叩き直してやる！　ただ……それがダメなら」

　修子は目を逸らし、口籠もり。

「……やるさ」

しばらくして、低く言葉を吐き出した。

「そんな奴に大人しく殺されてやるほど、アタシは親切じゃないからね」

まるで、自分に言い聞かせるかのように。

そんな彼女の言葉を聞いて、恵梨香は凍えるかのように自らの腕を抱く。

「私は無理。絶対無理。殺されるのも嫌だけど、誰かを殺すなんて、無理……」

身を震わす恵梨香。その顔は、蒼白（そうはく）である。

「……アンタ優しい奴なんだな。分かるぜ。顔と目を見た時に、すぐ分かった」

そんな彼女を励ますように、肩を優しく叩く修子。

「大丈夫だって！　そういう心配をしちまうくらいなんだから、アンタの能力って強いんだろ？　えっと、確か名前はガン……ガンバス……？」

「【ガンスターヒロインズ】」

「おおーそれそれ。何か元ネタあんのー？」

作られたことさら明るい声色は、新しい友人を何とか力付けようとしているためだろう。

その心遣いに応え、恵梨香もなんとか調子を上げて返す。

「うん。ゲームのタイトルなの」

「お、アタシも毎日やるぜ？　弟がゲーム遊ぶようになってから、一緒によ。カートレースのゲームとか、乱闘ゲームとかな。その【ガンスターヒロインズ】って、スオッテやプライスタイションで出てる奴なのか？」

「ううん、二十年以上昔のゲーム機のソフトでね。幼馴染みの家にあって、昔よく一緒に遊んだの」

「意外とマニアックなんだな、エリカ。でもいいじゃん、思い出の名前！　エモいエモい」

一見不良風の格好だが、その笑顔は実に快い。

今夜対戦が組まれたのがこの子で良かった、と恵梨香は感じていた。

「で、ガン！　って感じからして何かを撃つ能力なのか？　例えばビームとか」

「ちょっと違うんだけどね……」

恵梨香は少し躊躇ったものの、意を決したように一人頷いてから言葉を続ける。

「私が思い浮かべられる鉄砲を、呼び出せるの。こんな風に」

深呼吸、精神を集中させていく。

「うぐっっ！」

呻いて身を捩り、顔を歪ませる恵梨香。

その瞬間だ、その右掌に黒光りする拳銃が突如現れたのは。

しかし彼女は召喚したそれを保持することができず、防波堤の上へ落としてしまう。

「うぅ……」

「おお、これってもしかして、オマワリの銃か？」

日本警察が半世紀以上昔に採用したそのリボルバーは、映画やドラマ、漫画アニメでも広く姿が知れ渡っており、実銃を呼び出すという【ガンスターヒロインズ】の性能と脅威を一目で修子に理解させていた。

「嘘だろ、マジモンかよ」

「ええ……本物」

拳銃を拾い上げつつ、頷く恵梨香。呼吸は乱れ目の端には涙も浮かんでいるが、興奮した金髪少女は気付いていない様子だ。

「こんなのメッッッチャクチャ強いじゃねえか！」

好奇心を抑えきれないのだろう。恵梨香の手に握られた拳銃を、様々な角度から眺めている。

「な、な。一回撃ってみてくれよ、コレ」

「いいよ」

ようやく呼吸を落ち着けた恵梨香が、承諾した。

そして【ガンスターヒロインズ】の能力でポケットの中に現れていた弾丸を取り出し、覚束ない手つきで一発、二発……五発と回転式弾倉へ込めていく。

「へえ、タマはわざわざ込めないとダメなんだな」

「うん。弾や弾倉は標準装弾数分、ポケットや掌に出てくるの。ワンマガジン分っていうのかな？　これも幼馴染みが、ゲームやる時に使ってた言い回しだけど」

そうして彼女は立ち上がり数歩歩いて距離をとると、銃を両手で構えて海へ向け、深呼吸。引き金に力を込めた。

波風の音を押し退けて響く、ぱん！　という破裂音。硝煙の匂いが二人の少女を包む。

「おぉ……スッゲーなオイ……アンタの【ガンスターヒロインズ】、アタシの【ペロリスト】なんかと違って大当たりの能力じゃねえか……」

映像作品では感じることのない空気の震えに目を白黒させつつ、修子が感嘆の声を漏らした。

「心配すんなエリカ！　こんだけスゲー能力なら、時間切れへもっていくのなんか簡単だぜ。バカスカ撃って脅かしてやれば、どんな奴だってアンタの話を聞く気になるだろーよ」

傍らへ歩み寄り、元気付けるようにまた肩をぽんぽん、と叩く。

だが恵梨香は、ゆっくりと首を横に振っている。

「【ガンスターヒロインズ】にはね、結構な制約があるの。昨晩何度か試して、色々分かったんだけど」

「ああまあ、そりゃあるだろうな。強い能力は、それなりの制限がAIの調整で加えられているってカントクシャから聞いたぜ。アタシの【ペロリスト】なんかはショッボいから、息苦しいとか集中しないといけないとか、そんな程度だけどさ」

「そうなんだ。私のほうは新しい鉄砲を呼ぶと前のが消えるとか、一度呼び出すと、次の鉄砲を呼び出すのに時間がかかるとか」

「んー、それくらいは多分普通なんじゃねえの？　弟の持ってるゲームでもそういうのあったぜ。スキル再使用時間？　とかさ。あんま詳しくねえけど」

「他には自分でイメージできる、実在の鉄砲しか呼び出せないとか」

「あー……なるほど、なるほどな」

「一度呼び出した種類は、もう呼び出せないとか」

「えっ、それ次の対戦でも？」

「うん。この試験通して、一度だけ」

「……それ面倒だな。色んな銃をエリカが知ってなきゃダメってことだろ？」

こくりと頭を上下させる恵梨香。

「アタシら日本の女子高生が銃なんか知ってる訳ねえもんなぁ。アメリカの女子高生だったらそら詳しいんだろうけどさ、教科書に載ってたりしてよ」

ひどい偏見である。

「私だってよく分からないよ。せいぜい幼馴染みとゲームで遊んだり、あの子が貸してくれる漫画読んで知ったのや、このピストルみたいに有名なものくらいかな」

「大変だろうけど、本やネットで勉強しといたほうがいいぞ、そりゃあ」

「あ、そうだね、確かにそう。明日からはそうしてみるね。学校の休み時間や放課後でも、スマホで調べておくことにする。帰りに本屋へ寄ったり、ネット通販でも解説書を探しておこうと思う。あ、そういえばさっちゃんが『鉄砲を組み立てるゲーム』の話してたっけ」

大きく頷いて修子が応じる。本気で恵梨香の身を案じてくれている様子だ。

「しかし嫌な制限だなーソレ。もしアタシだったら、勉強とか苦手だから絶対一つも覚えられねえわ。うん、自信がある」

「でも、別にもっと問題なことがあってね」

「え、他にもあるのか？」

「【ガンスターヒロインズ】で鉄砲を呼び出す度にね……体中に、すごい痛みが走るの」

「……マジかよ」

そう呟いたところで、先程恵梨香が見せた異変にようやく思い当たったのだろう。修子は真顔になって腕を組み、唸った。

「……かなりなのか？」

「うん……大分」

「そりゃツラいな……それじゃ、ウカツにぶっ放せるもんじゃねえ」

「で、その痛みがね」

「まだあんのかよっ!?」

ぎょっとした顔の修子。

「昨晩能力を何度か試した時、痛みが段々強くなってきた気がしてて。まさかと思ってこの対戦、修子さんと会う前に自分で推察してみたらね……補足項目で、やっぱり【ガンスターヒロインズ】を使う度に痛みは強くなる仕様なんだって……それも……」

「それもって……おい！　ひょっとしてさっきの制限と同じで、対戦毎じゃあなくてこの試験全部通してって話なのか!?」

溜め息をついた恵梨香が目を伏せ、ゆっくりと頭を上下に振った。

修子は愕然として彼女を見つめている。

「アンタにとっちゃ、大当たりどころか大ハズレじゃねえか、その能力……」

衝動的に吐かれた言葉だろうが、まさにその通りであった。

他の対戦者は一夜ごとに能力に慣れ、応用も覚えていくのに、【ガンスターヒロインズ】は後になればなるほど使用自体が困難となるのだ。

だがもしこれが軍事訓練を受けた人間であれば……いや、そうでなくとも勝ち抜くつもりで【ガンスターヒロインズ】を用いるならば、使用回数を極力抑えて相手を倒していく方針がとれる、十分にとれる。まだまだ強力な能力だ。この開始時完成型の異能力が元々、そのような概念で設定されたのは疑いない。

「そうなの……かな。やっぱり」

しかし恵梨香に人は殺せない。傷つけることすらできないだろう。

だからこそ彼女は、身を守るために多くの威嚇や牽制を必要とするのに。殺意を持った対戦相手から身を守るなら、なおさら多くの射撃が必要なのに。

つまるところ長野恵梨香という人間と【ガンスターヒロインズ】という異能力は、この試験において最悪の相性なのであった。

「……っ」

それを察したのだろう、言葉に詰まる修子。そうして二人の間にしばらく、沈黙が流れていたが……突如。

てれってれって〜　しょぼ〜ん。

という、気の抜けるような音が鳴ったのだ。

「あっ！」

「やべっ！」

聞き覚えのある、時間切れの知らせ。慌てた顔で、互いを見合わせる少女たち。

「エリカ！　時間が無い、よく聞け！」

「は、はいっ」

『ターーーイムアーップ！　時間切れとなりました！』

軽薄な調子で異空間に響く、ＡＩアナウンサーによる告知。

金髪娘はそれを遮るように怒鳴り、まくし立てていく。

「勝ち星ゼロの相手はいい！　そういう奴はきっと、引き分けに協力してくれる！　【ガンスターヒロインズ】は温存しろ！」

『決着がつかず残念ですが、今夜の対戦はここまでです！　皆様、お疲れ様でした！』

「う、うん！」

「でも勝ち星付きが相手なら、迷わず使うんだ！　殺されないために！」

焦った顔で告げる修子、戸惑う恵梨香。

殺されないためにという恐ろしい文言が、少女の精神をずしりと殴りつける。

『次の第三回戦は、明日の深夜午前二時から開始となります』

「何でもいい、派手に撃ってビビらせろ！　言葉じゃなく、必ず脅しで引き分けに持ち込め！」

『監督者の皆様も、対戦者の皆様も、それまでゆっくりお休み下さい！』

「勝ち星付きの相手がどんな奴かは分からねえ！　絶対、自分から姿を見せるんじゃあないぞ！」

「わ、分かった！」

慌てて頷く恵梨香へ、ウインクしながら親指を立てる修子。

「じゃ、また会おうなエリカ！」

それは修子による最後の励ましであり、願掛けでもあったのだろう。また会えるならば、その時は未来人の思惑を外しているだろう、という。

「うん、また！」

言い終えた瞬間恵梨香の視界が暗転し、出来たばかりの戦友二人は闇に引き離される。

(修子さんはすごいな。でも私は、やっぱり怖いよ……)

やがて来る次の夜に慄き、闇の中で自らを抱きしめる恵梨香。

そんな彼女の意識もすぐ、視界同様に無へと飲まれていくのだった。

◆

どくん！

恵梨香の視界が復活する。

今いるのは就寝前と同じベッドの中。身体をまさぐると、着ていたパジャマもそのままだ。海岸堤防帯で金髪少女と会った時の、制服姿ではない。

「戻ってきた……の？」

上半身を起こして見回すが、昼間好き勝手に自分語りして面談時間を全消費したコウテイペンギンの姿はどこにもなく、自室にはただ一人彼女だけがいた。もっとも、会いたいとも思わないが。

しばらくはぼんやりと部屋を眺めていた恵梨香であったが、やがて唾を飲み込み深呼吸。ぼそりと呟いた。

「……【対戦成績確認】。今夜のものを」

一連の出来事が幻であればという期待は無残に打ち砕かれ、対戦者らの戦績表が空中に投影される。

「出なければ良かったのに……」

小さく頭を振って溜め息をついた後、一覧へ手を伸ばす恵梨香。画面をスクロールさせて決着のついた対戦を探し出し、一つ一つ読み上げていく。

「【モバイルアーマー】対【ヒートアックス】はモバイルアーマーの勝利……【アクセラレータ】対【オッドアイビーム】はアクセラレータの勝利……」

深い考えがあった訳ではない。恐ろしいがため逆に、見ておかずにいられなかったのだ。

「【ワーウルフ】対【月光波】はワーウルフの勝利……【人形使い】対【リーフシールダー】は人形使いの勝利……!? ひっ!」

奥歯がガチガチと鳴る。

恵梨香と一回戦で対戦した【人形使い】が、今夜は相手を殺したのだ。

それはつまり、昨晩廃工場で彼女を追い回したマネキン人形たちが、実は悪意と殺意を帯びて動いていたことを示唆していた。

「……やっぱり……やっぱり……!」

あの時は怪奇現象じみた恐ろしさにかられて銃を撃ち、歩み寄るマネキンを二体ほど破壊してしまった。夢だと思い込んでいたことに加え、相手が人間ではなかったからこそできた行為だが……もしああしていなかったら、壊されていたのは恵梨香の側だっただろう。

その理解は彼女の鼓動を速め、同時に血の気を奪っていく。

「そうだったんだ……そうだったんだ……!」

膝で持ち上がった掛け布団に顔を埋めつつ、震える恵梨香。

顔を上げられる程度の落ち着きを得るだけで、三十分近い時間が必要であった。

「うぅ」

ようやく画面を見直した彼女は先程と同様、一覧をスクロールさせて対戦欄を抽出していく。

一つ二つ、と数えながら。

「……今夜もこんなに、勝敗が決まってる……」

数えた決着の総数は九。

つまり初日同様に今夜は九人が死んだ、いや、九人の命を誰かが奪ったのだ。

昨夜に続けて連勝した者だけではない。勝者には廻修子が話した【ワーウルフ】や、まだ勝ち点を得ていなかった者の名前も複数含まれており……未来人の思惑に乗った対戦者が、新たに増えてしまった事実を示していた。

ぐらりと視界が傾き、緩やかに回転していく錯覚が襲う。

「手遅れなんだ……」

展開がこの方向へ転がり続ける以上、これでは修子の目指す総無気力対戦は極めて厳しい。全員が同時に悟りでも開かない限り、説得と交渉のペースはもう、事態の悪化に追いつけないのだから。

「もういい、閉じてっ」

消失する画面。

既に見えなくなったそれからさらに目を背けるように、少女はベッドへ倒れ込む。

（……怖い）

今夜は運が良かっただけ。

もし明晩出会う相手が人殺しだったら？　そしてこれからも殺そうという相手だったら？

果たしてその時自分は、身を守れるのか？　能力の痛みに耐えられるのか？　怯え狼狽(うろた)え、混乱せずに時間切れまで逃げ延びることができるのか？

恵梨香にそんな自信はない。

（さっちゃんだったら、こんな時でもしっかりしているんだろうけど……）

小学生の恵梨香に噛みついた猛犬を退け、中学生の恵梨香へつきまとったスカウトマンを追い払ってくれた親友。三つ編みをした恵梨香の騎士が、瞼の裏に浮かぶ。

幼い頃から一緒に育ち、今夜もすぐ隣の家で寝ているはずの幼馴染みだが……今の恵梨香には、とても遠くの存在に感じられていた。

（私は無理……さっちゃんみたいに強くない……）

心細く、寂しく、苦しく、恐ろしい。

絶望が、胸をギリギリと締め付けていく。

（やっぱりこれは夢。夢なの。夢であって、お願いだから）

もうその望みに縋ることしか、少女には残されていない。

恐怖から逃げるように、布団へ頭まで潜り込む恵梨香。そしてそのまま中で身体を丸め、睡魔が意識を飲み込んでくれるのを待つのだった。

……次に訪れる第三の夜は、ただ眠るだけで終わることを願いながら。

あとがき

『あなたの未来を許さない』上巻、お読み下さりありがとうございます！

作者のＳｙｏｕｓａ．（しょうさ）と申します。

紙の書籍で手に取って下さったかたへも、電子書籍で画面越しのかたへも、五体投地したいほどの感謝を込め、改めてお礼申し上げます。

○第10回ネット小説大賞　小説賞受賞

実はこの【あなゆる】はデビュー作ではない（デビュー作は『コボルドキング』という筋肉モリモリ、マッチョマンのオッサン騎士が主人公のファンタジー）のですけど、私にとっては最初に書いた小説なのです。結構前に書いた作品なんですね。

しかし書き上げ後から何年もの間色々な、そう実に沢山のコンテストに応募しまくり……ことごとく一次落選をし続けておりました。最初はどのコンテストに応募して落ちたか把握できるようテキストファイルにメモをしていたのですが、増え過ぎて途中から止(や)めたくらいに。トホホ。

そんな『あなたの未来を許さない』でしたが、既にそこだけで四回ほどは予選落ちしているネット小説大賞のQ&Aに「今まで落選した作品でも気にせず応募してね（意訳）」という運営様のコメントがあったため、気後れしたものの第10回に応募させてもらったところ……まさかまさかの第10回ネット小説大賞で、小説賞をいただくことができました。

古い歌のフレーズみたいですが、あの日あの時あの言葉を目にして背中を押してもらうことがなければ、このように本として皆様の手やデバイスに取っていただけることはなかったでしょう。他にも、ぞっとするぐらい偶然の重なりを渡ってこられたことに感謝しきりです。本当。

少し脱線して同じなろう書き手の皆様へコメントさせていただきますと、ネット小説大賞のように様々な企業様が参加するコンテストは、作品の優劣を決める場などではなく、その年その時の縁を結ぶための場だと私は感じています。ニーズや選考基準、読む人採用する人もその年々で違う訳ですから、一度落選したからといってその作品に見切りを付けてしまうのは勿体(もったい)ないかな、と思います。

運営様が仰(おっしゃ)っているように、どしどし応募しましょう。

○イラスト

人生最初の作品は思い入れが強いもの、というのが一般的ですが、ご多分に漏れず【あなゆる】も作者の思い入れが強い作品です。

思い入れが強いもので、コンテストに落ちまくっていた時期、ＷＥＢ版の挿絵をイラストレーターさんに依頼しましたものです。本作品のキャラクターデザイン及び挿絵を担当して下さっている．ｊｉｍａｏさんは、その時からの御縁となります。

……そう、続投して下さったのですよ！

ＷＥＢ小説版から書籍版へのイラストレーターさん続投、というのはあまり前例がないでしょう。しかし．ｊｉｍａｏさんのキャラ造形と挿絵は極めて【あなゆる】原作再現率が高く、ＷＥＢ版読者の皆様からも非常に好評でした。．ｊｉｍａｏさんが世界で最も【あなゆる】に造詣の深いイラストレーターさんであることは疑いようもなく、そのため私と編集さんの意見も続投をお願いしたい、ということで打ち合わせする前から双方一致しておりました。ＷＥＢ版挿絵計画完了から数年経ちましたのに、お忙しい中引き受けて下さいました．ｊｉｍａｏさんには本当に感謝しております。

おかげで書籍版の【あなゆる】は追加新規絵の描き下ろしだけでなく、キャラクターデザインがアップデート！　それに伴い既存絵のブラッシュアップまで行っていただけました！　書籍版で初【あなゆる】の皆様にもＷＥＢ版から応援して下さった皆様にも、間違いなく楽しんでいただけることでしょう。

あとがきから先に読むタイプのかたは上巻から、既に本編を読まれたかたも下巻のさらなる追加イラストをご期待下さい。私も楽しみです。うふ。

○『あなたの未来を許さない』のキャラクターたち

折角なので、上巻の登場人物たちの余談やどうでも良い設定をここで。

・御堂小夜子(みどうさよこ)

私は作中重要キャラの誰かに必ず眼鏡をかけさせると自らを厳しく律しておりますので、今作では主人公たる彼女が眼鏡っ娘(こ)となりました。

当初は狂犬忠犬クレイジーでサイコなバーサーカーキャラとして設定された彼女。ところがいざ動かしてみれば、それほど異常者ではありませんでした。おそらく人間誰しも多かれ少なかれ、小夜子のような部分を持っているからでしょうか?

変態言動の目立つ彼女ですが、それでも読者の皆様から支持や共感も結構いただけたのは、そういう側面からだったのかなとも思います。

家族は父のみ。

・長野恵梨香(ながのえりか)

学業優秀でスポーツもでき、気立ても良く優しい。おまけにスタイルも抜群という、非の打ち所ない黒髪美少女ですね。女神というコンセプトを体現した娘です。そう書いてみるとすごいなこの子。

様々な意味で小夜子の対極として描かれる親友ですが、上巻時点だとあまりお話しできることがないのはちょっと残念。

なお交際を申し込んできた彼氏とは、手を繋ぐところまで。それはそれですごい子。

家族は母と、社会人で家を出ている姉。

・キョウカ＝クリバヤシ

言動が妖精姿と相性良いですよね、カワイイ。イラストになったことで一層可愛くなりました。

お年頃とアバターサイズでそんな感じはしませんが、実は本体は既に小夜子よりも背が高いんですよね。

なお作中では小夜子のアレに対し『ちゃんと途中でモニター切った』と言っていましたが、実は興味津々でガン見していた模様。やーいむっつりスケベ。

家族はいません。

・中田姫子

現実に小夜子の立場だったら嫌でしょうが、作中で動かす分には中々楽しいキャラでした。

取り巻きの佐藤と本田も、イラストで描いてもらえて良かったね！

家族は両親、兄弟はなし。

・【グラスホッパー】阿藤霧江

本編では本名出る前に死んじゃったので、ここで紹介。でも虫っぽい美少女へと特徴的にデザインしてもらえ、イラスト的には結構優遇されています。

【グラスホッパー】は習熟すれば、跳び蹴りで発動できるようになるはずの当たり能力。なお能力の制約は再使用時間に加えて疲労と体調不良で、転落死の一因となりました。

家族は両親、兄弟はなし。

・【ライトブレイド】北村露魅男

一見戦闘狂にも見える【ライトブレイド】君。学校生活はとても真面目そのもの。

普段の彼は心動かすものを求めて、よくネットサーフィンをしています。そのため、無駄にインターネットに詳しい一面も。

家族は両親と妹。

・【ホームランバッター】田崎修司

かわいそうな少年。小夜子のこと、本当に怖かったんでしょうねえ……。

能力【ホームランバッター】は使い道が難しいピーキー枠。

家族は母と三つ子の姉。コキ使う姉らを見返そうと高校から柔道を始めたものの、結局立場は不変の様子。かわいそう。

・【モバイルアーマー】金堂武雄（こんどうたけお）

試験に巻き込まれたことで、暴力的な一面が開花してしまった少年。

【モバイルアーマー】は勿論（もちろん）、当たりの部類。ただこんな能力名でも、本人はロボットより日常ものやラブコメのほうが好き。

家族は両親、兄。

・【ヴァイオレット＝ドゥヌエ】

未来人三人娘のリーダー格にして、「ドゥヌエ航宙」の社長令嬢のワガママ娘。

でもお気に入りのぬいぐるみ、ゴリラのウッホ＝エヴィンがいないと夜眠れない。

家族は両親、姉二人、兄一人。

・【ミリッツァ＝カラックス】

ハッキングは子供のころ近所のお姉さんから違法ツールをもらったことがきっかけで、基本的に独学。なおそのお姉さんは後日、不正アクセスが発覚して一度逮捕された模様。

着物モチーフのブランド服を好んで着ています。
家族は「ドゥヌエ航宙」の重役の父のみ。ヴァイオレットは遠縁。

・【アンジェリーク＝ケクラン】
ハイスペックドスケベ。しかし学業成績は常に優秀。
家族は母と姉二人。ヴァイオレットは従姉妹（いとこ）。

○下巻もどうぞよろしくお願いいたします
それでは皆様、『あなたの未来を許さない』上巻にお付き合いいただき、ありがとうございました。

また下巻でもこうしてお読みいただけることを、願っております！

PB Fiore
恋に疎い学者肌令嬢×策士でウブな不器用上司の
ピュアがくすぶる
研究室(ラボ)・ロマンス
ライラが言ったんだぞ？
恋人がするようなことをしてみたいと
［虐げられた秀才令嬢と隣国の
腹黒研究者様の甘やかな薬草実験室］
［著］琴乃葉　［イラスト］さんど
マンガもラノベもアニメ誌も！
PASH UP!

絶望では終われない！
私の命を捧げる――。

ありえない現実…

あなたの未来を許さない

[原作]Syousa [イラスト]倫理きよ [キャラクター原案]jimao

コミカライズはPASH UP!で

この本を読んでのご意見・ご感想・ファンレターをお待ちしております。
〈宛先〉　〒104-8357　東京都中央区京橋 3-5-7
（株）主婦と生活社　PASH! ブックス編集部
「Syousa. 先生」係
※本書は「小説家になろう」（https://syosetu.com）に掲載されていたものを、改稿のうえ書籍化したものです。
※この作品はフィクションであり、実在の人物・団体・法律・事件などとは一切関係ありません。

あなたの未来を許さない　上

2023年11月12日　1刷発行

著者　Syousa.
イラスト　jimao
編集人　山口純平
発行人　倉次辰男
発行所　株式会社主婦と生活社
〒104-8357　東京都中央区京橋 3-5-7
03-3563-5315（編集）
03-3563-5121（販売）
03-3563-5125（生産）
ホームページ　https://www.shufu.co.jp
製版所　株式会社二葉企画
印刷所　大日本印刷株式会社
製本所　下津製本株式会社
デザイン　坂野公一（welle design）
編集　松居 雅

　ISBN978-4-391-15930-1